梁石日
ヤン・ソギル

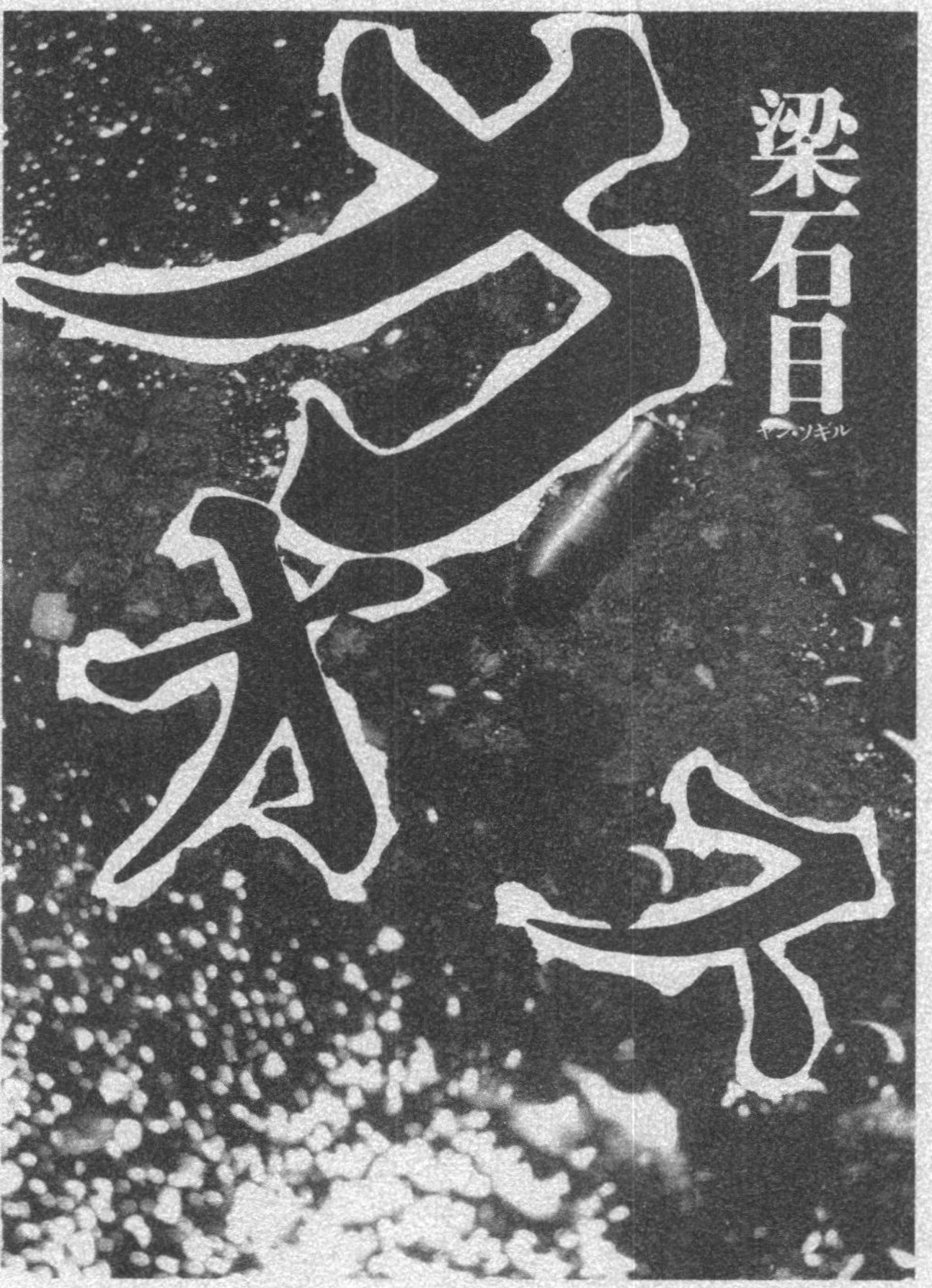

幻冬舎

カオス

装幀　矢島高光

1

十五、六人座れるL字形のカウンターのとまり木に座ってブランデーをゆっくり飲んでいた李学英は、ときどき腕時計に目を落として『遅いなあ』と思った。

カウンターの中にいる三十過ぎのバーテンダーが静かに近づいてきて、

「ブランデーをおつぎしますか」

と訊《き》いた。

「そうだな、もう一杯もらおうか」

アルコールには強い李学英だが、すでにブランデーを二杯飲んでいる。

李学英はグラスを手のひらで温めながらひと口含んだ。アルコールが体の中をゆっくりとめぐるのがわかる。

絨毯《じゅうたん》を敷きつめた広いフロアの正面で女性シンガーが演奏に合わせてジャズを歌っていた。体の線を強調した銀色の絹のドレスが照明にくっきりと浮き彫りにされて裸体のように見える。感情をこめて歌う彼女の美しい体の曲線がセクシーだった。リズムに乗ってきた彼女はひきしまった肢体を蛇のようにくねくねとくねらせ、われを忘れてしだいにエクスタシーの状態へと昇りつめていく。あのときの彼女は、どんなよがり声をあげるのだろう、と李学英は想像した。男の体にしがみつき、腰をよじって喉《のど》の奥から苦悩と歓喜のいり交じった細く長い哭《な》き声をもらし、いま歌っている歌よりも素晴らしい歌を歌うにちがいない。李学英は二十四、五と思われる清純そうな彼女の、しかし妖《あや》しい肢体にひそんでいる性の深淵をのぞいてみたいという欲望にかられた。奴隷のように這《は》いつくばらせ、煮えたぎる欲望の塊を肉汁の中へ押し込んでみたいと思った。

あらぬ想像をしていた李学英の隣に、のっそりと男が座った。小さなとまり木に腰をおろした肥満体の金鉄治に気付いて圧迫感を覚えた学英は興醒《きょうざ》めした。

「いま何時だと思ってる。一度くらい約束を守ったらどうだ。四十分の遅刻だ。待たされる身になってみろ」

学英は腕時計を示しながら鉄治を非難した。

「そう怒るな。おれは気をきかせて遅れてきたんだ」

鉄治の目が意味ありげに笑っている。

「どういう意味だか知らないが、よく言うぜ」

毎度のことだと言わんばかりに学英は鉄治を無視した。

「おまえはあの歌手のおねえちゃんにご執心なんだろう。だからおれは邪魔しちゃあ悪いと思ってよ、わざわざ遅れてきたんだ」

「そうかい、そいつは感謝するぜ。しかし、このつぎは絶対ひとを待たせるな。わかったか」

待ち合わせるたびに学英から釘《くぎ》をさされている鉄治はうんざりしながら、

「わかったよ。ひとがせっかく気をきかせてやってるのに」

とふてくされた。

「おまえはいつも自分勝手なんだ。気をきかせて遅れてきたとかなんとか言うけど、どうせおまえの都合で遅れたんだろう」

何もかも先刻お見透《みとお》しの学英は鉄治の弁明を受けつけなかった。

歌は終盤に近づいている。歌手がリズムをとって体を動かすたびに銀色の絹のドレスが照明を反射してきらきらと輝く。舞台の壁面がガラス張りになっていて、向こう側の庭の大きな石垣から落ちている滝が幻想的であった。まるで滝の中で歌っているような錯覚にとらわれる。歌手の美しい表情が感きわまってエクスタシーに達したように思われた。

「素晴らしい！」

学英は思わず唸《うな》った。演奏が終ると客席から拍手が起こった。学英も立ち上がって、

「ブラボー！」

と叫んだ。

彼女は深々と頭を下げ、客の拍手に送られて退場した。

「いい女だ」

絶賛する学英を横目で睨《にら》み、運ばれてきたジョッキのビールを一気に半分ほど飲んで息をついた鉄治は、興奮の余韻にひたっている店のざわめきをよそに一人しらけていた。

「もう一杯くれ」

学英はバーテンダーに四杯目のブランデーを注文した。

「この店はどうも落ち着かねえ。みんな上品ぶってよ。ジャズだかなんだか知らねえけど、韓国クラブでチャンゴ（朝鮮の太鼓）を聴く方が、よっぽど気がきいてるぜ。隣に可愛い子ちゃんもいないのに、ジャズだけを聴いてよく飲んでられるな。おまえがジャズを理解してるとはとうてい思えない。要するにおまえは、あのおねえちゃんがお目当てなんだろう」

「そういうのを下司《げす》の勘ぐりというんだ。ジャズってえのはな、理解するんじゃなくて、体で感じるんだ。体の奥から何かがこみあげてきて、その何かが頂点に達したとき、えもいわれぬ幸福な気分になるんだ。すっきりするんだよ」

「それみろ、結局あのおねえちゃんとオマンコをしたいってことだろう」

「おまえの目には、何でもオマンコにしか見えねえのか。少しは教養を身につけろ」

「けっ、教養なんか糞くらえだ。そういうおまえに教養があるのかよ。目糞鼻糞を笑うとは、おまえのことだ」

どっちもどっちだが、二人はまず口喧嘩《くちげんか》をしてから飲み直すのがパターンだった。確かにこの店の客は鉄治が言うようにどこか上品ぶったところがある。テーブルとテーブルの間隔を広くとって、客がゆったりくつろげる空間をつくり、その間を客から注文された飲み物を運ぶボーイたちが行き交う。従業員は礼儀正しく、それがかえって鉄治を落ち着かなくさせるのだった。

ひとしきり口論したあと黙って飲んでいた鉄治が口を開いた。

「ところで、おれに何の用だ。こんな上品ぶった店に呼びつけたりしてよ」

鉄治はまだ店の雰囲気にこだわっていた。華奢《きゃしゃ》な手つきで煙草をふかしていた学英は、灰皿に灰を落とすと、少し体を斜《はす》にして鉄治に顔を近づけ、声を落として言った。

「つい三時間ほど前だが、おれの事務所に二人の中国人がきてよ、漢方薬を買わねえかって言うんだ」

「漢方薬？　どうしておまえんとこへ中国人が漢方薬なんか売りにくるんだ。何か関係があんのか？」

「何の関係もない。おれも驚いたよ。ところが連中は劉さんの紹介だと言うんだ」

「え、中華飯店の社長の劉か」

「そうだ」

「妙な話だな。おれたちにとって漢方薬なんて石ころか砂みたいなもんだ。せいぜい精力をつけるために飲むくらいで、それだって面倒臭くて飲みゃあせんよ。第一、どこも悪くないし、精力もあり余ってる。ひと晩に三人や四人の女は抱けるぜ」

鉄治はとまり木にふんぞり返って脚を組み、肥満した体軀《たいく》を誇示したが、後ろへひっくり返りそうになった。ゆうに百キロはあるだろう。膨張を続けている太鼓腹でいまにもシャツが破れそうだった。

「おれもそう言ったんだ。漢方薬なんかいらねえって。おれに売りつけずに劉の社長に買ってもらえって。一人分か二人分の漢方薬を売りにきたのかと思ったんだが、そうじゃねえんだ。百キロ単位で買ってくれって話だ」

「百キロ単位だって？　とんでもねえ話だ。一生、漢方薬を飲んで暮らせって言うのか」

短気で興奮しやすい鉄治は話の続きを聞こうともせずにビールをがぶ飲みして煙草に火を点《つ》けた。

「まあ聞け。ここからが面白いんだ。漢方薬は全部で五千万円分くらいあるそうだ」

「五千万円！　それだったら倉庫二つ分はあるぜ」

鉄治が、すぐまた話の腰を折り、話が前へ進まない。

「人の話を聞けってんだ。おまえは人の話をろくに聞きもせずに勝手な結論を押しつけようとする。おれの話を聞くのか聞かないのか、どっちなんだ」

癇癪《かんしゃく》を起こした学英は間違えて鉄治のビールを飲んでしまった。そしてそのことに気付いて、

「おい、ビール一杯くれ」

とバーテンダーに注文した。

「そう興奮すんな」

今度は鉄治が学英をなだめる始末だった。

「興奮してるのはおまえだろう。おまえと話してると何を話してたのかわからなくなる」

「五千万円だ」

と鉄治が冷静に言った。冷静なおれが鉄治にお株を奪われるようじゃ世話ねえや、と思いながら、学英はバーテンダーが運んできたジョッキのビールを飲み干した。まだ興奮がおさまらない。

「つまりだ……」

学英は話の脈絡を探そうとひと呼吸を置いた。

「漢方薬ってえのは量じゃねえんだ。品物によって値段がちがうってことだ。だから高級な品物だったら量はかさばらない。たとえば虎の金玉とかポコチンはよ、一つ何十万円もするそうだ。北朝鮮産

の幻の赤い朝鮮人蔘《にんじん》は一本百万円くらいするらしいぜ。問題は連中がどうしておれたちに売り込みにきたかってことだ。劉社長に売り込みに行ったらしいが、劉社長はヤバイものには手を出さないって言うんだ。連中の持ってる漢方薬は中国から持ち出し禁止で、日本に持ち込めないブツらしい。当然、薬事法に引っかかるわけだ。そういうヤバイ代物をとりあつかって万一手入れでもされたら、本業の中華飯店の看板に傷がついて信用を落とすので直接はやらないってわけよ」

「直接はやらねえって、どういう意味なんだ」

おとなしく聞いていた鉄治がやっと口を開いた。

「劉社長は客を紹介してマージンをもらうってやり方だ。いままでそうしてきたらしい。万一手入れされてもブツがねえから言い逃れができるって寸法だ。組関係と組むのはもっとヤバイし、あとくされのないおれたちに劉社長は連中をよこしたってわけさ」

「どうしていままで通り、てめえらでさばかないんだ」

「それがそうはいかねえんだ。連中の話によると、二、三ヶ月に一度、福建省から密航船で長崎に運んでくるそうだが、何かの手ちがいで海上保安庁の巡視船に捕まったんだとよ。いつもなら海上で地元の漁船に積み替えるんだが、その日に限って地元の漁船が現れなかったんだ。日時を間違えたって言うんだ。それで福建省のマフィアから残りの品物を早く処分して金を送れって催促されているので卸し相場の十分の一の値で手放したいと言ってる。そのあと劉社長が客を紹介してくれるから、全部さばけば安く見積もっても二億にはなるそうだ。品物は二、三ヶ月でさばけると言ってる。ということは二、三ヶ月で一億五千万円の儲《もう》けになるってことよ」

「本当かよ。いまどき、そんなおいしい話があるわけねえだろう」

はなから受けつけようとしない鉄治だが、しかし、かなり興味を示していた。その証拠に鉄治の鼻の穴が大きく膨らんでいる。興奮したり、好奇心をつのらせたり、好みの女を見たりすると、鉄治の鼻の穴は大きく膨らむのである。学英は、猜疑《さいぎ》心をいだきながらも鼻の穴を大きく膨らませている単純な鉄治の心理を読みとって、

「どうする。話を聞いてみるか」

と押してみた。

「どうも信じられねえ。できすぎた話の裏には必ず何かがある。いままでだってそうだろう」

五年前のビル乗っ取り計画のときもそうだった。もっとも信頼していた先輩に裏切られて苦い経験をしている。磊落《らいらく》だが単純な鉄治が疑うのも無理はなかった。だが、裏社会に裏切りはつきものである。裏切りは死を意味するが、裏切ることで勢力を拡大してきた者もいる。信義と裏切りは紙一重なのだ。

「じゃあ、この話はなかったことにしよう」

あまり乗り気でない鉄治の態度にみきりをつけて、学英はジョッキに残っているビールを空けた。

「さっきから、なんでおれのビールを飲むんだ。飲みたけりゃ注文すりゃいいだろう」

と鉄治が文句を言った。

「これ以上、おまえを肥《ふと》らせたくないから、おれが代りに飲んでやってんだ。これも友情ってもんだ。ありがたく思え」

「よく言うぜ。ホモじゃあるまいし。同じジョッキの酒を飲んでほしくねえよ」

「じゃあ帰るとするか」

と椅子から立ちかけたが、学英は、つぎに鉄治がどう言うかわかっていた。

「まだ話は終ってねえだろう」

鉄治は学英を引き止めて、バーテンダーにビールを新たに注文した。

立ちかけていた学英は座り直して、

「話は終ったんじゃないのか」

と鉄治の目を見た。

少年のような鉄治の目が好奇心をつのらせている。蟇《がまがえる》のような太鼓腹が呼吸をするたびに波うち、咀嚼《そしやく》物が逆流してきそうな気がする。

「話を聞くだけならいいんじゃねえのか。せっかくおまえが仕入れてきたネタだからよ」

もったいぶった口調で鉄治は鷹揚《おうよう》に構えた。サーカスの道化師が鷹揚に構えて客を笑わせる場面にそっくりだった。実際、学英はつい笑いだしそうになるのを我慢した。バーテンダーが運んできた何杯目かのビールをあおった鉄治は、唇のまわりに附着した泡を手でぬぐうと真剣な眼差しで言った。

「その二人の中国人とはいつ会える。まずブツを見ないとな。だがおれたちはブツを見たって本物かどうかもわからないし、いったいどのくらい値打ちのある代物なのかもわからない。だから漢方薬に詳しい目ききの奴を連れて行かなきゃあならない。そんな奴がおれたちの周りにいるわけねえしよ。困ったな。誰かそういう奴を知ってる野郎はいねえかな。便利屋の大野はどうだ。大野なら、そういう奴を知ってるかもしれない。しかし、大野も知らないとなると厄介だぜ。どうすっぺ」

まだ二人の中国人と会ってもいないのに、鉄治は一人でこれから先のことを憶測し混乱していた。

「いまから先のことを心配したってしようがねえだろう。とりあえず劉社長に会って話を聞くことだ。この件に関しては、あの男が何もかも知ってるはずだ」

「それもそうだな」

自分の勇み足を注意されて鉄治は学英の意見に同意した。

「あの男は昼間、五反田の自分のマンションで金融業をやってる。銀行が閉店する午後三時が過ぎると今度は中華飯店『龍門』にくるはずだ。明日の午後四時頃がいいだろう。たぶんその頃には手が空いてるはずだ」

二人はやっと明日の午後四時に新宿・歌舞伎町の中華飯店「龍門」で落ち合うことに決めた。

学英が座っている位置とちょうど反対側のカウンターの端にジャズを歌っていた歌手が座っていた。つぎの演奏までの間、飲み物をとってひと息ついているのだ。周りにいる二、三人のファンらしき男性客から話しかけられている。彼女はにこやかな表情で男性客との会話を楽しんでいるようだった。

学英はバーテンダーを呼び、何か耳打ちした。バーテンダーは頷《うなず》き、シェーカーを振ってカクテルを作りはじめた。そして出来上がったブルーのカクテルを彼女の前に差し出し、学英からのプレゼントであることを告げた。彼女はにっこりほほえんで学英に会釈した。学英もブランデーグラスをかかげて軽く会釈した。

「いい気なもんだぜ。気持悪いよ。いつからおまえは、ああいう女が趣味になったんだ」

鉄治は見るに堪えないといった調子でますます下品な態度になってビールをがぶ飲みするのだった。

「おれはおまえみたいに、女なら誰でもいいってわけにはいかないんだ」

「よく言うぜ。昨日まで赤坂のあばずれ女の尻を追い回してたのは、どこのどいつだ」

鉄治に何を言われようと学英はわれ関せずで、店内に流れている音楽に合わせてカウンターの上に華奢な指を這わせ、まるでピアニストのようにリズムをとっていた。学英のきざな仕草に鉄治はみきりをつけて席を立つと、

「おれは行くぜ」

と店内の客に一瞥《いちべつ》をくれて出口に向かった。学英は振り向きもせずに、ただ片手を上げただけだった。

学英の事務所兼住まいになっている二ＬＤＫのマンションから中華飯店「龍門」までは歩いて五分である。大久保の鉄治のマンションから学英のマンションまでも歩いて五分程度である。中華飯店「龍門」で落ち合うより学英の事務所で落ち合えばよさそうなものだが、鉄治はどんなに近場であろうと黒塗りのベンツに乗って行くので、一方通行の道路に面している学英の事務所へ行こうとすれば歌舞伎町を半周することになる。それが面倒で直接「龍門」で落ち合うことにしたのだ。

学英は昼過ぎに起床して冷蔵庫の牛乳を飲むと、壁に掛かっている等身大の鏡の前で日課になっているダンベルを使った筋肉トレーニングでひと汗かいたあとシャワーを浴び、髪の毛を念入りに手入れして部屋を出た。梅雨明けの七月下旬の空に輝いている灼熱《しゃくねつ》の太陽に晒《さら》されて、冷房のきいた部屋

を出たとたん首筋や脇の下に汗をかいていた。白いシャツにグレーのスーツを着ている。学英と鉄治はどんなにむし暑い日でもスーツを着ていた。それが二人のスタイルだった。学英は真っ青な空を見上げてサングラスを掛けた。そして「龍門」に着くまで歌手の女のことを思い浮かべていた。彼女には男がいるにちがいない。たぶん同じ音楽仲間だろう。鉄治が帰ったあとしばらくして、一人の若い男が彼女の隣に座っておしゃべりしていた。髪の長いジーパン姿の青二才だった。男から彼女を奪うのはそれほど難しいことではない。彼女の前で男を叩《たた》きのめすか、あるいはプレゼント攻めで彼女の虚栄心を満足させるか、それとも気長に機会を待つか。いずれにしても男なら一度は抱いてみたいと思う女なのだ。みだらな想像をしながら歩いていた学英の前に誰かが立ちはだかった。危うくぶつかりそうになって相手を見ると大きな図体の鉄治だった。昨夜、遅刻したのをさんざんなじられたためか、鉄治は四時きっかりに「龍門」の前に立っていたのだ。鉄治が立ちはだからなければ、学英は「龍門」の前を通り過ぎるところだった。

「五分遅刻だ」

鉄治は10ポイントダイヤつきの金むくのロレックスを学英の目の前に突き出した。

「おまえが約束の時間を守るとは珍しいこともあるもんだ。今夜あたり台風がくるんじゃないか」

学英はいや味たっぷりに一点の曇りもない空を見上げた。

店の脇に鉄治のベンツが停まっている。社員の池沢国夫が運転していた。肥満体の鉄治は運転が苦手で、いつも池沢に運転させている。

運転席から降りてきた池沢が、

「お疲れさんです」

と学英に挨拶した。

学英は、

「おまえも一緒に食事しよう」

と誘った。

「ぼくは車にいます。このあたりは駐車違反の取締りが厳しいですから」

と池沢は遠慮した。

「だったら車を駐車場に入れとけ」

と学英が言った。

すると鉄治がすかさず、

「駐車料金がもったいない」

と言う。

「女には札をばらまいてるくせに、駐車料金をケチるとは変な奴だ」

「女には金がかかるんだ。けどよ、車を停めとくだけで、なんで金を払わなきゃならないんだ。馬鹿らしいよ」

浪費家の見本のような鉄治だが、ときどき変なところでケチるのである。駐車料金もその一つだった。鉄治の性格を知ってる池沢は車の運転席にもどった。

2

「龍門」は、この界隈《かいわい》でもっとも豪華な中華飯店である。経営者の劉周達は三十年前に来日してコックから今日の地位を築き上げた人物である。コックの仕事をしながら厨房《ちゅうぼう》仲間や従業員に小金を貸し、いつしか百万、千万円単位の金を動かす裏金融業者になっていた。この店も金を貸した際の担保物件だったといわれている。そして五年前に豪華な店に改装したのだ。有名な俳優やタレントやスポーツ選手が出入りし、店は繁盛していた。学英と鉄治は五年前のビル乗っ取り計画のとき劉周達から高利の金を借りたことがある。それ以来のつき合いだった。借金はすでに清算しているが、月に一、二度「龍門」で食事をした。

自動ドアが開いて中に入ると、吹き抜けの中央に朱色の太い柱に巻きついている金色の龍が炯々《けいけい》たる眼光で来客を睨みつけている。龍門をくぐると清朝初期の提香炉が置いてあり、二十テーブルもある広い店内の中央には唐時代の美人画を思わせる等身大の彫像がガラスケースに入っている。一見して高価な像であることがわかる。羽衣をまとった黒髪の実に精巧で見事な美人像である。この店にくると鉄治は必ずこの美人像をのぞき、

「いつ見ても美しい」

と美術批評家のように感嘆の声をあげるのだった。その態度があまりにもさまになっているので学英はついふき出してしまう。

夕食にはまだ早い中途半端な時間のためか、店内には二、三組の客しかいなかった。

「いらっしゃいませ」

とホール係に案内されて学英と鉄治は左隅の席に着いた。

そしておしぼりとメニューを持ってきた従業員に、

「社長はいる？」

と鉄治が訊いた。

「はい、おります。どちらさまでしょうか」

中国からきて、まだ日が浅いと思われる若い女子従業員に訊かれて、

「ガクとテツがきてると伝えてくれ」

と鉄治が答えた。

「カクとテツ……？」

女子従業員は首をかしげた。

「ガクとテツじゃわからんだろう。李と金がきていると伝えてくれ」

学英が二人の本名を教えた。

「かしこまりました」

日本にきてまだ日が浅い中国人にしては、日本語を理解している方である。

女子従業員が引き下がると、

「ガクとテツじゃわかんねえかな」

と鉄治が不満そうに言った。

「わかるわけないだろう。おれたちは極道じゃねえんだからよ」

もとより二人は極道ではないが、極道顔負けの態度である。

やがて奥の厨房から経営者の劉周達が現れた。六十歳になる劉周達は鉄治をひと回りほど小さくしたような肥満体の男だった。のっぺりした顔と細い目が、いかにも抜け目のないやり手の商人を思わせる。派手なアロハを着ている劉周達の笑顔が不気味だった。表の顔と裏の顔が一つになって凝縮されている。

二人のテーブルにきた劉周達は、

「しばらく」

と手を差し出して握手した。

「前より少し肥えたみたいだけど」

と鉄治が言った。

「自分のことを棚に上げて、ひとのことをよく言うぜ」

劉周達をかばうように学英は肥満体をもてあましている鉄治に言った。

「奥の個室に行きましょう」

劉周達は周囲に目を配って二人を誘った。

店には十人から二十人ほど座れる個室が五つある。他人に聞かれたくない込み入った話を一般席でするのはまずいと思ったのだろう。

鉤《かぎ》の手に曲がった廊下を歩き、さらに小さな庭を渡って門をくぐった別室に案内された。この部屋は外部と完全に遮断されている。密談をするにはもってこいの個室だった。

三人が席に着くと間もなく女子従業員がお茶を運んできた。

「何か飲みますか」

と劉周達が二人に訊いた。

「ビールが飲みたいんだけどよ」

と鉄治が言った。

「じゃあビールを二本持ってきなさい」

劉周達に指示されて引き下がろうとする女子従業員に、

「三本頼む」

と鉄治が追加した。

従業員が部屋を出ると劉周達は笑顔を消し、さっそく話を切り出した。

「二人の中国人から何度も電話がありました。急いでいます」

何かのっぴきならない事情があるらしかった。

「何をそんなに急いでるのか知らないが、おれたちには関係ない。それにおれたちはまだブツも見てないんだ。かりにブツを見たって、おれたちにはどれほどの価値があるものなのかもさっぱりわからないし、五千万円といえば大金だ。学英から話を聞いたとき、おれは断ったんだが、あんたが責任を持って仲介すると言うから話だけでも聞いてみようと思ってきたんだ。そもそも漢方薬なんて、おれたちに縁はねえんだよ。どこも悪くないし、一晩に三人や四人の女を抱こうと思えば抱けるしよ。ぴんぴんしてんだ」

商談と個人的な体力とを混同している鉄治に劉周達は苦笑した。

「漢方の強壮薬を飲むと、もっと強くなって、一晩に十人の女を抱くこともできますよ。昔の中国の王様は一晩に十人以上の女を抱いてましたから」

「本当かよ」

単純な鉄治は劉周達の話を真に受けて真顔で驚いている。

「本当です。なんなら試してみればわかります」

劉周達は面白がって挑発するように言った。

愚にもつかない話に学英は、

「くだらん話をせずに本筋をちゃんと説明してくれなきゃ、この話はこれでおしまいだ」

と釘をさした。

劉周達は真顔にもどり、ビールを運んできた女子従業員が部屋を出て行くのを待って説明をはじめた。

「わたしはこの二年間、二人の中国人に漢方薬を欲しがっている人を紹介してきました。月に三、四十人くらいです。そしてバックマージンとして売上げの二〇パーセントを受け取っていました」

鉄治と学英にビールをつぎ、劉周達はお茶を飲んだ。そしてキセルに刻み煙草を詰めて火を点け、ふかした。

「この煙草は漢方薬でできていて肺をきれいにしてくれるのです」

「本当かよ」

またしても鉄治は驚いた。

「一般的に煙草は肺に悪いといわれていますが、この煙草は肺の中の脂肪を燃やし、血液をきれいにするのです。しかも吸っていると気持がよくなり、性欲が高まってきます」

どこまでが本当なのか、煙草の煙《けむ》に巻かれているような話に鉄治は疑いの目を向けた。

「大麻じゃねえのか」

大麻なら吸ったことがある。しかし劉周達は首を横に振った。

「ちがいます。この煙草を分析しても麻薬や大麻のような成分はまったくありません。つまり薬物法や薬事法に抵触しないのです。ですから、わたしはどこでも吸っています。ただし一日に三、四回ですけどね。食事のあとや、お茶を飲んでいるときや、寝る前です。吸ってみますか」

猜疑心をつのらせている鉄治と学英に劉周達はキセルを差し出した。

好奇心にかられて鉄治は差し出されたキセルを手に取り一服した。

「どんな感じだ」

学英が訊いた。

「うーむ、わからん。煙草とはちがう気がする。よくわからんが、漢方薬のような味だ」

曖昧《あいまい》な答えに学英は鉄治からキセルを取って吸った。

「別にどうってことない」

学英はキセルを劉周達に返してビールを飲んだ。

部屋にひろがった煙は、ハーブ系の香がした。吸ったときより部屋にひろがった煙の匂いの方が幻惑的な感覚を誘うのだった。

「漢方薬を買う人間がそんなにいるのか」

鉄治は三本目のビールを自分のグラスにつぎながら言った。

「います。政治家の中でも大臣クラスの人がよく買いにきます。政治家は精力がないと務まりませんから。もちろん買いにくるのは秘書ですが。それ以外に有名タレントや大手企業の重役や金持が買いにきます。年配の女性も買いにきます。わたしのあつかってる漢方は、ほとんどが禁輸品ですから、一般の漢方の店では売られてないのです。たとえば黄疸《おうだん》によく効く漢方薬がありますが、この漢方薬は日本の薬事法に抵触する薬草が何種類か入っていて輸入できません。ですから、この漢方薬を使いたいために、わざわざ中国へ行って入院する人もいます。時間と金のある人はそれでもいいのですが、時間があっても金のない人や、金があっても時間のない人はわたしのところへくるのです。肝臓や腎臓に効く漢方薬もあります。これも日本の薬事法に抵触します。一般の漢方の店で売ってる漢方薬には大きな効果は期待できないのです。確かにわたしのあつかっている漢方薬には毒性の強いものもあります。ですから、あつかい方を間違えると副作用が出ますが、あつかい方を正確に守れば絶大な効果があるのです。現に病気が治ったと喜んでくれた人が何人もいます。わたしは裏で金貸しをやってますが、人助けもしているのです。各国の大使館からも買いにきます。人は自分の命を救うためなら大金を惜しまないものです。もちろん中には精力をつけたいという人もいます。人それぞれですよ」

日本にきて三十年になるだけあって、劉周達は日本語に堪能《たんのう》であった。説得力のある劉周達の説明に鉄治は「なるほど」と感心したが、学英は逆に疑いを持った。

「だったら、品物をおれたちに売りつけることはない。あんたが買って、あんたが商売すればいいだろう。がっぽり儲かるじゃないか。なぜおれたちに買わせようとする」

学英が矛盾を突くと、

「そこだよ、おれも疑問に思うのは」

と感心していた鉄治が今度は学英の尻馬に乗って劉周達に詰め寄った。

「わたしは直接取引するのは避けたいのですよ。はっきり言って品物を事務所に置きたくないのです。万が一のときを考えて証拠物件を残したくないのです。金融業も同じです。五年前までは直接金を貸してましたが、わずらわしくて大変でした。儲かりますがリスクも大きいのです。この店を改装して中華飯店を本業にしてから、わたしはやり方を変えたのです。金融業の方でも高い利息は取れても危ない相手には貸さずに、担保のある大口の相手にだけ貸しています。当然、利息は安くなりますが、リスクを背負わなくて安心ですから、まあ気を長くしてゆっくり稼ごうと思いましてね」

人を喰ったようなのっぺりした顔で自分の安全だけを図ろうとする劉周達のずる賢いやり方に学英と鉄治はあっけにとられた。

「それじゃあ、おれたちにリスクを背負わせようってわけか。冗談じゃねえ」

鉄治が声を荒らげた。

「そう興奮しないで聞いて下さい。お二人はまだ若いし、度胸もある。リスクといってもわたしが用心して選択した相手に売るわけですから、そんなに危険はありません。しかも儲けは大きい。わたしの推定では今度の漢方薬を二、三ヶ月でさばけば一億五千万円くらいの儲けになるでしょう。そこからわたしへのバックマージン二〇パーセントを差引いても一億二千万円は残ります。二、三ヶ月で一億二千万円儲かるんですよ。こんなうまい商売が他にありますか。出鱈目《でたらめ》な話じゃない。わたしが仲介するのですから」

いきり立っていた鉄治が、一億二千万円儲かると聞かされて、とたんに目の色を変えた。学英はまだ信用していなかった。新宿で一、二を競う中華飯店を経営している資産家が自分たちを騙《だま》すはずはないと思いながらも後頭部に何かがへばりついて離れないのである。何か裏があるにちがいない。危険だと思う。劉周達ののっぺりした表情の変化のない顔——唇はほほえんでいるが黒い光を放つ瞳は鉄治と学英の心の動きを読みとろうとして微動だにしない。長年、裏の世界で生きてきた人間に特有の冷酷な計算が働いている。だが、かりに何かがあるとしても一億二千万円は魅力的であった。抵抗し難い魅力である。

一時は目の色を変えていた鉄治だったが、やはり信憑性《しんぴょうせい》にとぼしいと思ったのか、ビールをがぶ飲みして唇に附着した泡をぬぐいながら言った。

「どうも話がうますぎる。あんたを信用しないわけじゃないけど」

疑念を払拭《ふっしょく》しきれない二人に劉周達は新たな提案をした。

「こうすればどうですか。わたしが金を出して、その品物をあんたたち二人に預ける。そしてわたしの紹介した人に品物を売り、あんたたちは二〇パーセントのバックマージンをもらう。それでも二、三ヶ月で三千万円くらいにはなりますよ」

そう言われると劉周達の話を疑う余地はなくなった。多少の危険はともなうが、一円の資金も出さずに、しかも客まで紹介してもらって三千万円稼げるのだから、これ以上の好条件はないといえる。おそらく、おれたちを試しているのだと思い、学英は劉周達の逆提案に警戒しつつも反論できなかった。一億二千万円の利益を選ぶのか、三千万円の利益を選ぶのか、結論はおのずから明らかであった。

「わかった。二、三日考えさせてくれ」

学英は即答を避けたが、

「時間がない。あと三十分で二人の中国人がここへくることになってる。彼らがきたら、あんたたちに品物を見てもらうつもりだ。あんたたちも現物を見て判断した方がいいのじゃないか」

と劉周達は猶予を与えようとしない。

しだいに劉周達のペースに巻き込まれていくような気がする。やるかやらないかは別として、とりあえず現物を見ておく必要はある。学英と鉄治は現物を見ることに決めた。

「食事をしますか？」

話が一段落したところで劉周達は二人の胃袋に留意した。

「腹は減ってない。それよりビールをもう一本くれないか」

鉄治は三本のビールをほとんど一人で飲んでいた。

時と場所をわきまえずに明けても暮れてもビールをがぶ飲みする鉄治の太鼓腹に視線を移して、学英はうんざりした。

女子従業員がビールを運んできた。顔付きから中国人と思われる。韓国人女性は日本人女性とほとんど見分けがつかないが、中国人女性はどことなくちがう。

二十分ほどして女子従業員に案内され二人の中国人が部屋に入ってきた。頬と顎が突出しているハゼのような顔の男と、輪郭が瓜《うり》のような顔の男だ。いずれも目尻が少し吊り上がり、いかにも中国人といった感じである。劉周達から紹介されて学英と鉄治は会釈したが、二人の中国人はまったく無愛想であった。椅子に掛けず、立ったまま劉周達を急《せ》かせた。

「それでは行きましょうか」

無言の圧力に劉周達は腰を浮かせた。

鉄治は飲みかけのビールに未練を残して席を立った。

「すぐ近くです」

と劉周達が言った。

きたときは二、三組の客しかいなかったのに、店内は満席に近い状態だった。

店を出た学英と鉄治は待機させていたベンツに乗り、劉周達は二人の中国人の車に乗って先導した。

場所は高田馬場駅から歩いて三、四分のところだった。神田川に沿った一方通行の道路と西武新宿線が交差し、入り組んでいる路地の奥まったところに四棟の古い二階建ての長屋がある。長屋の表と裏に建っている五階建てと七階建てのマンションに陽を遮られて、その路地はまるで洞窟のようだった。人影はなく、ひっそりしている。その路地の奥に二台の車を停めると道がふさがってしまい、人が通れなくなるのだが、他に車を停める場所がない。中国人はおかまいなしに車を停めた。その中国人の車の後ろにベンツを停めて降りた鉄治と学英は、長屋の少し開いているドアから、こちらを見つめている視線に気付いた。顔の半分しか見えない男の鋭い視線は、背後にもう一人の人物がいることを感じさせた。二人の中国人は半分開いているドアに近づき、男とふたこと、みこと交わし、みんなを中へ入れた。

玄関には数人分の靴が乱雑に脱ぎ捨てられている。蛍光灯が妙に薄暗い。家の中にはドアからのぞいていた男以外に四人の男がいた。何かに飢えているような乾いた目をしている。三畳の台所と四畳半と六畳の部屋があり、狭い裏庭がある。部屋にいる男たちは寝そべっていたらしく、入ってきた客にただ視線を送るだけだった。卓袱台《ちゃぶだい》の上には食べさしの皿やボウル、箸、茶碗、ウイスキーの空き瓶、ビールの空き缶が並べられ、ゴミを詰めたポリ袋が七、八個、部屋の片隅に積まれている。いったい何をしている男たちなのか。密航者たちの隠れ家ではないかと学英は勘ぐった。そして部屋には腐った食べ物のような漢方薬のような異様な匂いが充満していた。

「ブツは二階にある」

ハゼのような男がみんなを二階へ案内した。四畳半と六畳二間に漢方薬が山と積まれていた。虎の皮や象牙《ぞうげ》もある。丸焦げの猿、アルコール漬けの蛇、鹿の角、黒い塊の熊の胆《い》、棍棒《こんぼう》のような虎のペニス、オットセイの睾丸《こうがん》、木屑《きくず》のような漢方薬と枯れ葉のような漢方薬が五十以上の麻袋に選別して入れてあった。

ハゼのような男は麻袋の一つを開けて木屑状の漢方薬を手に取って匂いをかぎ、肝臓に効く薬だと言った。もう一人の瓜形の顔の男は枯れ葉のような漢方薬をつまみ、黄疸に絶大な効果がある漢方薬だと言った。二人の中国語を通訳しながら劉周達は、

「凄い量だ。これだけの量はめったに見られない」

と興奮した面もちで、側《そば》にある白いうぶ毛のはえた鹿の角を持ち、

「この角一本で二、三百万円はする」

と言った。

「二、三百万円？　嘘だろう。なんでこんな鹿の角一本が二、三百万円もするんだ」

芝居がかった劉周達の態度に鉄治は馬鹿馬鹿しくなって、

「ガク、帰ろうぜ」

と学英をうながした。

すかさずハゼのような男が棚の上に置いてあった桐《きり》箱を取って、おもむろに蓋《ふた》を開け、黒いビロードに包まれている中身を開陳した。薄赤味をおびたタラコのようなものが現れた。この乾燥したタラコのようなものは北朝鮮でしか栽培されない幻の「赤い朝鮮人蔘」だと言う。百年に数本しか栽培できない「赤い朝鮮人蔘」は、その昔、新羅《しらぎ》の王が唐の皇帝にこれを献上して同盟軍を結成させ、高勾《こうく》

麗《り》を破って朝鮮を統一したとされる伝説的な漢方薬である。一本数百万円はする代物で、いまでは北朝鮮の最高指導者、金正日しか服用できないと言う。

「本当かよ。そんな貴重な代物が、なんでこんな薄汚ない部屋にあるんだ」

当然の疑問である。それに一本数百万円もする幻の赤い朝鮮人蔘を、いったい誰が買うのか？　鉄治はあきれて、開いた口がふさがらなかった。

「世の中には金に糸目をつけない人がいるのです」

こう言うときの劉周達は山師《やまし》的な目付きになる。なんとか相手を言いくるめて品物を売りつけようとするのだ。

「あんたが買ったらどうだ。長生きするぜ」

学英が皮肉をこめて言った。

「わたしにそんなお金はないですよ」

数十億の資産を持っていると噂されているが、金銭の話になると、劉周達はまるで貧乏人のように装うのである。しょぼくれた目になって、自己卑下するように卑屈な態度になるのだった。

二人の中国人はいろんな漢方薬を見せて説明し、学英と鉄治の反応を確かめていたが、関心を示さない二人の態度に業《ごう》を煮やしたのか、劉周達を責めはじめた。ひとしきり中国語でやり合い、劉周達が二人の中国人をやっとなだめた。

「三千万円にしとくと言ってます。三千万円なら買い得と思いますよ」

劉周達はなにがなんでも売りつけようとする。

「とにかく外へ出よう。この部屋にいると息が詰まりそうだ」

学英は部屋を出ようとしたが、鉄治は虎の皮と象牙に関心を示し、手で感触を確かめていた。

そして劉周達に、

「この虎の皮はいくらするんだ」

と訊いた。

劉周達が素早く反応して、

「百五十万円です」

と答えた。

「百五十万か……。象牙はいくらするんだ」

と訊いた。

ハゼのような男が俄然《がぜん》、商売っ気を出して劉周達に説明した。

「これはシベリア虎の皮で二メートル以上あり、二十年ほど前、手に入れたものです。いまではめったに手に入らないそうです。象牙も輸入禁止になっていて入手できないものです。値段は二百万円です」

劉周達が鉄治の目の色をうかがう。

「うーむ」

と鉄治は考え込んでいる。

「鉄治、何を考えてんだ。こんなガラクタを、まさか買うつもりじゃねえだろうな」

大袈裟《おおげさ》で趣味の悪い鉄治の性格を知っている学英は、早くこの場から去ろうと部屋を出かけたが、鉄治は虎の皮をじっと観察していた。

「百万にしろ」

と鉄治が値切った。

劉周達が二人の中国人と相談した。

「百四十万なら売ると言ってます」

劉周達が二人の中国人の意向を伝えた。

「百二十万にしろ」

と鉄治が間を取って提示した。

劉周達がまた二人の中国人と相談する。

「鉄治、馬鹿じゃねえのか。こんなガラクタを買ってどうする気だ」

学英が忠告しても、いったん思い込んだ鉄治は玩具《おもちゃ》を欲しがる子供のように虎の皮をじっと見つめている。獰猛《どうもう》な眼と赤い舌を出して牙をむいている顔がいたく気に入ったらしく、鉄治は虎の頭を愛《あい》撫《ぶ》して悦に入っていた。

「わかりました。百二十万円で売るそうです」

品物が一つ売れたので面目が立ったらしく、劉周達はほっとしている。

「虎の皮はいま持って行く。代金は今日中に、あんたに支払う。それでいいだろう」

もちろん劉周達に異論はなかった。

さっそく二人の中国人は虎の皮を布に包んだ。

「象牙もどうです。百五十万円にすると言ってます」

劉周達が執拗《しつよう》にすすめる。

「象牙はいらねえ。印鑑屋にでも売りな」

虎の皮を買った鉄治は満足そうな表情をしていた。

待機していたベンツのトランクに虎の皮を積むと、学英と鉄治は劉周達を残して車を発進させた。

3

四年前、鉄治と学英が新宿伊勢丹に、世界の時計展示会を見に行ったときのことである。高級腕時計が展示されている会場を見て回っていたが、鉄治はあるウインドーの前で動かなくなった。一個だけ展示してあるウインドーを喰い入るように見つめていた。そのウインドーに飾られていた腕時計は一見、普通の腕時計と変りなかったが、世界に三個しかないパテック・フィリップであった。値段はなんと四千五百万円。とうてい手の出せる代物ではない。鉄治は、その野卑な顔付きや年齢や容姿からして四千五百万円のパテック・フィリップを買えるような人物には見えない。

横にいた学英も興味本位で見ているのだろうと思っていると、

「ちょっと時計を見せてくれ」

と鉄治は係員に言った。

係員は怪訝《けげん》な顔をして躊躇《ちゅうちょ》した。それから責任者を呼んだ。

やってきた責任者は折り目正しい言葉とにこやかな表情で、

「この商品は見ていただくだけで、ウインドーからお出しできません」

と鄭重《ていちょう》に断った。

「どうして見せられないんだ。おれは買おうと思ってるのに、手に取って見ないと時計の良し悪《あ》しがわからねえだろう」

少し巻き舌の鉄治のしゃべり方に責任者は警戒した様子だった。数百万円の時計ならいざ知らず、四千五百万円もする時計を素姓《すじょう》のわからない、それも巻き舌でしゃべる男に見せられるだろうか、と思ったにちがいない。

「お出しできません」

責任者は毅然《きぜん》とした態度で、どこの馬の骨ともわからぬ鉄治の前に立ちはだかり、部下の係員に目くばせした。係員はすぐさま二人の警備員を連れてきた。二人の警備員は鉄治をまるで万引き犯か窃盗犯のような目付きで見つめ、

「どうかしましたか」

と責任者に訊いた。

「この人がパテックを手に取って見たいと言うのです。この時計はウインドーからお出しできないと断っても、どうしても見せろと言ってきかないんです」

客の中には無理難題を言う者もいる。そんなときは警備員を呼んで力ずくで客を締め出すしかない。二人の警備員は鉄治に展示会場から出てほしいと頼んだ。

「時計をちょっと見せてほしいと頼んでるだけなのに、なんで展示会場から出ろと言うんだ。おれは買おうと思ってんだぞ。買おうと思ってる客を追い出すつもりか。おれのような上客はめったにいねえんだ。おまえたちの目は節穴か」

鉄治が責任者や警備員や店員たちから怪しまれ、白い目で見られているのを見かねて、

「おまえたちは、おれのダチ公をまるで泥棒あつかいしてねえか。なんだよ、いきなり警備員を呼んだりして。時計を見せたくないんだったら、はじめから展示しなきゃいいんだ」

と学英が言った。

会場にいる客が少しずつ集まってきてパテックのウインドーの前に人だかりができ、責任者は困った顔で頭を掻いていたが、集まってきた客を追い払うわけにもいかず、やむを得ずウインドーの中のパテックを取り出した。警備員はさらに二人増えて四人になっていた。警備員の厳重な警戒の中、鉄治はパテックを手に取って喰い入るように見つめた。

「別にどうってことないぜ。見た目はセイコーと変わんないよ」

学英がこき下ろすように言った。

しかし鉄治は学英の言葉など聞く耳を持たなかった。鉄治にとって世界で三個しかないこの時計の、四千五百万円という値段がステータスであった。

「この腕時計はパテック伝統の技術の粋《すい》を結集させ、十年の歳月をかけて製作した三点の中の一点です。三点はそれぞれ文字盤やベゼルやバンドのデザインがちがいますので、実際は世界でただ一つの時計だといえます。素材はプラチナで製作者はこの世界の至宝といわれていますジョージ・スターンです」

ウインドーから出すのをかたくなにこばんでいた責任者は、いったん鉄治に見せると店員としての本能が働いたのか、パテックの素晴らしさを力説した。もちろん買ってもらうために説明しているの

ではなく、鉄治に早く諦《あきら》めてもらいウインドーにもどしたいがために説明していた。だがパテックを腕にはめた鉄治は何度も何度も腕時計に見入り、なかなかはずそうとしない。腕時計をはめたまま逃げるのではないかと責任者は警戒心を強めた。

ようやく腕から時計をはずした鉄治は、懐から財布を取り出し、

「百万円ある。内金にしとく。夕方までに消費税分も含めて残りの四千六百二十五万円を持ってくるから、それまで時計は金庫にしまっといてくれ。誰にも見せるな」

と厳命した。

責任者はあっけにとられて思わず「はい」と言った。

「テッ、正気か。馬鹿じゃねえのか。四千五百万円の腕時計を買ってどうする気だ。部屋に飾っとくのか、それとも金庫に預けとくのか。まさか腕にはめて歩くんじゃねえだろうな。四千五百万円の腕時計をはめて歌舞伎町界隈を歩いてみろ、腕ごと斬《き》り落とされちまうぜ」

学英がどんなに口を酸っぱくして説得しようと、憑依《ひょうい》妄想にとらわれている鉄治は銀行へ直行した。そして払戻請求書に四千六百二十五万円と金額を記入して窓口に差し出した。その金額を見た女子行員は何かの間違いではないかと驚き、すぐさま支店長に見せた。支店長も驚き、鉄治と学英を別室に通した。

「またですか。今度は何を買うんですか?」

別室に入ると支店長はあきれた口調で言った。

「腕時計を買うんだ」

学英が鉄治の代りに答えた。

「腕時計？　四千万円以上もする腕時計をですか？」

「そうだ。玩具を欲しがる子供と同じだ。なにがなんでも四千五百万円のパテックが欲しいんだそうだ」

愉快そうに、しかし手に負えないといった感じで学英は煙草に火を点けてふかし、

「早く金を用意してやってくれ。テッは気が短いんだ」

と、まるで煽《あお》るように急かした。

学英がすべて代弁してくれたので鉄治はただにたにた笑っていた。

「わかりました。しかし大金ですので、ご用意するのに少し時間がかかります」

「わかった。急いでくれ」

鉄治はそう言うと女子行員が運んできたお茶をすすって待った。

「テッ、考え直したらどうだ。四千五百万円の腕時計を買って何になるんだ。おまえは見栄っぱりだから、どうせ腕時計を誰かれなしに見せびらかして悦に入りたいんだろうが、それだけのことに大金を使う馬鹿はおまえくらいなもんだ」

学英がいくら説得しても、いったん思い込んだ鉄治の意志は変らなかった。

四十分ほど待たされてやっと、支店長とアルミケースを持った行員が部屋に入ってきた。金額を確認したのち、アルミケースを持った銀行員と一緒に鉄治と学英は伊勢丹の時計展示会場にもどった。

まさか本気で買うとは思っていなかった責任者はアルミケースの中の現金を見せられて狐につまま

れたように目をぱちくりさせた。

「時計を持ってこい！」

と鉄治が怒鳴った。

「お客さま、ここでは人目につきますので別室へどうぞ……」

確かに店頭で大金の取引をするのはまずい。鉄治と学英は別室に案内され、そこで四千五百万円のパテックを買った。

「わたしにも一度、四千五百万円の時計を触らせてもらえないですか」

アルミケースを持ってきた銀行員がおそるおそるパテックを手に取って眺め、

「凄いですね！」

と感嘆の声をもらした。

鉄治はその場でパテックを腕にはめ、大手を振って会場をあとにした。

学英が思った通り、その日の夜から鉄治は韓国クラブやバーへ行き、ママやホステスや女の子にパテックを見せまくった。

「えーっ、四千五百万円！　ウソー！」

ママやホステスたちはきまって驚きの奇声をあげ、はめさせてほしいとせがむのだった。

「だめ！　おまえたちがはめたら汚れる。この時計はな、三、四十年後、オークションにかけたら二、三億円にはなる代物だ。おれは伊達《だて》や酔狂で四千五百万円もの時計を買ったんじゃない。投資してるんだ。学英はおれのことをいつも、馬鹿だ馬鹿だと言うが、あいつこそ何もわかっちゃいねえんだ。

この腕時計を持っていれば、おれの老後は安泰ってわけよ」
四、五日後には、鉄治が四千五百万円の腕時計をはめているという噂が新宿中にひろがった。そして鉄治がひそかに期待していた通り、四千五百万円の腕時計のご利益《りやく》にあずかろうとするホステスや女の子と鉄治はベッドを共にした。
ところが一ヶ月後に腕時計は何者かに盗まれたのである。いや、盗まれたのか、泥酔してどこかに落としたのか、それともホテルのベッドに忘れたのか、そのへんのところは鉄治自身にもはっきりしなかった。いずれにしても四千五百万円のパテックは忽然《こつぜん》と消えたのである。鉄治はベッドを共にした女たちをはじめ目《め》ぼしい店や人物を徹底的に調べたが腕時計は見つからなかった。

盗難届は出さなかった。盗難届を出すと、鉄治が営業しているホテトルやポーカーゲームや、その他のきわどい風俗店の手入れをされるおそれがあり、藪蛇《やぶへび》になるからであった。

「だから言っただろう。買うなって。おまえは何でもやりすぎなんだよ」

はらわたが煮えくり返っている鉄治を学英は冷淡な口調でいましめた。

「必ず見つけ出して、つぐないをさせてやる！」

一時はやけ酒を飲み、韓国クラブのホステスやスナックの女の子に当りちらしていたが、一年半も過ぎると、そんなことがあったのかと思えるくらい鉄治は事件をすっかり忘れていた。そして今度は虎の皮を買って周囲に自慢し、悦に入っている。たちまち噂はひろがり、虎の皮を見せてやると女を部屋に誘い、ベッドに敷いてある虎の皮の上でちちくり合った。

一事が万事、この調子で、鉄治は欲しいと思ったものはあと先を考えずに何でも買ってしまう。お陰でホテトルやポーカーゲームでしこたま稼いだ金を使いはたし、いまでは学英から借金している始末であった。漢方薬を欲しいと思わなかったのは幸いであった。

「一年前までは毎日二、三百万円稼いでたのによ、警察とF組に店を潰されて、いまじゃ文無しだ。土方でもやるか」

鉄治は虎の皮を敷いたベッドに寝そべり、横にいるタマゴと呼ばれているゲイの乳首を指先でいじくりながら言った。二十二歳になるタマゴは、眉毛を剃《そ》り落とした上に緑色でホラー系のメイクをほどこしている。鉄治のごつい不潔な指先で乳首をいじくられていたタマゴは、

「やめてよ、痛いじゃない！」

と鉄治の手を払いのけて裸のまま立ちあがり、バスルームに入った。

鍵を掛けているときもあれば掛けていないときもある。自分の部屋だけは泥棒に入られないと思っているのだ。

そこへ鍵の掛かっていないドアを開けて学英が入ってきた。服や下着類が乱雑に脱ぎ捨ててある部屋を見て、

「いつまで寝てるつもりだ。昼の二時だぜ」

と言った。

「起きてもしょうがねえだろう。やることねえしよ」

ぐうたらな鉄治は夜まで寝ているつもりらしい。そして夜になると吸血鬼のように街を徘徊《はいかい》して女を漁《あさ》るのである。

「売りに出てる店がある。ちょっと下見に行こう」

「また店をやるのか。この前は漢方薬だか何だかわからんが、わけのわからない連中とつき合わされて虎の皮を買わされ、今度は店をやるのか。店はこりごりだ」

「おまえは好きで虎の皮を買ったんだろう。虎の皮の上で変態女とさんざんやりまくって満足してんじゃねえのか。おまえの悪趣味にはついていけねえよ」

いつものように口論をしながら、鉄治は学英から投げつけられた下着と服を着た。

そこへバスタオルを巻きつけたタマゴがバスルームから出てきた。

「タマゴ、おまえが女だってことをガクに見せてやりな」

と言って鉄治はタマゴが巻きつけていたバスタオルを剝《は》ぎ取った。形のいい乳房とひきしまった腰から適度な肉づきのしなやかな脚が伸び、股《また》の間の男の物がなくなっている。タマゴはこれ見よがしにしなをつくって誇らしげにほほえんだ。

「せいぜい女に励んでくれ」

学英は無視して見向きもせずに玄関に向かった。

「いけすかない奴！　いい男ぶって。デブだけど、あんたの方がよっぽどましよ」

無視されたタマゴは男っぽい声でそう言いながら学英の後ろ姿を睨んだ。

「あいつはかたぶつだから、おまえのような女のよさがわかんねえんだよ」

鉄治が慰めるように言った。

「わたしを軽蔑してんのよ」

悔しそうなタマゴの目が敵愾心《てきがいしん》に燃えていた。

「おれはガクと用がある。鍵は『卍《まんじ》』の店に預けといてくれ」

タマゴに部屋の鍵を預けて鉄治は学英のあとを追った。

三十三度もある八月のくそ暑い日中に、学英は黄色いシャツに紺のスーツを着ており、鉄治は赤いシャツに黒のスーツを着ている。鉄治の首にぶらさがっている太い金のネックレスが汗に濡れて光っていた。

「店はどこにあるんだ」

外に出て二、三分歩いただけで肥満体の鉄治は息をきらせて立ち止まった。

「新大久保駅前を少し入ったところだ」

「タクシーに乗ろう。暑くて歩けねえよ」

「五、六分歩けないのか。情けねえ野郎だ」

だが、鉄治は走ってきた空車を停めて乗り込んだ。仕方なく学英も乗り込み、

「近いけど、新大久保駅に行ってくれ」

と運転手に言った。

運転手は一方通行の細い道を抜けて大久保通りに出た。

「駅前を右折してくれ」

と学英が指示した。

駅前にたむろしている大勢の女子高生たちが赤信号を無視して横断歩道を渡ってきたのでタクシー

は右折の機会を逃した。

「あのミニスカートを見ろよ。パンツが丸見えだぜ。無邪気な顔してるけど、あと二、三年もすりゃあ、手に負えない猛獣になるんだ」

かつてホテトルを経営していた鉄治は、はしゃいでいる女子高生たちを見やりながら言った。

「その猛獣を喰い物にしてたのは、どこのどいつだ」

学英は皮肉を言って、

「ここで停めてくれ」

と運転手に命じ、信号を右折したところで車を降りた。

角にはパチンコ店と牛丼店があり、その並びに花屋や喫茶店がある。果物店の二階は韓国美容院でネオンが昼間から明滅していた。営業時間は午前十時から翌日の午前三時まで。料金はカット千円。四、五軒離れた建物の二階にも同じような韓国美容院の看板が出ている。大久保通り沿いにも韓国美容院が二、三軒あった。ここは韓国美容院の激戦区なのだ。

「安いな。あんなに安くて商売になるのかな」

鉄治が感心しながら美容院のネオンを見上げている。

「商売になるからやってんだよ。そのかわり十七時間営業だ。よくやるよ」

学英が足を止めて「ここだ」と言った。

その建物は三階建てだが階段は外側についている。それぞれの階には通路があり、一階は中華飯店で二階はパキスタン人専用のコンビニとヴェトナムの雑貨店で、三階はマンションになっている。

学英は二階に上がってなにげなくパキスタン人専用のコンビニに入った。十坪ほどの店には食材、衣類、雑誌、ビデオ、日用雑貨類、イスラム教徒には欠かせない礼拝のための絨毯などが置かれている。冷凍庫の中に魚のソーセージやハムに交じって、アラーの神に祈りを捧《ささ》げて許しを得たとされる赤い印のついた肉も売られていた。

奥のレジに黒髪の、眉毛の濃い大きな瞳の十五、六歳の少女が座っていた。

少女をちらと見た鉄治が、

「可愛い子だね。いま何歳になるの」

とあらぬ質問をした。

「馬鹿なことを訊くな」

学英は見境もなく女に声を掛ける鉄治の袖を引っ張って注意した。振り返ると少女と入れ替って髭《ひげ》をたくわえた三十歳くらいの屈強な男が鋭い目で二人を警戒するように見つめていた。

店を出ると鉄治が、

「この店を買うのか」

と訊いた。

「この店じゃない。隣の店だ」

学英は隣の店に入った。

店内には照明が点いていたが、外の明るい陽ざしに比べると薄暗かった。ヴェトナムの衣服や装飾品や雑貨類を売っている店である。店内をゆっくり観察していると、

「いらっしゃいませ」

と女の低い声がした。

白いシャツとパンツに紺のアオザイを着た四十五、六の女だった。小柄だがアオザイが似合っていた。髪を後ろにまとめた柔和な表情はパキスタン人とは対照的だった。

―李ですが、雨沢さんはいますか」

女はすぐに学英の用件を察し、

「はい、奥にいます」

と言って雨沢を呼びに行った。

その間に、鉄治は携帯電話で、池沢国夫にベンツに乗ってこいと命じている。

「どこ行ってたんだよ。暑くて歩けねえだろう」

と池沢に怒鳴っている。

いますぐ、こい！　と自分の居場所を説明する。とにかく鉄治は一歩も歩きたくないのだ。

女がもどってきて、

「どうぞこちらへ」

と二人を奥の部屋へ案内した。

十坪ほどの一ＬＤＫには中国製の家具類が配置してある。

白髪の交じった、六十歳になる日本人の雨沢泰三はにこやかに二人を迎え、

「どうぞお掛け下さい」

とソファをすすめた。

鉄治はソファにふんぞり返って煙草に火を点けると、部屋を隈《くま》なく観察している。

学英が雨沢泰三と知り合ったのは一ヶ月ほど前である。例のジャズクラブでたまたま隣り合わせになって世間話をしているうちに商売の話になり、雨沢泰三が店を売りに出していることを知ったのである。

雨沢泰三は十五年前、ホー・チミン市に旅行したとき通訳をかねて観光案内をしてくれたヴェトナム人女性と親しくなり、結婚して日本で暮らすようになった。それがさっき店にいた女である。雨沢泰三は某大手企業の部長を務め、妻はヴェトナムの装飾品の店を経営していたが、今年の三月に会社を退職したのを機会に夫婦はヴェトナムで暮らすことに決めたのだった。雨沢夫婦は子供に恵まれなかった。十七歳年下の妻は夫が亡くなったあと一人で日本で暮らすのを不安がり、雨沢は故郷で暮らしたいという妻の願いを受け入れたのである。

「わたしがいなくなったあと、妻が日本で暮らすのは大変ですからね」

雨沢泰三の言葉に学英はいたく感じるところがあった。はっきり口にしたわけではないが、雨沢泰三が、日本で一人暮らしをするヴェトナム人は日本の社会で差別されるのではないかと懸念しているように思えたのだ。もとより学英は同情して店を買おうと思ったわけではない。学英は以前から適当な店があれば買いたいと思っていた。それで雨沢の店を下見にきたのである。不動産屋を通さず、直接取引することになったが、相場は坪三百万円ないし三百五十万円である。新大久保駅から徒歩一分という好立地とはいえ、表通りから少し入っており、繁華街としてははずれになる。それにいまやアジア人の密集地域でもある大久保では新宿、赤坂、六本木とはちがう客筋を集めなければならない。学英は大久保に新しいクラブを出店したいと考えていた。万国の料理が流行《はや》っているように韓国、タイ、フィリピン、中国、そして東欧、南米の女たちを一堂に集めて、百花繚乱《ひゃっかりょうらん》、よりどりみどりの魔窟のようなクラブをイメージしていた。映画「カサブランカ」の主人公を演じているハンフリー・ボガートのダンディズムに憧れ、その役を体現したいと学英は夢見ているのだった。

店と住まいを合わせて二十五坪程度の空間にイメージ通りのクラブができるかどうか頭の中で図面を描きながら学英は値段の交渉をした。学英は七千万円前後と見積もっていたが、雨沢泰三は七千五百万円を譲ろうとしない。結局、不動産屋を通した場合、両者とも三パーセントの手数料を取られるので、学英がその手数料を七千万円に上乗せすることで合意し、三日後に契約を交わすことにした。

4

雨沢との交渉の間、鉄治はほとんど口をはさまなかったが、交渉を終えて店を出ると不満を述べた。

「こんな場末でクラブをやって採算がとれるわけねえだろう。何考えてんだ」

「心配すんな。稼げるさ。われに勝算ありだ」

「ちゃんとした店を造るには改装費に三、四千万はかかるぜ。一億以上投資して何年でペイできるんだ」

「三年でペイできる」

「とらぬ狸の皮算用だ。三年でペイできりゃ誰も苦労しないぜ」

鉄治はいつも学英の計画にことごとく反対するのだった。そのくせ鉄治は学英以上に無計画で刹那《せつな》的で、一攫《いっかく》千金を狙っては失敗をくり返していた。一年前に店を潰されるまで、ホテトルとポーカーゲームで濡れ手に粟式の大金を稼いだ味が忘れられないのである。

「ところでおまえに相談がある。タマゴをクラブのママにしたいと思ってるんだ」

学英は突拍子もないことを言った。

「なんだって！　タマゴをクラブのママにしたいだって。あんな野郎にクラブのママが務まるわけねえだろう。それに若すぎる。まだ二十二歳だぜ」

「もともとタマゴは男だったが、いまじゃ色気たっぷりの女だ。だからおまえはタマゴと寝てるんじゃねえのか。毒をもって毒を制すと言うだろう。両性具有動物のタマゴにはうってつけの役だとおれは考えてる。若いというがタマゴのしたたかさは半端じゃない」

意表を突いた学英の意見に鉄治は考え込んでしまった。

確かにタマゴは男だが、その肢体は女以上に女だった。以前は日本では乳房やペニスの手術を受けられなかったので、性転換をしたければフィリピンやタイなどで手術を受けていたが、最近は日本でも受けられるようになっていた。もちろん違法行為だが、大阪に手術をほどこしてくれる医師が何人かいる。フィリピンやタイの医師はずさんで技術的な水準も低く、失敗例が多いのに対して、日本の医師は技術的にも水準が高く手術費も手頃であった。乳房の手術は三十万円、ペニスの手術は百二十万円が相場といわれている。タマゴは乳房の手術をしたあと、一年間せっせと金を貯えてペニスの手術を受けた。ペニスを切除して切開し、尿道と膣を造ったが、その膣はいわば傷口と同じで、自然治癒力が働いて癒着しようとするため、傷口がふさがらないよう穴にプラスチックの棒を挿入して二、三ヶ月待ち、傷口が完治して癒着する心配がなくなったときプラスチックの棒をはずすのである。そして女性ホルモンを服用すると、男性的な筋肉質の体から女性的な丸みを帯びた体に変貌《へんぼう》していくのだ。髭もはえなくなり、腕や脚の毛は一年半の電気脱毛でなくなり、すべすべした肌になった。毎日入念に手入れをしているタマゴの肌はしっとりしていて、そんじょそこらの女性の肌より美しかった。スポーツクラブに通って贅肉《ぜいにく》を落とし、一定の体重を保っているタマゴの体形はファッションモデルのようであった。もともと女のような顔をしており、肩まで伸びている金髪をなびかせ、大きく胸の開いた派手な衣装を着て腰をくねらせながら歩く姿は実にセクシーである。タマゴが街を歩いていると男は必ず振り向いた。

だが、タマゴは自分を女だとは思わなかった。女になりたいという強い願望から乳房とペニスの手術をして限りなく女に変貌していったのだが、好きな男に抱かれても結局女として認められなかったのである。本来女にそなわっている肉の柔らかさや声の質がちがい、切開手術をして造った膣にペニスを挿入されても快感がともなわず、愛液が出ないので男にあきられてしまうのだった。ではなぜ大金を払ってまで手術をして女になろうとしたのか。それは男が好きだったからである。男しか愛せないのだ。手術をして形の整った乳房を造り、ペニスを切除するまでの間、当時勤めていたオカマバーにきていた何人かの女性客に誘われてホテルに行ったが、どうしてもその気になれず勃起しなかった。男にフェラさせると勃起し、射精するのだが、女にフェラされても勃起せず、しらけた雰囲気になって自己嫌悪に陥るのだった。一度男と一緒に旅行して温泉旅館の女湯に入ったことがある。四、五人いた女性たちには気付かれなかったが、タマゴは女たちの生ぐさい匂いに耐えられず浴場から逃げ出してしまった。そして二ケ月後、男に捨てられたタマゴはあらためて自分は男でもなければ女でもないということを思い知らされたのだった。それ以来タマゴは金で手当り次第男と寝た。所詮、心の半分は男であり、セックスに対する貞操観念も男であると思った。

鉄治は半年ほど前、知人に誘われてゲイクラブに行き、そこでタマゴを知ったのだが、女よりも美しく色気のあるタマゴに魅せられ、それから間もなく半同棲生活をはじめた。そのタマゴをクラブのママにしたいと学英は言う。

「やめた方がいいと思うぜ。タマゴは女が嫌いなんだ。女の中にいると気持悪くなると言ってた。あいつは男が好きなんだ」

鉄治は難色を示した。

「ホステスは女だが、客は男だ。それにフィリピン、タイ、中国、日本、韓国、そして白人のホステスたちとゲイのママが華を競うのも見ものだよ。考えただけで楽しくなってくる」

難色を示している鉄治をよそに学英はクラブの様子を想像しながら一人悦に入っていた。

「おれからは言えない。おまえから言ってくれ。しかし、引き受けるとは思えない」

「引き受けるさ。女に対する競争心は相当強いはずだ。女より自分の方が美しいと思ってる。あのとき、タマゴはよがり声をあげるのか」

学英はあらぬことを訊くのだった。

「あげるよ。しかし、本当によがってるのかどうかはわからない」

「女と比べてどうなんだ」

「そうだな、男の体をよく知ってるからテクニックは女より上だが、どう言ったらいいかな、やっぱり女とはちがう」

「どうちがうんだ」

「体は女とそっくりだが、男だってことが、おれの頭の中にあるから、奇妙な感覚になることがある。けなげで可愛い奴だが、ときどき男にもどったりする。喧嘩のとき殴ると本気でかかってくるから、こいつは男なんだと思ったりする」

どうやら鉄治はタマゴをもてあましているようだった。

「今夜、タマゴの店に行ってみよう」

学英は、ゲイクラブやオカマバーにはまったく興味がないが、タマゴの働きぶりを見ておきたかったのだ。

「おれはあまり行きたくねえ。おれが行くとタマゴが嫌がるんだ」

「どうして？」

「おれが他のゲイに手を出すんじゃないかと嫉妬するんだ」

「おまえは他のゲイにも手を出すのか」

「冗談じゃねえ。ゲイはタマゴ一人でたくさんだ」

「韓国クラブの順愛《スネ》とはまだつき合ってるのか」

「まあな」

「両刀使いってわけか」

「人聞きの悪いことを言うな。おれはただ助平なだけだ。おまえも助平なくせにひとのことを言えた柄か」

鉄治がつき合っている女を数えあげるときりがない。いま何人の女とつき合っているのか本人もわかっていなかった。ときどき鉄治の部屋で鉢合わせしたタマゴと女が大喧嘩になったりする。喧嘩になるとタマゴは女を容赦しなかった。男のようなパンチで殴るので女はひとたまりもなく駆逐される。

するとき鉄治は、

「男のくせに女を殴るんじゃねえ！」

とタマゴを殴るのである。

「どうしてわたしを殴るの」

殴られたタマゴは泣き崩れ、

「わたしを捨てないで」

と鉄治の脚にしがみつくのである。

学英がこうした光景を目撃したのは一度や二度ではない。それでも鉄治は取っ替え引っ替え女を部屋に連れ込むのである。

欲望の塊のような肥満体を少し斜《はす》に構えて鉄治は喫茶店の隅にいる二人の男をじろじろ見ていた。

「あんまりひとを見るな」

と学英が注意した。

鉄治は他人の顔をじろじろ見つめる癖があるのだ。それがもとで喧嘩になったこともある。

「あの二人は中国の吉林省《きつりん》からきた朝鮮族だ。間違いない」

半年前、鉄治は職安通りのビルの四階に事務所を開き、パソコン二台、テレビ、ＤＶＤ機、金庫、その他、什器《じゅうき》備品を購入した。千葉の八千代台のとある家屋で週に一回、ピッキング窃盗団が盗んできた品物を展示し、即売しているが、そこで買ったのである。事前に頼んでおけば、どんな品物でもそろえてくれる。価格は市価の五分の一ないし十分の一の安さである。窃盗団の仲間には機械に詳しい者がいて故障している品物は修理してくれる。もちろん展示されているのは電気製品だけではなく、高級腕時計、宝飾類、ブランド物の鞄や衣装もあった。

ところが先月、鉄治の事務所のドアがバールでこじ開けられ、二台のパソコン、カメラ、テレビ、DVD機、そして三百万円入っていた金庫が盗まれたのである。ドアを破壊し、重い金庫を運び出した手口は従来のピッキングとはちがう。会社の事務所の大きな重い金庫を三分以内に運び出したり、街の現金自動預入払出機をショベルカーで破壊して現金を盗んでいく事件が頻繁に発生しているが、こうした荒っぽい仕事は吉林省から密航してきた朝鮮族の仕業といわれている。最近、新宿の風林会館で麻薬がらみの殺人事件が発生し、主犯は朝鮮族の人間だった。拳銃で組員の一人が殺され、二人が重軽傷を負っている。

喫茶店の隅にいる二人の男の風貌から鉄治は朝鮮族の人間に間違いないと断定した。

「あの二人をどこかで見た気がする」

「どこで見たんだ」

「千葉の八千代台だ」

「おまえが事務所の什器備品を格安で買ったという泥棒市場か」

「そうだ」

鉄治の表情が険悪になった。何かが起こる兆候である。

学英が止めるのも聞かず、鉄治は立ちあがって二人の席に行くと、

「おれを覚えてるだろう」

と言った。

突然、見知らぬ男から、そんなことを喧嘩腰に言われた二人の男は眉をひそめて身構えた。

「千葉の八千代台でおまえたちは盗品を売ってただろう。おれに売った品物をまた盗みやがって！」

何の証拠もないのに泥棒呼ばわりされた二人の男は、しかし鉄治の巨体に圧倒されて顔面蒼白《そうはく》になり、テーブルに千円置くとあわてて店を出た。

「待ちやがれ！」

二人の男を追い掛けようとする鉄治を学英が制止した。

「落ち着け。何の証拠もないのに泥棒呼ばわりするのはよくない。おまえはいつもそうだ。勝手な思い込みで決めつける」

「勝手な思い込みじゃねえ。間違いねえんだ。新宿あたりをうろちょろしやがって。今度見つけたら、ただじゃおかねえから」

一人いきりたって声を張り上げている鉄治を店にいる客たちは唖然として見ていた。

「店を出よう」

学英はレジで怯《おび》えている女子従業員に勘定を払って鉄治を連れ出した。

「おまえといると疲れるぜ」

大きな体をゆすってガニ股で歩いている鉄治を見て、足をからませて転ぶのではないかと学英は思った。実際、足をからませて転び、自転車に乗っていた中年女性と衝突したことがある。その中年女性は転倒してガードレールで頭を打ち、脳震盪《のうしんとう》を起こして入院した。幸い一日入院しただけでことなきを得たが、興奮しているときの鉄治は前を見て歩いていないのだ。いまも鉄治は、まるで泥酔しているような歩き方をしている。学英が心配して見ていると、鉄治は立ち止まり、携帯電話でベンツを運転している池沢国夫を呼んだ。一分もせずに池沢国夫はベンツを鉄治の前に横づけした。鉄治と学英が喫茶店に入ったときから車の中で待っていたのだ。

「今夜、タマゴの店に行くけど、おまえはどうする」

と学英が訊いた。

「おれは行きたくねえ」

不機嫌そうに鉄治は断った。

「じゃあ、おれ一人で行ってくる」

学英は鉄治を冷たくあしらって一人で歩きはじめた。

「車に乗らないのか。送って行くぜ」

自分だけ車で帰るのは気が引けるのか鉄治は学英に声を掛けたが、学英は、

「歩いてもマンションまで五分だ。車で帰ると遠回りになって十五分はかかる」

と至近距離を車に頼る鉄治を皮肉るように言った。

「勝手にしろ」

鉄治は窓を閉めて車を発進させた。

その日の夜、学英は新宿の焼肉店で手配師の山上左吉と会った。東南アジアを渡り歩き、三年前ま

では、タイ、フィリピン、台湾の女たちを集めてクラブを経営していたが、賭博の借金に追われて店を手放し、その後、ホステスたちの手配師をしてしのいでいる男である。坊主頭に口髭をはやし、生気のない目をしている。クラブを経営していた頃は意気揚々としていたが、借金に追われ、金融暴力団に監禁までされて徹底的にいためつけられてから山上左吉は卑屈になり、媚《こび》を売るようになった。その反面、昔とった杵柄《きねづか》というか、一見こわ面《もて》にもかかわらず女を口説くのは上手《うま》かった。フィリピンのピリピノ語、タイ語、英語が達者で、中国語も多少話せて出稼ぎにきている東南アジアや中国、南米や東欧の女たちと直接交渉ができ、また相手の女も通訳を介さず話せるので安心できるらしく、仕事が欲しいときや、より有利な収入を得たいときは山上左吉に相談を持ちかけたりする。

メニューを見ていた山上が、

「骨つきカルビを注文してもいいですか」

と年下の学英にへりくだって訊いた。

「好きなものを何でも注文してくれ」

学英は鷹揚に構えて言った。

山上は骨つきカルビをはじめタン、ツラミ、ミノ、キムチ、チヂミなど、食べきれないほど注文した。そしてそれらの肉を飢えたガキみたいに食べている山上を見ながら学英は計画を述べた。

「凄いですね」

山上はなま返事をしながら夢中で食べている。

「山上、ちゃんと聞いてるのか」

山上のいい加減な態度に学英は語気を強めた。

「ええ、聞いてます。焼肉にありついたのは久しぶりなもんで、すいません」

ようやく山上は箸を置いてビールをひと口飲み、学英の話に耳を傾けた。

「だから女を手配してくれと言ってるんだ。タイ、フィリピン、中国、台湾、韓国、日本、南米、東欧、とにかくいろんな国の女を集めてくれ」

「大変ですよ、そんなにいろんな国の女を集めるのは」

「だからおまえに頼んでるんだ」

学英は懐から部厚い封筒を出してテーブルの上に置いた。

「百万円入ってる。当座の資金だ。ただし使った金の領収証を持ってこい。おまえには女一人につき十万出す。二十人集めろ」

「一人十万円じゃキツイですよ。へたすると組関係に狙われるかもしれないし、危ない橋を渡るんですから、二十万円はもらわなきゃ」

生気のない目が怪しく光った。

こいつの目はひとを裏切る目だ、と学英は思った。だが人は使いようである。

「組関係に狙われたときは、おれが話をつける。心配するな。おまえは女を集めることだけを考えろ。十五万円出す。それで当座はしのげるはずだ」

学英が一歩譲歩したので山上はそれ以上要求することはできなかった。
四、五年前、ポーカーゲームやビル乗っ取り計画にからんで暴力団と体を張って抗争した学英と鉄治は勇名をはせていて、暴力団組員の間でも一目置かれていた。素人《しろうと》が暴力団組員から一目置かれているのは珍しいのである。いくつかの組からの幹部に迎えたいという誘いを学英と鉄治は断っている。組織を嫌い、徒党を組むのを嫌い、あくまで一匹狼としての生き方にこだわっていた。

学英の実力を知っている山上は自己卑下して、

「わかりました。やります。で、いつ頃までに集めればいいんですか」

と訊いた。

「店の改装に二ヶ月はかかる。それまでに集めてくれ。ただし前借のある女は駄目だ」

ほとんどのホステスは観光ビザで来日しており、三ヶ月から半年でいったん日本から出国しなければならない。店に前借のあるホステスを引き抜くと、その前借を立て替えて清算しなければならないが、その立て替え金をペイできる保証はない。しかしながら出稼ぎにきているホステスに前借はつきものだった。

「難しいですね。前借のない女はなかなかいないですよ」

山上は焼肉を食べ、今度はマッコリ（どぶろく）を注文した。この機会にたらふく飲み食いしておこうというわけだ。

「そこがおまえの腕の見せどころだろう。前借を清算して引き抜くんだったら、誰にだってできる」

難色を示しながら、ほんの少しでも隙《すき》があると、その隙に乗じて金をせしめようとする山上の魂胆がありありと透けて見える。

「難しいんだったら別の人間に頼んでもいいんだ」

学英がテーブルの上に置いてある百万円を引き揚げようとすると、

「やります。まかせて下さい」

と山上は百万円の入った封筒を取って懐に入れた。

「これで話はきまりだ。約束は守るように」

学英はテーブルの上に飲食代として三万円を置き、

「おれはこれから用がある」

と言って店を出た。

山上と長居をするのは無用だった。金さえ渡しておけば動く人間なのだ。

タマゴが勤めているゲイクラブへ行くには時間が早すぎる。学英は職安通りから区役所通りに入り、クラブ「紳士協定」に向かった。灯りを煌々《こうこう》ともしているバッティング・センターで数人の男たちがボールを打っている。会社帰りの者もいれば、バットを振りまくっているだけの酔っぱらいもいる。このくそ暑い夜にバットを振って汗をかいている人間の気がしれなかった。かつて学英はボクシングに熱中したことがある。高校生のとき全国ライト級チャンピオンになり、将来はプロに転向しようと考えていたが左目を悪くして諦めたのだった。しかし果たせなかった夢が痛手となっていまも学英の胸の奥で疼《うず》いていた。あの頃の純粋さはまだ残っているだろうか。これからはじめようとしているクラブも目的そのものではない。生きるために必死に闘い、傷つき、泥にまみれ、ようやくそれなりの金を手に入れ立ちあがってきたが、それでも本当にやりたいこと、やるべきことに出会っていなかった。学英はときどき自問自答することがある。このままでいいのか？　なんのために金儲けをしているのか。在日同胞の生きざまを見ていると結局のところ金儲けが目的としか思えなかった。それ以外に何もないのだ。

風林会館前でタマゴとばったり出くわした。ジーパンにノースリーブの赤いシャツを着て、赤いサンダルをはき、肩まで伸びている金髪をなびかせている。眉毛を剃り落とした上に緑色のアイブローペンシルを引き、黒い口紅を塗っている。異様な化粧だが、同時に不思議な魅力を漂わせ、腰をくねらせて闊歩《かっぽ》しているタマゴを女でさえ振り返っている。

「ガクさん」

「おおタマゴ」

二人は互いに名前を呼び合い立ち止まった。

「どこ行くんだ」

と学英が訊いた。

タマゴが風林会館前の信号にたむろしている人間に見せつけるように学英にべったり寄りそって、

「これからスポーツクラブのプールでひと泳ぎしようと思って」

と黒い口紅を塗った肉づきのよい唇に笑みを浮かべて流し目で学英を見た。こんなところを鉄治が目撃したら嫉妬するにちがいないと思い、学英はタマゴと少し間隔を置いた。

「ガクさんはどこ行くの」

「おれは一杯飲みに行くとこだ」

タマゴは学英の表情を読みとったように、

「わかった。ジャズ・シンガーのいるクラブでしょ」

と言った。

「どうしてわかる?」

学英は含み笑いをした。

「テツが言ってた。ガクはジャズ・シンガーにぞっこんだって」

「あいつは大袈裟なんだ。クラブの雰囲気がいいからときどき飲みに行くだけだ」

学英はタマゴを牽制《けんせい》した。

「どんな女かしら。ガクさんが惚《ほ》れてる女って。興味があるわ。ねえ、連れて行ってよ」

予想した通りタマゴはせがむのだった。

「おまえはプールに行くんじゃないのか」

「プールは一日くらい行かなくったっていいのよ」

タマゴは学英の腕をしっかり摑《つか》まえて離そうとしない。

周囲の人間が薄ら笑いを浮かべている。学英は仕方なくタマゴをクラブへ連れて行くことにした。

5

クラブに入るとマネージャーが鄭重に二人をテーブルに案内した。客は七分くらいの入りである。

店内を見回したタマゴが、

「いい店ね。大人の雰囲気があるわ」

と言った。

ちょうどショータイムだった。ピアノの演奏がはじまり、店の奥から白いドレスを着たジャズ・シンガーが現れた。マイクの前に立ち、ライトに照らされた美しい容姿のジャズ・シンガーの一挙手一投足をタマゴはねたましげな視線でじっと見つめた。

「いい女じゃない」

タマゴは煙草に火を点けてゆっくりふかすと脚を組み、

「まだ寝てないの」

と言った。

「楽しみはあとに取っておくもんだ」

「早撃ちのガクが強がり言って」

ジャズ・シンガーはハスキーな歌声に感情を漂わせている。恍惚《こうこつ》とした表情、濡れた唇からもれる歌声、悶《もだ》えるような肢体、それらは性的な行為を連想させる。学英はうっとりしていた。小娘にいかれているプレイボーイの学英がタマゴの目には滑稽に映った。

ショーが終って店内が明るくなると学英は夢から覚めたように虚《うつ》ろな目をしばたたいた。

「歌はへたね。それに彼女は可愛い顔してるけど男を知りつくしてる女よ」

女としての魅力を認めながらもタマゴは否定的だった。

「おまえもテツに似てきたな。彼女を知りもしないでいい加減なこと言って」

学英は、まるで自分の女をかばうように反発した。

「わたしにはわかるのよ。両性具有動物だから。彼女はたぶんガクさんと寝ると思うわ。それも打算でね」

「それでもいいじゃねえか。打算のない女がどこにいる。そんな女がいたらお目にかかりたいよ」

「それだけ割り切ってるんだったら言うことないけど」

タマゴはいらだったように組んでいた脚を貧乏ゆすりさせながら、また煙草に火を点けたが、何を思ったのか席を立って、カウンターの隅で休憩しているジャズ・シンガーの元へつかつかと歩み寄り、にっこりほほえみかけて二、三言葉を掛け、彼女を誘って席へもどってきた。

「この人がどうしてもあなたとお話ししたいんですって。五分でいいからつき合ってくれない」

学英は面喰らったが、ジャズ・シンガーは微笑して席に着いた。

「学英です」

この前、バーテンダーに頼んでカウンターの隅にいたジャズ・シンガーにカクテルを一杯贈ったが、それを覚えていたジャズ・シンガーは、

「今西沙織です。この前はご馳走になりました」

と挨拶した。

近くで見ると艶《つや》のある白い肌が一段と美しい。目鼻だちの整った知的な顔とふっくらした唇からもれる声がセクシーだった。

学英はすぐにボーイを呼び、

「何か飲みますか」

と今西沙織に訊いた。

ちょっと考えてから今西沙織は、

「マティーニを戴《いただ》きます」

と答えた。

「君はこのクラブでいつから歌ってるんですか」

と学英は訊いた。

「半年ほど前からです」

「どこかのバンドに所属してるんですか」

「いいえ、たまたまピアニストの浅井繁さんの妹さんと友達だったものですから、誘われて歌うことになったのです」

「その前はどこかで歌ってたのですか」

「いいえ、この店で歌うのがはじめてです」

「それにしては上手だ。とてもはじめてとは思えない。それにセクシーだし、モダンだよ」

「ありがとうございます」

今西沙織は恥じらいながら礼を言った。

学英の歯の浮くようなお世辞を聞いていたタマゴはしらけて、

「今度お食事でもどうかしら」

と割って入った。

毀誉褒貶《きよほうへん》が激しいタマゴの態度は、まるで嫉妬しているみたいだった。

今西沙織はタマゴの意図に戸惑い、

「それは……いますぐご返事できません」

と間接的に断った。

「よけいなことを言うな。急に言われたって沙織さんは返事に困るだろう。こいつは女じゃないから、美しい女性に対してすぐに嫉妬するんだ」

学英はあからさまにタマゴの秘密を暴露した。

「えっ、女じゃないんですか？　でも、あの……すごくきれいです」

沙織は驚いてタマゴの容姿をあらためてまじまじと見つめた。

「そうなの。わたしは両性具有動物なの。ときには男だったり、ときには女だったりして、すごく複雑なのよ。ガクさんの言う通り、あなたのような美しい女性を見ると、女ごころが湧いてきて嫉妬するのよ。ガクさんはわたしの恋人じゃないけど、ガクさんをあなたに奪われないかと思ってやきもきするの。困った性《さが》なのよ。ごめんね」

学英を援護しているのか、それとも今西沙織を牽制しているのか、どちらともつかない言葉に今西沙織は沈黙した。

天《あま》の邪鬼《じやく》なタマゴの性格に困りはてた学英は話題を変えた。

「ところでぼくは二、三ヶ月後に新大久保駅前でクラブを開店する予定なんですが、そこで歌ってもらえないですか。この店より少し狭くなりますが、最高の内装をほどこすつもりです。ギャラは希望通りに出します。最高のジャズ演奏家たちを集めてもいい」

唐突な誘いに、

「そんな、わたしは素人ですから、最高のジャズ演奏家と歌うなんてとてもできません」

と沙織は言った。

「そんなことはない。君なら歌える。君には才能がある。ぼくは何度かこの店に通って君の歌を聴きながら、クラブを開店したあかつきには君にぜひ歌ってもらいたいと思ってたんだ。店はこれから設計する。なんだったら、君の好きなように設計してくれ」

まるで無名の新人歌手を大々的に売り出そうとするプロデューサーのように、あるいは惚れた女のために私財をなげうって奉仕しようとする馬鹿な男のように、学英は熱い視線をそそいで沙織を口説くのだった。

「わたしはこの店で充分です。そんな大それたことは考えていません。ご好意には感謝しますが、お断りします」

まずかったと学英は思った。焦りすぎて女を口説く手順を間違えた。今西沙織のような女は、もっと時間をかけて口説く機会を待つべきだった。機が熟して枝から果実が自然に落ちてくるのを待つのが学英のやり方であったが、待てなかったのだ。

「つぎのショーがはじまりますので、これで失礼します」

今西沙織はカクテルに口もつけずに席を離れた。

「猿も木から落ちるって言うけど、急にあんなことを言い出したりして、どうかしてるよ。ガクさんもヤキが回ったみたいね。彼女はガクさんに不似合いよ。お高くとまって、わたしは美人ですって顔してる。自意識過剰なのよ。わたしは男だから自意識過剰に女を演じてるけど、自意識過剰な女はすぐに馬脚を現すから、あきられるのよ。かりにガクさんと彼女ができても、すぐに別れると思う。彼女は謙遜してるけど、本当は野心家よ。ただガクさんの正体がわからないから警戒してるだけ。もうひと押しすればころぶかもしれない」

タマゴは今西沙織をさんざんけなしながら、可能性があるかもしれないと学英をけしかけるのである。

「もういいよ。おまえの話を聞いてると頭がこんがらがってくる。要するにおまえは彼女が気にくわねえんだろう。だったら、あまりおせっかいなことを言うなよ。おまえがへんなことを言うから話を変えるためにおれもついクラブのことを持ち出したんだ」

「あら、そう。悪かったわね。人がせっかく親切に忠告してやってるのに聞く耳を持たないんだから」

「おまえは出しゃばりすぎると言ってるんだ」

店内の照明が薄暗くなり、ショーがはじまったが、タマゴは床を蹴って立ちあがり、さっさと店を出て行った。

とり残された学英は今西沙織の歌声と妖艶《ようえん》な肢体にまどわされながら、タマゴの言っていることは正しいかもしれないと思った。だが、今西沙織の体の奥にひそんでいる欲望の海に溺《おぼ》れてみたいと思うのだった。

タマゴとは喧嘩別れしたが、いつものことである。喧嘩をしても一時間後にはさっぱりしているのがタマゴの性格のいいところだ。

ショーが終って照明が明るくなり、店の中がざわついた。腕時計を見ると午後十時半だった。閉店時間まで三十分しかない。学英は今西沙織が店に出てきたら思いきって誘ってみようと待ったが、十分が過ぎても現れなかった。いつもならカウンターの隅に座ってカクテルを飲みながら客と談笑するのに、姿を見せないところを見ると帰ったのだろう。おれを敬遠しているのかもしれない、と学英は苦い思いでクラブを出た。

風林会館前の交差点では、ミニスカートの女の子や茶髪や長髪の黒い背広を着た若い男たちが行き交う酔客に声を掛けながらチラシを配って客引きをしていた。空車のタクシーが列をなし、交差点の前後で客を乗せようと動かないので大渋滞しており、ひっきりなしにクラクションが鳴らされる。道路の両側にぎっしり駐車しているのも大渋滞の要因だった。酔っぱらいの一人が路上駐車している車を蹴飛ばした。とにかく風林会館前は人と車が入り乱れて混雑し、肩と肩がすれちがっただけで喧嘩になりそうな雰囲気である。

午前零時にタマゴが勤めているゲイクラブ「愛の炎」へ行くことになっているが、それまでにまだ少し時間があったので学英は風林会館の一階の喫茶店に入った。この喫茶店は金融業・不動産業・暴力団の出入りが多く、水商売関係の面接のほか、同伴の前や閉店後にホステスと客が落ち合う場所として使われている。

風林会館前の混雑をよそに店内は空《す》いていた。新宿はまだ宵の口なのである。学英は店の右端の席に着いてコーヒーを注文し、煙草をふかしながら、なにげなく左端の別室になっているテーブルにいる四人の男たちを見た。学英の席からは二人の顔しか見えなかったが、その中の一人をどこかで見たような気がした。どこで見たのだろう……と記憶をたどっているとき、突然、

「なめるんじゃねえ！」

と背中を向けている一人が怒鳴った。

つぎの瞬間、見覚えのある男が懐から拳銃を抜き、前に座っている二人の男に向かって四、五発撃った。爆竹のような音だった。ほんの五、六秒の出来事だったので、何が起きたのか学英にはわからなかったが、発砲した男と連れの男が周囲を気にする様子もなく平然と大股で店を出て行ったとき、学英はやっと思い出した。学英と鉄治を高田馬場の古い裏長屋の二階に案内し、漢方薬を売りつけようとして、結局、鉄治が虎の皮を買わされた相手だった。

店の者が駆けつけ、殺害されている二人の男を見た。とたんに店内は騒然となった。学英は事件に巻き込まれるのを避けて早々に店を出た。

『なんて奴らだ。いきなり発砲するとは……』

目の前で発生した凶悪な殺人事件を目撃して興奮冷めやらない学英は、まるで追われているかのように方向感覚を失って大久保方面へ歩き、職安通りに出て「愛の炎」を通り過ぎたことに気付いた。そして冷静になり、あの漢方薬は何だったのか？　と気になった。事件の目撃者として警察に調書をとられるのはいやだった。前科にはならなかったが、傷害で二度、留置場に拘束された経験がある。そのときの警官の傲慢《ごうまん》で差別的な態度は許せないと思っていた。警察には絶対に協力しない、というのが学英の意志だった。それは鉄治も同じである。鉄治も傷害で相手に訴えられて逮捕、起訴され、拘置所に半年以上拘束された。その間、弁護士を通して相手と示談が成立し、裁判の結果、懲役一年、執行猶予三年の判決を受けて釈放され、現在にいたっている。

奴に見られただろうか？　発砲した男は右手に拳銃を下げたまま悠然と店を出て行ったが、一瞬ちらと学英を視界に入れたような気がする。いや、見られていないはずだ。かりに一瞬ちらと見られたとしても奴は思い出せないだろう。

学英は職安通りを右へ左へ行きつもどりつしながら、いつしか人通りの少ない大久保病院の裏道に入っていた。ミニスカートをはいた三人のオカマが道端に立ってコンビニ弁当を食べていた。通り過ぎようとする学英にオカマの一人が、

「お兄《に》さん、遊ばない」

と声を掛けてきた。韓国語訛《なま》りだった。

なぜかその場所に自動写真機が設置されており、中に二人の人間が入っていた。カーテンは閉ざされていたが、下半身はまる見えだった。ズボンをはいている男が椅子に座り、ミニスカートのオカマとおぼしき人物がしゃがんでいた。あきらかにフェラをやっている最中だった。自動写真機の中から男の太くて低い動物の唸りのような声がかすかに聞える。フェラ行為が激しくなっているのがわかる。声を掛けてきたオカマが舌を出して唇を淫靡《いんび》に舐《な》め回した。

学英は一瞥をくれただけで歩き続けた。自動写真機の中で商売するとはグッド・アイディアだと感心した。しかも韓国人とは、驚きだ。

いつまでも歌舞伎町を徘徊しているわけにもいかず、約束の時間より少し早いが「愛の炎」へ行くことにした。

「ちょっとすみません」

不意に建物の陰から二人の男が現れ、

「警察の者ですが……」

と警察手帳を見せて懐中電灯で学英の顔を照らし、

「近くで殺人事件がありましてね。この男を見かけませんでしたか」

と二枚の写真を懐中電灯で照らして見せた。

そのうち一枚は拳銃を撃った男の写真だったが、

「いいや」

と学英は知らないふりをした。

「そうですか。犯人は歌舞伎町のどこかにひそんでいるかもしれませんので気を付けて下さい。失礼しました」

二人の刑事はまた建物の陰に隠れた。

いまになって殺人現場の様子が生まなましく蘇《よみがえ》ってきた。そうだ、あのとき、奴は二人の男を撃って店を出ようとしておれをちらと見たのではなく、二人の男を撃つ前におれをちらと見たのだ。いずれにしても奴と視線が合ったのは間違いない。

あちこちに警官の姿がやたらと目につく。

学英は「愛の炎」という看板の出ているビルに入りエレベーターで四階に昇った。

ドアを開けると音楽が熱風のように渦巻いていた。壁に沿ってコの字形に並べられているテーブルの前に客が座っており、真ん中の空間で十人ほどのゲイたちが踊っていた。華やかな衣装をまとったゲイたちは照明の灯りの中で自己陶酔の極みに達しようとしている。学英がマネージャーに案内されて席に着くと、鉄治が座っていた。

「きてたのか」

と学英は言った。

「タマゴに呼び出されたんだ」

そう言いながら鉄治はタマゴの艶《あで》やかな肢体に視線をそそいでいる。

二十人ほどのゲイが入れ替り立ち替り踊りを披露し、身に着けている衣装をしだいに脱いでいく。

ゲイたちの肢体は女性のファッションモデルにひけをとらないほど美しい。睾丸を切除し、ホルモン剤を飲んでいるせいか、男に特有の喉仏《のどぼとけ》がなく、細長いうなじは女と変わらない。ただ顔の骨格が女より大きいのはいなめなかった。しかし、身長があり、細長い腕と脚が全体のバランスを保ち、不自然さはまったくなかった。

ショーはクライマックスにさしかかっていた。舞台の照明以外は灯りが消され、薄暗い場所にいる客たちの目が夜行性動物のように異様に輝いている。

ゲイたちはブラジャーをはずし、パンティを脱いで全裸になった。形の整った見事な乳房が現れ、陰毛におおわれた陰部にペニスはなかった。期待はしていたが、ペニスのないゲイたちの裸体を見た客から一瞬、

「おおー」

と倒錯したような感嘆の声がもれた。

全裸になったゲイたちは客のテーブルの前にきて陰部を晒した。その陰部を客は不思議そうに見つめ、中には触ろうとする者もいた。

「触っちゃ駄目!」

とゲイに一喝されてその客は慌てて手をひっこめた。

ショーが終るとゲイたちは隣の楽屋で服を着直してもどり、それぞれの席に着いた。

白いドレスを着たタマゴが鉄治の前に座り、黄色いドレスを着た二十五、六のゲイが学英の前に座った。そして普通のおやじの恰好《かっこう》をした五十前後のマネージャーがタマゴと黄色いドレスを着た紅雀《べにすずめ》

の間に割り込んできた。

「ごめんなさいね、狭くて。どうでしたショーは」

とマネージャーはおねえ言葉で初来店の学英と鉄治に感想を訊いた。

「素晴らしかったよ。昔、ストリップショーを観たことあるけどよ、目じゃねえよ」

鉄治はいたく感動していたが、

「この子たちは、もともと男なのよ。だからストリップダンサーとはちがうんだけど、きれいでしょ」

とどこか勘違いしている鉄治の感想を修正するようにマネージャーは言った。

この店のゲイの中で日本人はタマゴ一人だった。あとはみんなフィリピン人だが、肌の色が白く、背が高かった。マネージャーの説明によるとスペイン人やアメリカ人のダブルの子孫だという。つまりゲイたちはスペインやアメリカの統治時代の落とし子の子孫なのである。

「フィリピンには日本人や韓国人のダブルも多いわよ。二ケ月ほど前までフィリピン人と韓国人のダブルがいたけど、辞めてニューヨークに行ったのよ。結婚して」

とマネージャーが言った。

「羨《うらや》ましいわ。わたしも結婚したい」

タマゴがねたましげな視線で鉄治を見た。

「馬鹿なことを言うんじゃねえ。おまえと結婚できるわけねえだろう。おれは子供が欲しいんだ」

マッチョの鉄治は酷薄な言葉をタマゴに浴びせるのだった。

「すぐこれだもん。子供、子供って、そんなに子供が欲しいんだったら、他の女に子供を産ませなさいよ。わたしが育てるから」

と気の強いタマゴは喰ってかかった。

「おまえに子供を育てられるわけねえだろう。母乳も出ないくせに。子供は母乳で育てるべきなんだ。おれも母乳で育ったんだ」

みんなの前であからさまに侮辱されて怒り心頭に発したタマゴは立ちあがり、

「なんだよ、おまえなんか糞くらえだ。ひき蛙みたいな恰好して。おまえの子供を産んでくれる女なんか、どこにもいないよ」

といきなり鉄治の顔面にパンチをお見舞いした。

タマゴのパンチは鉄治の鼻に命中し、一筋の血が流れた。

「店で痴話喧嘩はおよしなさい」

とマネージャーが仲裁に入った。

タマゴは席を立ち、別のテーブルへと移った。

「参ったな。あいつは男だからさ、パンチが強いんだ」

鉄治は鼻血をぬぐいながら、

「言いすぎたかな」

と学英を見た。

「当り前だ。おまえはいつも言いすぎなんだ。少しは言葉に気をつけろ」

いつものことだと思いながら学英は、

「帰るとするか」

　と腰を上げた。

「ごめんなさいね。タマゴによく言い聞かせておきますから。あの子は竹を割ったような性格だけど、気が短いのが玉に瑕《きず》なのよ。あなたのことを本当に愛してると思うわ」

　マネージャーはしきりに弁明しながらエレベーターまで送ってきた。

　外に出た二人はどちらから誘うともなく職安通りに向かって歩いた。先ほど自動写真機の前にたむろしていた韓国人のオカマたちの姿はなかった。殺人事件で歌舞伎町界隈を捜査している警官たちを忌避して移動したのだろう。

　信号待ちしていると鉄治が、

「腹減ったな。何か喰うか」

　と太鼓腹をさすりながら言った。

「そうだな。キムチ・アジュモニ（キムチのおばさん）の店に行くか」

　と学英が言った。

6

「キムチ・アジュモニ」は信号を渡って職安通りに面した雑居ビルの地下にある。階段を降りて引き戸を開けると店の中には一人の客もいなかった。テーブルが一脚と奥に四、五人座れるカウンターがある。

六十八歳のハルモニ（お婆さん）と四十一歳の娘が椅子に腰をおろしてぼんやりテレビを観ていた。入ってきた学英に、

「久しぶりだね」

と煙草をふかしていたハルモニが懐かしそうに言った。

「久しぶりです」

学英も挨拶を返した。

「二、三年ぶりかしら」

娘の金純子が逞《たくま》しくなっている学英を頼もしそうに見た。

学英は十年ほど前からこの店に通いはじめ、ひところは毎晩のようにハルモニの手料理を味わっていたが、この二、三年疎遠になっていた。鉄治も何度かきたことがある。

「太ったわね。わからなくなったわ」

太りすぎて顔が膨張している鉄治の変りように金純子は驚いている。

「暴飲暴食の結果だよ」

鉄治は自嘲気味に言って椅子に座ると、

「とりあえずマッコリ（どぶろく）をくれ」

と注文した。

「暇みたいだね」

以前はいつきても満席で、ときには待っている客もいたが、あまりのさびれように学英はつい言った。

するとハルモニが、

「わたしはこの店で二十年以上苦労して、やっと客がついたかと思ったら、韓国からきた奴らに客を全部取られてしまった。あいつらは何の苦労もせずに、わたしの客を全部奪っていったんだ」

と怨嗟《えんさ》の声をあげた。

この十年、新宿から大久保にかけて雨後のタケノコみたいに韓国料理店が増え続け、激戦地域になっている。その余波を受けて「キムチ・アジュモニ」も危機に直面していた。

「仕方ないわよ。商売だから」

娘の金純子は冷静に受け止めているが、

「何が仕方ないだ。人の客を全部取っていって」

とハルモニは新興の韓国料理店をまるで泥棒呼ばわりするのだった。

「オモニはいつもこうなのよ。店にくるお客さんに愚痴ばかりこぼすから、お客さんは敬遠してこなくなるのよ」

と金純子は母をたしなめるように言った。

ハルモニは調理場に入って料理を作りはじめた。

「ところで『愛の炎』へ行く前、少し時間があったので、おれは風林会館の喫茶店でコーヒーを飲んでたんだが……」

と言うと、

「おまえは、あのジャズ・シンガーの女に振られたんだってな。タマゴが言ってたぜ」

と鉄治はいつものように話を混同させるのだった。

「それは喫茶店に行く前だ。おれは彼女に振られたんじゃねえ。タマゴが彼女にへんな言いがかりをつけたんだ」

「タマゴが？　タマゴがなんであの女にへんな言いがかりをつけるんだ。タマゴはただ親切心からおまえに忠告しただけだ。おれもタマゴの意見に賛成だ。あのジャズ・シンガーの女はくわせもんだ。色っぽいし、いい体してるけどよ、あの女のオマンコは底なし沼だ。気をつけろ」

鉄治は断定した。

「いいからおれの話を聞け。彼女がどんな女かはどうでもいいことだ。おまえの知ったことじゃない。それより、これからおれが話すことを聞け」

「彼女がどんな女かはどうでもいいだって？　おまえはあの女に惚れてるんじゃねえのか。惚れていながら、そんなことが言えるのか。とにかく女と一発やってしまうんだ。そうすりゃおまえの気持もすっきりする」

鉄治の結論はいつも決まっている。とにかく一発やってしまえ。これが鉄治の演繹《えんえき》的帰納法だった。

「いいか、よく聞け。おれは『愛の炎』へ行く前に風林会館の喫茶店でコーヒーを飲んでたんだ。そのとき左奥の別室に四人の男がいた。その中の一人は高田馬場の裏長屋におれたちを案内して、おまえに虎の皮を売りつけた男だ」

「おれに虎の皮を売りつけた男？　ああ、漢方薬を売りつけようとした連中か。それがどうした」

いつも記憶が曖昧な鉄治は、そのときの状況に別の記憶を重ねたり勘違いしたり、人の顔を間違えたりして話が混乱することがよくある。大久保の喫茶店の隅の席でコーヒーを飲んでいた二人の男にピッキングされたと泥棒呼ばわりしたのも鉄治の勘違いかもしれないのだ。

学英は鉄治が勘違いしないよう暗示でもかけるように目を見つめて言った。

「その男が前に座っていた二人の男を拳銃で撃ったんだ」

「本当か。それでどうなった」

鉄治は驚いて身を乗り出した。

「二人は即死だった。そのあと男は拳銃を片手に持ったまま悠々と店を出て行った。そのときおれと目がちらと合ったんだ。いや、奴が拳銃を撃つ前かもしれない。とにかくおれと目がちらと合ったんだが、たぶん奴はおれを覚えていないと思う」

「それはわからんぜ。ああいう連中は勘が鋭いからよ、おまえを覚えていると思う。おまえは殺しの現場の目撃者だ。おまえは奴から狙われるかもしれない」

鉄治は他人《ひと》ごとのように言って愉快がっている。

「おれを脅す気か。そう言うおまえも虎の皮を買ったとき奴と顔を合わせている。おれとおまえの関係を知ってる奴は、おれとおまえを狙ってくる。そうだろう……」

「おれは虎の皮を買っただけだが、おまえはちがう。おまえは奴の殺しの現場を目撃してるんだ」

鉄治は立場がちがうことを強調した。

「『愛の炎』へ行く前、おれは歌舞伎町の路上で張り込みをしていた私服刑事に呼び止められて奴の写真を見せられたが、知らないと言った。警察で調書をとられるのはごめんだからさ。それに調書をとられているうちに共犯にされちまうかもしれない。警察はそういうことをやりかねないんだ。犯人をデッチ上げるのは警察のオハコだからよ」

「だからと言って犯人はおまえに感謝したりはしないぜ。奴は頭の中で目撃者を消すことしか考えてないと思う。おれだったら目撃者を消しちまう」

「おまえだったら？　おまえはそんなに冷酷な人間なのか」

「たとえばの話だ。おれがそんなに冷酷な人間に見えるか」

「見えるさ。おまえは自分でそう言ってるだろう。おれだったら目撃者を消しちまうと」

「たとえばの話だ。話のわからん奴だな」

齟齬《そご》をきたした会話はぎくしゃくして、またしても二人の口論はえんえんと続くのだった。そして結局、喧嘩別れしたのである。

翌日、気になっていた学英は夕刊の社会面を開いて見た。夜の新宿・歌舞伎町で発砲、二人殺害される。犯人は二人連れの中国人か。

「新宿区歌舞伎町二丁目風林会館一階の喫茶店で、中国人と思われる二人連れの男のうちの一人が、話をしていた目の前の男性二人に突然発砲。男性二人は額と胸に二発ずつ銃弾を受けて即死。二人連れはそのまま逃走した。警視庁捜査一課と新宿署の調べによると殺害されたのは暴力団山咲会の下部組織岡田組組長岡田秀達さん（五四）と同幹部伊藤吉晴さん（四六）で、麻薬取引のもつれが原因とみられる。

警察は事件に関連して同区高田馬場二丁目のアパートを捜索し密航者とみられる中国人六人を拘束、事情を聞いている。部屋からは大量の漢方薬に混入した形で麻薬が発見されたもようである」

記事を読んだ学英は愕然《がくぜん》とした。もしあのとき漢方薬を購入していたら、いまごろは警察の手入れを受けていたにちがいない。学英は素知らぬ振りをして漢方薬を売りつけようと仲介に入った劉周達に対して怒りを覚えた。『あの野郎、騙しやがって！』。学英はサイドテーブルの上に置いてある電話の子機を取って劉周達に電話を入れたが話し中だった。怒りのおさまらない学英が、劉周達の家へ押しかけようと思って洗顔もせずにジャケットを着てドアを開けかけたとき携帯電話のベルが鳴った。鉄治だった。

「ガクか、テレビを観てるか」

鉄治が夕方のテレビを観ているのは珍しいことである。

「いいや」

と学英は答えた。

「警察が高田馬場のあの家を包囲してる現場が映ってる。新聞にも載ってるぜ」

一応新聞を取ってはいるものの、鉄治が新聞を読むのも珍しい。

学英は携帯電話を切らずに部屋にもどってテレビを点けた。チャンネルを切り替えていくと高田馬場のあの家に突入していく警官たちの姿が映っていた。テレビ局のカメラマンが警官と一緒に家の中へなだれ込み、部屋にいた数人の中国人ともみ合っている。学英はかたずを呑んで観た。

「テレビを観てるか……」

携帯電話から鉄治の声が響いてくる。

「観てる。新聞も読んだ。おれはこれから劉の家へ行こうと思ってるんだ。あの野郎、おれたちを騙しやがって。危うくおれたちも共犯にされるところだった」

憤慨している学英は声を荒らげた。

「おれも同じ考えだけどよ、いま行くと危ない。警官か、拳銃を持ってる中国人野郎がいるかもしれねえ。様子を見た方がいい」

いつもなら鉄治が激昂《げっこう》して突っ走るのに、今日は逆だった。横で鉄治にアドバイスしているタマゴの声が聞える。いや、横ではなく騎乗位でセックスしながらタマゴは鉄治にアドバイスしているのだ。アドバイスの合間にもれてくるタマゴの息づかいから、その様子が手に取るようにわかる。鉄治はタマゴに騎乗位でやらせながら電話を掛ける癖があるのだ。

「これからそっちへ行く」

学英は意地悪く言って電話を切った。

ひとが心配しているのに、一発やるとはいい気なもんだぜ、と学英は一人ぶつくさ呟《つぶや》きながら五、六分歩いて鉄治のマンションに着いた。

インターホンを鳴らすと黒のTバック姿で満ち足りた表情のタマゴがドアを開けて学英を部屋に入れた。形のいい乳房とひきしまった腰からヒップにかけてのセクシーな線を露出しているタマゴの肢体にさすがの学英も、

「シャツくらい着ろよ」

と視線をそらせた。

「あら、ガクさん、わたしの体に感じるの？」

とタマゴは学英を挑発するように腰をひねった。

「みっともねえんだよ」

学英はタマゴを押しのけて奥のリビングに行った。

椅子に座って、上半身裸の鉄治は汗をかいていた。煙草を吸いながらバスタオルで汗を拭いているが、汗は肥満体の脂肪の塊からにじんでくる。

赤のTシャツを着たタマゴがむぎ茶を運んできてテーブルに置き、鉄治の椅子の肘掛けに腰をおろして鉄治の首に腕を回すと、鉄治もタマゴの腰に腕を回して引き寄せた。昨夜は店で殴り合いの喧嘩

をしていたのに、今日は学英の前でいちゃついている。

学英はむぎ茶を飲んで言った。

「捕まった中国人の口から、おれたちがあの家に行ったことがわかると警察からお呼びがかかる」

タマゴの腰を愛撫していた鉄治がタマゴを突き放すようにして体を乗り出し、

「おれたちは何も悪いことはしてねえ。虎の皮を買っただけだ」

と言った。

「しかし漢方薬には麻薬が混入されていた。その漢方薬を見に行ったんだから、釈明するのは難しいぜ。警察は一人でも多く逮捕したいと考えてるからな。それにおまえには前がある」

「冗談じゃねえ。おれたちは何も知らなかったし、麻薬なんか見たこともねえ」

鉄治はまるで取調官に喰ってかかるような言い方をした。

「そうよ。テツは清廉潔白よ」

タマゴが黄色い声で鉄治を擁護した。

「そんなことはわかってる。おれたちは潔白だ。しかし警察はおれたちを共犯にしたてあげようと企《たくら》むにちがいない。それとも一つ、おれたちが警察に呼ばれると、拳銃を撃った二人に狙われる。いずれにしても厄介な話だ」

「問題はあの劉のおやじだ。漢方薬に麻薬が混入されているのを承知のうえでおれたちに売りつけようとしたんだ。買い手は自分が紹介するから心配いらねえとかぬかしやがって。警察であいつのことを全部ばらしてやる」

鉄治は手帳をめくって劉周達の電話番号を調べ、受話器を上げてボタンを押した。

「話し中だ」

鉄治は受話器を置いた。

「長い話し中だな。ここへくる前に、おれも奴に電話を入れたが話し中だった」

と学英に言った。

「うろたえて、あちこち電話を掛けてんだろう。電話じゃ話にならねえ。直接会って締めあげてやる」

鉄治は池沢に電話を入れてベンツを回すよう言いつけると、短パンをはき、赤と青の派手な模様のアロハシャツを着て、

「出掛けるか」

と学英をうながした。

いったん思い込むと鉄治は他のことを考えられない質《たち》である。五分もするとベンツを運転して池沢国夫がやってきた。

「六時からわたしはプールに行ってるから、時間があったらきてくれない」

玄関まで送ってきたタマゴが甘えるような声で鉄治に言った。タマゴは二日に一度、ダイエットのためにコマ劇場の裏にあるY会館のプールに通っている。

「行けるかどうかわからねえ」

そう言って鉄治は別れ際に卑《ひ》猥《わい》な手つきでタマゴの局部に触れた。

タマゴは腰をよじり、

「馬鹿ねえ、濡れるじゃない……」

とじゃれつきながら鉄治とキスした。

マンションを出て車の後部座席に座った学英が、

「タマゴは濡れるのか？」

と不思議そうに訊いた。

「濡れるわけねえだろう。言葉のあやだよ。おまえも無粋な奴だな」

プライベートな、それもタマゴとのセックスに関する質問に鉄治は憮然《ぶぜん》として答えた。そのくせ鉄治とタマゴは人前でも平然と、これ見よがしにちちくり合うのである。

劉周達の事務所は五反田のマンションの五階にある。自宅は白金台にあり、そこに家族が住んでいる。長男と長女はすでに結婚しているが、次男はアメリカの大学に留学し、早稲田大学三年の次女も卒業後はデザインの勉強のためパリへ留学する予定だった。三男は高校を中退して六本木界隈をうろつき、すでに三回、警察の厄介になっている放蕩《ほうとう》息子である。資産家の劉周達にとって三男は頭痛の種であった。

五反田のマンションに着いた鉄治と学英は車から降りるとあたりを警戒し、劉周達の事務所がある五階を見上げた。

「国夫、見張ってるんだ」

そう言い残して鉄治は短パンのポケットから棘《とげ》のあるごつい指輪を四個取り出し、右手に二個、左手に二個はめると、拳《こぶし》を握りしめて闘争本能を剝《む》き出しにした。パトカーがないところを見ると警察はまだきていないようだが、もしかすると拳銃を撃った二人組がきているかもしれないと思うと学英も緊張した。

学英は郵便受けを調べたが劉という名前はなかった。もう一度念入りに調べると五〇三号に木元という名前があった。おそらく劉は木元という通名を使っているのだろう。戦前、日本の植民地だった台湾も創氏改名を強制されて劉の親の世代に日本名を名乗っていたにちがいないと学英は直感した。

「五〇三号だ」

と学英が言った。

「五〇三号？　五〇三号は木元って名前だぜ」

「木元って名前は劉の通名にちがいねえ」

「通名って？」

「戦前、台湾と朝鮮は日本の植民地だったんだ。そのとき日本政府から名字を日本名に変えろと命令されたんだ」

「台湾と朝鮮は日本の植民地だったのか」

「そうだ。そんなことも知らなかったか」

「知らなかった。許せねえ」

鉄治のあまりの無知にあきれて、

「おまえは馬鹿か。おまえのようなヨブチョン（葉銭・鮮人という卑語）が朝鮮を駄目にするんだ」

と学英は毒づいた。

「そう言うおまえはなんだよ。日本人にそっくりじゃねえか。民族学校に行ってたくせに、ろくに韓国語も知らねえしよ。おまえよりおれの方が韓国語を知ってるぜ」

「韓国クラブで覚えた片言の俗な韓国語を自慢するんじゃねえ。おまえのやることなすことはヨブチョンの典形だ」

「おまえこそ日本人になったらどうだ。日本人に似合いだぜ」

そこへマンションの住民がやってきて鍵でポストを開けて新聞や郵便物を取り出し、口論している怪しげな二人をちらと見てエレベーターのボタンを押した。一階に止まっていたエレベーターの扉がすぐに開いたので二人はその四十くらいの女と一緒にあわててエレベーターに乗った。女は三階で降り、二人は五階へ上がった。

五〇三号室の前にきた二人はあたりの様子を確かめてから鉄治がインターホンのボタンを押し、

「劉さん、鉄治だ。ちょっと話がある」

と言った。

だが、返事はなかった。鉄治はインターホンのボタンを押したまま耳を澄まして内部の音を聞きとろうとしたが何の反応もなかった。

「いないのかな?　部屋を間違えてるんじゃねえのか」

木元は劉の通名であると直感して植民地時代の創氏改名まで持ち出し、鉄治の無知をあげつらった学英の言説を鉄治は疑った。

「わたしはすぐに家族と一緒にどこかへ避難する。悪いがあんたたちの連絡を待っていられない」

劉周達は事態が切迫していることを理由に断った。

「おれの携帯電話を持っていけ。それならマフィアにも警察にもわからない」

鉄治は自分の携帯電話を劉周達に押しつけた。劉周達はしぶしぶ鉄治の携帯電話を受け取った。

マンションを出た鉄治は、

「どうも信用できねえ。国夫、劉を見張ってろ。劉の行き先を突きとめるんだ。おれの携帯電話は劉に渡してあるからガクの携帯に連絡しろ。わかったな」

と念を押した。

「わかりました」

池沢国夫は猟犬のような目でうなずいた。

学英と鉄治はタクシーに乗って渋谷にある立石弁護士事務所をめざした。

「おまえはいま銀行にいくらある」

と鉄治が訊いた。

「二億五、六千万円だ。おまえはいくらある」

と今度は学英が訊いた。

「おれもそんなもんだ。二人の金を合わせれば『龍門』は買い取れる」

鉄治ははやくも「龍門」を買い取るつもりになっている。

そして鉄治は思い出したように、

今度は学英がインターホンのボタンを押して、

「おれだ、学英だ。話がある。新聞やテレビを観ただろう。そのことで話がある。中にいるんだったら返事をしてくれ」

と敵意がないことを声の調子で知らせた。

「おれたちはおまえの味方だ。おれたちはおまえと同じ立場にいる」

するとインターホンから「いま開ける」という劉周達の声がした。

木元はやはり劉の通名だった。

「ほらみろ、おれの言った通りだろう」

学英は勝ち誇ったように言った。

ドアを少し開けて劉周達が怯えた目で鉄治と学英を見た。そしてチェーンをはずした。

二LDKの部屋は清潔に保たれていたがリビングのテーブルの上にはビール瓶が四、五本並び、食べさしの店屋物と新聞がひろげられていた。劉周達はテーブルの上のビール瓶や食べさしの店屋物を台所へ運び、ひろげられていた新聞紙をたたんで布巾《ふきん》でテーブルを拭くと、

「ビールでも飲みますか」

と二人に訊いた。そしてビールとグラスを持ってきた。

グラスにつがれたビールを飲んだ鉄治が切り出した。

「事件は知ってるだろう。ガクは偶然現場にいあわせて事件を目撃してるんだ」

「えっ、本当ですか」

と劉周達は驚きの声をあげた。

「拳銃を撃った男は、高田馬場でテッに虎の皮を売りつけた男だ。それよりなにより、おまえはどういうつもりで、おれたちに漢方薬を売りつけようとしたんだ。買い手は紹介する、買い手はいくらでもいるとかなんとか甘いことぬかしやがって、新聞には漢方薬に麻薬が混入されてると書いてあった。おまえはそれを知っていながらおれたちに売りつけようとしたんだろう」

学英は詰め寄った。

「わたしは何も知らない。本当だ。知っていたら、あんたたちを紹介したりはしない」

眉間《みけん》に皺《しわ》を寄せ、苦渋をにじませて劉周達は弁解した。

「うそこけ！　この野郎！　そんな言い訳がおれたちに通用すると思ってるのか。おれたちの目は節穴じゃねえんだ。新宿で極道を相手に生き抜いてきたおれたちだ。おまえの言い訳に騙されると思ってるのか」

自分の言葉に刺激されて声が大きくなっている鉄治に、学英が、

「声が大きい」

と注意した。

煙草を挟んでいる劉周達の手が震えている。顔は青ざめ、恐怖におののいている目が引き攣《つ》り、灰色に濁っていた。

「嘘じゃない。わたしは漢方薬を売っていただけだ。麻薬なんてとんでもない、マスコミの誤報だ」

あくまでしらを切る劉周達に、

「そうか、そこまでしらを切るなら、これからおれたちと警察に行って自白するんだ。おれは虎の皮を買っただけだが、警察はそうはみなさない。おれには前があるからよ。前といったって傷害罪だ。しかし警察はこの機会におれたちをしょっぴこうとするにきまってる。おれは虎の皮しか買ってないことを証言するんだ。麻薬とは何の関係もないことを証言するんだ。わかったか！」

と鉄治は劉周達の耳元で怒鳴った。

「警察には出頭できない。そんなことをすると、わたしは殺される」

「おまえが生きようと死のうとおれたちには関係ねえ。どのみちおまえは警察に捕まるか、おまえのマフィアから殺されるか、どっちかなんだ。その前に、おれたちが麻薬とは何の関係もないことを証言するんだ。おまえの責任だろう。おれたちをハメやがって！」

いきりたった鉄治がテーブル越しに劉周達を殴りつけた。

距離があったので拳は顔をかすっただけだが、劉周達は後ろへのけぞった。

「テツ、やめろ！　おれが警察へ電話をする」

学英が鉄治を制止して事務机の上の受話器を取ろうとすると、

「警察には証言しない。わたしを警察に突き出すと、あんたたちに不利な証言をする」

と劉周達は逆に鉄治と学英を脅した。

「往生際の悪い野郎だ。不利な証言をするだと。もういっぺん言ってみろ。二度と口のきけないようにしてやる」

鉄治がテーブルをひっくり返し、倒れた劉周達の上に馬乗りになって棘のあるごつい指輪をはめた

拳を振り上げたとき、

「待ってくれ、相談がある」

と劉周達が悲愴《ひそう》な声で叫んだ。

「何だ、言ってみろ」

鉄治は振り上げていた拳を止めた。

「わたしの店を買わないか」

藪《やぶ》から棒に、劉周達は突拍子もないことを言い出した。

虚を突かれて鉄治は振り上げていた拳をおろし、

「何だって？」

と訊いた。

「わたしを見逃してくれたら、歌舞伎町にある『龍門』を格安で譲る。めったにない話だ」

また騙されるのではないかと疑心暗鬼の鉄治と学英は劉周達の口車に乗せられるのを警戒したが、新宿界隈で一、二を競う中華飯店「龍門」を手放すという劉周達の話を聞かないわけにはいかなかった。

「ふざけたことをぬかすな。この場をとりつくろって言い逃れをしようとしても、そうはいかねえ」

鉄治が劉周達の胸ぐらを摑んでふたたび拳を振り上げると、

「言い逃れじゃない。本気だ。わたしは台湾へ逃げる」

と真剣な顔で言った。

まんざら嘘でもなさそうなので学英は、

「テツ、話だけでも聞いてみようじゃねえか。話が嘘だったら足腰立たねえようにしてやる」

とごっつい指輪でいまにも劉周達の顔面を殴ろうとしている鉄治を止めた。

鉄治は摑んでいたシャツの襟元をゆっくり離し、振り上げていた拳をおろした。

「どうして急に『龍門』を売る気になったんだ。おれたちが納得できるよう説明してみろ」

床にへたり込んでいる劉周達を椅子に座らせ、顔をのぞき込んで学英は訊いた。

「おれは殺される。明日にでも台湾へ逃げたい。台湾には政府や警察やマフィアに古い友達がいる。彼らとは長年、密接な関係を保ってきた。台湾に行けば、彼らはおれを守ってくれる。拳銃を撃った二人組は蛇頭だ。本省の人間だ。奴らは日本の暴力団と組んで密航を斡旋《あっせん》している。売春もやっているが、麻薬取引もしている。何でもありだ。奴らは台湾のマフィアと対立していた。これまで何度も抗争をくり返し、蛇頭は台湾から追い出された。日本にいると、わたしはいつか必ず奴らに殺される。わたしは財産を処分して台湾で暮らしたい。以前からいつか台湾に帰りたいと思っていた。台湾はわたしの故郷だ。親兄弟もいる。親戚もいる。幼友達もいる」

話しているうちに劉周達は涙声になっていた。身の危険を感じているのがひしひしと伝わってきた。

「おまえはなぜ蛇頭に狙われるんだ」

涙声は芝居かもしれないと学英は疑った。

「日本へきて三、四年たった頃、ある男に誘われてヤクに手を出したんだ。毎日十五時間働いても自分の店を持つのは不可能だと思えて、つい金になるヤクに手を出してしまった。お陰でわたしは金を稼いだ。その稼いだ金で今度は闇金融をはじめ、『龍門』を開店できた。しかし、ヤクから手を引くことはできなかった。いったんこの世界に入ると足抜きは許されない。足抜きしようとして殺された人間が、わたしの知ってるだけで五人いる。無残な殺され方だった。あんたたちに漢方薬を売りつけようとしたのも警察にかぎつけられそうになったので、一刻も早くヤクを処分する必要に迫られたのだ。すまん、後悔している。こんな事件が発生するとは考えてもみなかった」

まるで懺悔《ざんげ》でもするように劉周達は救いを求めて目をしばたたかせた。

話の大筋に間違いはないだろうと思った。麻薬の売人であったことも告白している。しかし、信用できなかった。日本へきて三十年の歳月を費やして手に入れた「龍門」をそう簡単に手放すとは考えられない。親兄弟は台湾にいると言うが、親戚関係の者が何人か日本にいるはずだった。店を処分するくらいなら身内の者に一時経営をまかせてもよさそうなものだが、それを問い質《ただ》してみると、

「身内は信用できない」

と言う。

「台湾に帰ったら日本へもどる気はない。わたしは台湾人だ」

と台湾人のアイデンティティを強調した。

「漢方薬のときもそうだったけど、おまえの話はどうもくさいんだよ。話ができすぎてるんだ」

言葉巧みに実情を訴え、同情を誘う劉周達に、納得させられそうになるのはヤバかった。

学英はこびへつらう劉周達の卑屈な態度をなおさら信用できないと思った。

「どのみちおまえは日本の警察から台湾当局に連絡が入り指名手配される。それよりおれたちのこと

を証言して警察に保護してもらった方がすっきりするぜ」

学英は自首をすすめた。

「警察はわたしを逮捕できない。証拠がないからだ。家宅捜索をしても何も出てこない。わたしはいつも身辺をきれいにしているからだ。自首してどうなる。この歳《とし》で五年間ムショ暮らしをするくらいなら死んだ方がましだ。わたしは全財産をなげうって故郷で老後を静かに暮らしたいだけだ。あんたたちは若い。わたしは思いきって『龍門』をあんたたちに譲る。三十年間の汗と涙で築いた店だ。それを五億で譲る。正規の不動産屋を通せば十億で売れる物件だ。しかし、そんな時間はないし、奴らにかぎつけられたら何をされるかわからない。五億ならあんたたちは作れるはずだ。即決できるのはあんたたちしかいない。一日待つ。『龍門』の件は弁護士に一任してある。駄目な場合でも交渉する場合でも弁護士に連絡を取って話し合ってくれ。信用できないのだったら、あんたたちも弁護士を使って交渉すればいい。『龍門』には抵当権など設定されていない。きれいな物件だ。この機会を逃したら、あんたたちはきっと後悔する。お詫《わ》びのつもりと言えば語弊があるかもしれないが、わたしはあんたたちに贈り物をしようと思っている」

立て板に水のような調子で劉周達はしゃべりまくると、メモ用紙に弁護士の電話番号を記入し、

「ここに電話してくれ。長年わたしの顧問を務めている立石弁護士だ」

と学英に手渡した。

劉周達を警察へ連れて行き、証言させようと思っていた二人は、ミイラとりがミイラになったように劉周達のめったにない話に煙に巻かれ、「龍門」が手に入るのではないかと浮き足だった。

7

警察で劉周達に証言させようと思っていたが、五億で中華飯店「龍門」を買わないかと持ちかけられて学英と鉄治は気持がぐらついた。確かにめったにない話である。「龍門」は敷地面積だけで九十坪はあるだろう。

また騙されるかもしれないと思いながらも学英と鉄治はとりあえず店を詳細に調べ、不動産屋におよその評価を聞き、劉周達の顧問弁護士である立石に会って話を聞くことにした。

「わかった。もう一度だけ、おまえの話を聞いてやる。今度騙すと、おれたちがおまえを殺す。おまえはマフィアとおれたちに命を狙われることになる」

鉄治が棘のあるごつい指輪で劉周達の首を絞めつける真似をした。

「嘘じゃない。本当だ。わたしはいますぐ台湾へ逃げたいんだ」

劉周達の悲愴な顔は嘘をついているようには見えなかった。

「立石弁護士に電話しろ。これから会いに行って確かめる」

学英が携帯電話を手渡した。

劉周達は学英の携帯電話で立石弁護士に連絡した。

「もしもし……劉です。立石先生はおられますか」

劉周達は立石弁護士が電話口に出るまで四、五秒待った。

「もしもし、わたしです。劉です。例の件で、これからわたしの友人の李学英と金鉄治がそちらへうかがいますのでよろしくお願いします……そうです……そうです……のちほどまた電話します……ええ、そうです……ええ……わかってます。それではまた電話します」

電話を切った劉周達は、

「待っているそうです」

と言った。

「これからおまえはどうするんだ」

学英が訊いた。

「わたしは明日には家族と台湾へ帰ります。取引は立石弁護士に一任してあります。立石弁護士は二十年間、わたしの顧問弁護士をしていた人ですから信頼できます」

学英と鉄治はまだ疑心暗鬼だった。このまま逃げられるのではないかと疑っていた。しかし、「龍門」を手に入れるチャンスを逃したくはなかった。

「テツ、行こうぜ」

学英が鉄治をうながした。

「おれたちが弁護士に会って話を聞いたあとおまえに連絡する。それまでこの部屋にいろ」

まだ劉周達が信用できない鉄治はできるだけ劉周達を拘束しようとするのだった。

「『龍門』を買い取ったら金は残らねえ。クラブの件は諦めるんだな」

とほくそえんだ。

「『龍門』とクラブの件は別だ。クラブをやるのはおれの夢だったんだ」

鉄治は金もないのにクラブをやるという学英の気がしれなかった。

「金はどうすんだよ。『龍門』を買い取ると金はねえんだ」

「『龍門』を担保にすれば明日にでも一億や二億の金は貸してくれる」

「冗談じゃねえ。『龍門』には根抵当権がついてないんだ。きれいな体に傷をつけようってのか。処女を犯そうってわけか」

鉄治は何かにつけて女の体を例に持ち出して話を混同させる。

「金は生かして使うもんだ。『龍門』なら五億の金だって借りられる。その金で五億稼げるぜ」

「よく言うよ。失敗したらどうする。借金だらけになって追われる身になるぞ。おまえはどうかしてるぜ。二兎《にと》を追う者は一兎も得ずと言うだろう。そんな諺《ことわざ》も知らねえのか」

いつも学英から教養がないと馬鹿にされている鉄治は、このときとばかりに諺を持ち出した。

「だったら三兎追えばいいんだ」

「三兎だって？　二兎以外に何を追うんだ」

「女だよ」

「女だって？　あのジャズ・シンガーのおねえちゃんか。おまえは馬鹿じゃねえのか。あんな女のためにクラブをやるのか。おれは絶対反対だ」

「だったらおれは『龍門』から降りる」

「けっ！　お笑いだよ。女たらしのガクがジャズ・シンガーのおねえちゃんにいかれちまうとはあきれてものが言えねえ。だったらおれがあの女を事務所へ連れてくるから一発やっちまえ。それともおれがあの女のケツにぶち込んでやる。おまえを諦めさせるために」

「とにかくおれはクラブをやる」

鉄治も頑固だが学英も頑固である。一歩も譲ろうとしない。
四、五年前、新宿・歌舞伎町を縄張りにしている極道とポーカーゲームやビル乗っ取り計画にからんで抗争になり、学英と鉄治の後輩や従業員と極道との間で大乱闘になったことがある。そのとき学英と鉄治は一歩も引かなかった。結局、金でケリをつけ、ことなきを得たが、その事件を境に学英と鉄治は新宿で顔役になったのである。極道ではないが極道顔負けの一匹狼だった。
「あんな辺鄙《へんぴ》な場所でクラブをやったってうまくいくはずがない。おまえは。赤字になって泣きをみるだけだ。楽しみにしてるよ」

「赤字もおまえと折半だ」

「なんだって！　なんでおれがおまえの赤字の尻ぬぐいをさせられるんだ」

「いいか、よく聞け。おれたちはあくまで共同経営者だ。おれが『龍門』から手を引けば、おまえは『龍門』を手に入れることはできない。だが、おれはクラブをやる。おまえが『龍門』を手に入れるためにはクラブをやるしかねえんだよ。『龍門』とクラブの利益を折半にすれば文句ねえだろう」

「勝手なことぬかしやがって。おまえはいつもおれのことを勝手な奴だと言うが、おまえこそ勝手な奴だぜ。勝手にしろ！」

二人はタクシーの中で口論を続けた。

「着きました」

という運転手の声に二人はやっと口論をやめた。

立石弁護士事務所は道玄坂の中ほどのビルの三階にあった。事務所に入ると七、八人が忙しそうに働いていた。女子事務員に案内されて奥の部屋に行くと机に向かって仕事をしていた五十前後の立石弁護士が品定めするように学英と鉄治を見て立ち上がり、

「どうぞお掛け下さい」

とソファをすすめて名刺を差し出した。

「劉さんからうかがっています」

縁のないメガネがいかにもやり手という印象を与える。

「さっそくだけど、『龍門』の権利証と見取図を見せてもらえますか」

学英は単刀直入に切り出した。

「わかりました。すべてそろっています」

立石弁護士が内線電話を掛けると三十歳くらいの若手弁護士が厚いファイルを持ってきた。

立石弁護士はファイルの書類を一枚一枚見せて、

「これが権利証で、これが見取図です。権利証には根抵当はついていません。きれいなものです」

学英と鉄治は権利証と見取図を手に取って見つめた。確かに根抵当はついていない。土地の面積は

三百平方米で約九十坪ある。歌舞伎町では大きな土地といえる。

「コピーをもらってもいいですか」

学英が訊いた。

「いいですよ。いまコピーを取らせます」

側に立っている若手弁護士に立石弁護士はコピーを取るよう指示した。

「何があったのか知りませんが、それにしても五億は安いと思います。わたしもときどき不動産の仕事をしてますが、『龍門』あたりの土地は坪七、八百万円はするでしょう。ざっと見積もっても六億三千万円から七億二千万円はします。それとあの立派な建物と営業権を加算しますと十億は下らないでしょうね。買って転売すれば二、三億の利益が得られると思います」

転売のときは協力したいという思惑がにじんでいた。

「おれたちも知ってる弁護士に相談しようと思ってる。この書類に間違いなければ買うつもりだ」

少し巻き舌で鉄治は言った。

押し出しのいい肥満体の鉄治の横柄な態度に立石弁護士は眉をひそめ、

「劉さんは明日にでも現金を用意してほしいと言ってます。明日中に現金を用意できますか」

と、まだ若い学英と鉄治を疑問視するかのように訊いた。

「権利証に間違いがなければ明日中に現金を用意する。名義変更はすぐにできるのか」

鉄治は逆に問い質した。

「できます。書類はすべてそろっています」

立石弁護士は自信を示した。

「金は誰に渡すんだ?」

と学英が訊いた。

「あなた方の銀行にわたしがおともして、あるところへ振り込みます。あなた方に必要なものは戸籍謄本、住民票、印鑑証明、実印、外国人の場合は外国人登録済証明書です。それぞれ三通ずつ用意して下さい。それから手数料として三パーセント戴きます」

「なんだと、三パーセント……」

鉄治と学英が顔を見合わせた。

三パーセントといえば千五百万円である。

「話がちがう」

学英が携帯電話で劉周達に連絡した。

劉周達は受信しているのに黙っている。

「おれだ、ガクだ。いま弁護士と話してんだけど、三パーセントの手数料を要求されてんだ。話がちがうぜ。三パーセントの手数料を取られるんだったら、この話はなかったことにする」

劉周達はあわてて立石弁護士に代ってくれと言い、一分ほど話し合っていたが、

「わかりました」

と立石弁護士は電話を切った。

「手数料は結構です」

劉周達とどういう話になったのかわからないが立石弁護士は不快そうな表情で、

「固定資産税や不動産取得税、その他の費用で二千万円以上かかると思います」

といや味たっぷりに言った。

学英と鉄治は驚いたが、それらの費用を払わなければ不動産は買えない。

二人は一時間ほど話し合って立石弁護士事務所を出た。

「明日、おれたちの銀行へ行って話をつけよう」

信号を渡りながら学英が言った。

「何の話だ？　おれたちの金は普通口座に入ってるから自由に使えるぜ」

と鉄治が怪訝な顔をした。

「店を買えば、おれたちは文無しになる。『龍門』を担保に銀行から金を借りる算段をしなきゃ、この先やっていけないだろう」

「銀行から金を借りるのか。おれは銀行から金を借りるのはいやなんだ」

「じゃあどうすんだよ。組関係の闇金融から金を借りるのか。それこそ奴らに店を乗っ取られるぜ」

「おまえはクラブをやるために金を借りようとしてんだろう。あの女のオマンコに札束を突っ込みたいんだろう」

「おまえこそ、いままでさんざん女のあそこに札束を突っ込んできたくせに、よく言うぜ」

またしても下世話な話のむし返しである。

翌日、二人は午前九時の開店時間にK銀行に行った。銀行は朝から混雑していた。

「支店長に会いたい」

受付の女子行員に言うと学英を見た女子行員が、

「あの、どんなご用件でしょうか」

と訊いた。

「おまえにいちいち用件を言わなきゃならないのか。おまえはおれたちの用件に対応できるのか」

前日、鉄治と口論した学英はむかついて言った。

「おれたちの口座から五億円を引き出したいんだ。いますぐ」

側から鉄治が脅迫するように言った。

「えっ、五億円……」

女子行員は絶句してすぐに支店長の席へ行った。

正面の奥の机で書類を調べていた支店長が鼻先にずれているメガネの上からゆっくり学英と鉄治を見た。

そして二人に近づいてくると、

「これはどうも、わざわざおいで下さって恐縮です」

と相好《そうごう》を崩して二人を別室に案内した。

椅子に座った学英と鉄治にお茶を運んできた受付の女子行員が、

「先ほどは失礼しました」

と頭を下げた。

女子行員が引き下がると支店長は真剣な表情で、

「五億円を引き出されるとうかがっておりますが……」

と二人の真意を確かめた。

「今日中に五億二千万円いる。おれたちの口座から金を全部引き出すことになる。それではあんたも困るだろう」

と学英が言った。

「もちろん困ります。普通預金ですからお金の出し入れは自由ですが、一度に五億円ともなれば本店と相談して用意しなければなりませんので、すくなくとも四、五日のお時間をちょうだいしたいです」

都市銀行といえども一度に五億円の現金を引き出されると金庫が空になってしまう。

「そんな大金をいったい何に使われるんですか？」

支店長は不審そうに訊いた。

「歌舞伎町の中華飯店『龍門』を買うんだ」

鉄治が得意そうに胸を張った。

「えっ、あの中華飯店の名門『龍門』を買われるんですか」

にわかには信じ難い話だった。

「そうだ、今日中に現金がいる。でなきゃ流れてしまう。そこで相談なんだが……」

驚いている支店長に学英は今後の計画を打ち明けた。

「龍門」を買い取ると金が底をつき運転資金にもこと欠くことになる。また大久保でクラブを起《た》ち上げるためには一億の資金が必要であり、この際、「龍門」を担保に一億五千万円を貸してほしいと頼んだ。

支店長は「うーむ」と唸って考え込んだ。

「五億円はおれたちの金だから貸付とは関係ないはずだ。それとも『龍門』では担保不足なのか」

鉄治が体を斜《はす》に構えてねじ込むように言った。

「担保は充分です。問題は定期預金がないということです。担保物件があっても定期預金がないと貸付は難しいんですよ。本店での審査で必ずチェックされます」

鼻先にずり落ちてくるメガネを直し、支店長はまた「うーむ」と唸ってみせた。

「駄目なら駄目でいいんだ。他にも取引してる銀行があるから、そっちへ話を持っていく。とにかく今日の午前中に口座を解約する。五億二、三千万円はあると思うから現金を用意しておいてくれ」

支店長の芝居がかった表情に気の短い鉄治はみきりをつけた。

「ちょっと待って下さい。駄目とは言ってませんから。どういう方法があるのかを考えているところです。こうしましょう。お二人の普通預金のうち一億円を定期預金にして、その一億円に対してそれぞれ二億円の融資をします。もちろん担保物件に根抵当権はつけさせていただきますが、いかがですか」

ずる賢そうな目で支店長は提案した。

要するに二人にそれぞれ一億円ずつ定期預金させて二億円ずつ融資すれば、二人が実質的に使える金は七億円になるが四億円分は利息を支払うことになる。定期預金の利息を差引いても銀行側は約一・五倍の利息を稼げるのだ。そのうえ担保物件に根抵当権をつけるのだから安心だった。

「しょうがねえか」

鉄治は舌打ちした。

これまでどんぶり勘定していた鉄治と学英は自分たちの銀行預金の残高を正確に把握していなかったし、借りた金も返済する気はなかった。あとは野となれ山となれであった。

手続きは閉店時間ぎりぎりまで続いた。支店長は大手町の本店に赴いて上司と相談し、二人の口座からそれぞれ一億円を引き出して定期を組み、その定期に対してそれぞれ二億円の貸付を起こした。もちろん別の行員が法務局へ走って「龍門」の権利証に根抵当権を設定した。これで貸付の四億円と残高の三億円を合わせて七億円の現金ができたのである。学英と鉄治は満足して銀行を出た。

渋滞している車の排気ガスと下水溝の悪臭が鼻を突いた。満潮が近づいてくると下水溝の臭《にお》いが強くなってくるのだ。信号を渡る人の数も増えている。

学英は劉周達に携帯電話を掛けてみたが、応答がない。

「逃げたかな？　くそったれ！」

学英はただちに見張りをしている国夫に電話を入れた。

雑音に交じって国夫の声が聞えた。

「劉はどうした？・」

学英は片手で周囲の雑音を防ぐようにカバーして聞いた。

「いま成田空港にいます。劉は家族と一緒に間もなく台湾へ出発すると思います」

「わかった。すぐにもどってこい。それから兵隊を二、三人集めて『龍門』にくるんだ」

兵隊とはかつて極道たちと対決した仲間たちのことである。

「『龍門』へ行こうぜ」

今日中に「龍門」を占拠し、既成事実を作っておかねばならない。

学英と鉄治はコマ劇場の裏を通って「龍門」に行った。そして「龍門」の前であらためて店の構えを眺めた。いつ見ても風格がある。店に入ると鉄治お気に入りの唐時代の美人画を思わせる象牙の彫像がガラスケースの中におさまっている。

「いい女だ」

鉄治はまるで美人像に恋でもしているように呟いた。

いまは客はまばらだが、これから予約客で満席になるだろう。太い柱と高い天井には金色の大きな龍の彫り物が二つ向き合う形でめぐらされている。龍は中国の王の象徴である。

女子従業員がきて、

「お二人さまですか」

と訛りのある日本語で訊いた。

「マネージャーはいるか」

学英が訊いた。

「はい、おります」

「ちょっと呼んできてくれ」

学英と鉄治は敵陣に乗り込んできたような心境だった。

奥の部屋からスーツにネクタイを締めた五十四、五のマネージャーが現れた。そして学英と鉄治を見ると顔をこわばらせ、

「お待ちしておりました」

と言って奥の部屋に案内した。

部屋に入った二人はソファにどっかと腰をおろし、

「劉社長から聞いていると思うが、今日からこの店のオーナーはおれたちだ」

と学英が言った。

「聞いております」

マネージャーは立ったまま両手を前に重ね合わせて神妙な表情で答えた。

「それでわたしたち従業員はどうすればいいのでしょうか」

マネージャーが不安そうに訊いた。

「従業員はそのまま使う。ただし文句のある奴は容赦しねえ」

鉄治が凄みのある声で圧力をかけた。

「明日午前十時にみんなを集めろ。こない奴は馘《くび》にする。社長はここにいる金鉄治で、おれは専務だ。それから部長を一人置く」

学英は鉄治に社長の椅子を譲って持ち上げた。鉄治はまんざらでもなさそうにふんぞり返った。

若い二人に顎で指図されてマネージャーはうなだれた。

「店を案内してくれ」

と学英が言った。

「かしこまりました」

マネージャーは先に立って二階へ案内した。階段を上がると客の待ち合いをかねた十坪ほどの広いフロアにはソファや椅子や花を飾った台座が配置されており、大小の個室が十室ある。奥には厨房から送られてくる料理を調整するための五坪ほどの部屋もあった。三階は二十畳のリビングに四畳のキッチンと寝室、浴室、トイレなどがあり、生活ができるようになっている。

「いいね、おれはここに住もう」

学英はいたく気に入った。

「この部屋に女を連れ込むと店の評判が落ちるぜ」

と鉄治が言った。

「おまえのことだろう。おれは部屋に女を連れ込んだことはねえんだ」

「よく言うぜ。さんざん女を部屋に連れ込んでたくせに。おまえはあのジャズ・シンガーのおねえちゃんをこの部屋に連れ込みたいんだろう」

鉄治はまだジャズ・シンガーにこだわっている。

「わかったよ。おまえが住みたいんだろう。だけどよ、タマゴが出入りしだすと、この店はゲイクラブになっちまうぜ」

「おれは店から出入りするような部屋には住みたくねえ」

鉄治は反発した。

いずれにしても部屋は当分空けておくことにした。

8

二人は一階の厨房に案内された。十五坪ほどの厨房には調理師と調理師見習いを合わせて八人の料理人がいる。マネージャーが料理長に学英と鉄治を紹介すると、四十歳くらいの料理長は憮然とした表情で中華鍋を放り出し、帽子と前掛けを取って裏口のドアを開けた。

「なんだ、あいつは」

鉄治は厨房の裏口から出て行く料理長を睨みつけた。

「料理長は劉社長の甥です」

マネージャーが言った。

「甥？　おれたちが店を買い取ったのが気に入らねえってのか」

鉄治は厨房にいる従業員たちを見回し、

「辞めたい奴は、いますぐ辞めろ！」

と怒鳴った。

厨房には日本人が二人と台湾人が五人いる。鉄治に威嚇された料理人たちは畏縮《いしゆく》して黙っていた。

「とにかく明日の午前十時にみんな店に集まるんだ。そのとき店の方針を説明する。こない奴は、この店に勤める意思がないとみなす」

料理長が辞めたので、その影響は出るだろうと考えた。場合によっては店を数日閉めることになるかもしれないと鉄治は覚悟した。

鉄治の強硬な姿勢が料理人たちの不安をつのらせると思った学英は、

「店に残った者には、それなりの待遇をする」

と期待を持たせた。

厨房を出て事務所に入った鉄治は、

「よけいなことを言うな。おまえはいつも甘いんだ」

と学英を非難した。

「締めつけるだけが能じゃねえんだよ。もっと寛容なところを見せろ。今度の経営者は懐が深いんだってところを見せるんだ。そうしないと、みんな辞めちまうぜ」

「辞めたい奴は辞めればいいんだ。無理に引き止める必要はない。こっちが甘いところを見せると必ずつけ上がってくる。従業員になめられたらおしまいだ」

鉄治はあくまで力の論理を主張した。

「おまえが社長なんだから好きにするさ。ただし、うまくいかないときは店を売っちまうぜ。赤字を引きずって苦しい思いをするのは真っ平ごめんだ」

学英は鉄治の性格を見越していや味たっぷりに言った。

「おまえこそクラブを経営して赤字を出すなよ。赤字を出したときはクラブを手放すんだな。しかし、この店は引く手あまただが、クラブを引き取る奴がいるかどうか」

鉄治も皮肉をこめてやり返した。

二人の間に挟まれてマネージャーがおろおろしている。

「とにかく、これまでの帳簿を全部出してくれ。おれの知ってる会計士に見てもらう」

鉄治はマネージャーに命じた。

「わかりました。帳簿はそこの金庫の中に保管してあります。ですが金庫の鍵のありかと番号は劉社長しか知りません」

金庫には劉社長しか触れなかったのである。

「そうか、じゃあ金庫をぶっ壊して新しい金庫に取り換えるしかねえ」

鉄治はその場で電話帳を調べ、金庫会社に連絡を取って明日中の金庫の交換を頼んだ。何ごとにも強引な鉄治は即決主義である。

間もなく池沢国夫が二人の後輩を連れて現れた。

事務所に入ってきた池沢にいきなり、

「おまえは明日から、この店の部長だ」

と鉄治が言ったので、

「え？　部長？」

と池沢は鳩が豆鉄砲を喰らったような顔をした。

「おまえがこの店をしきるんだ」

これまで店を経営したこともなければ経営する気もない池沢は啞然としたが、

「はい、わかりました」

と命じられるがままに引き受けた。

「おまえはそれだけ信頼されてるってことだ。やればできる。おれとテツは二十四歳のときから、体を張って稼いできた。これからも体を張って稼ぐしかねえ」

ソファに座っている学英が池沢を励ました。

「栄一と正和はホールを手伝え」

街角で居酒屋のチラシやサラ金のティッシュを配っている二十三歳の片桐《かたぎり》栄一と大木正和は鉄治の命令に逆らえなかった。

「はい、わかりました」

神妙な表情で二人は答えた。

二人とも茶髪で短くカットしている。

「そのうちクラブが開店したら、おまえたち二人はおれんとこへこい」

学英が言った。

何もわからない若僧を部長にしたりして、いったいどういうつもりなのか、とマネージャーは憮然としている。

しかし、鉄治から、

「この三人は何もわからないから、いろいろ教えてやってくれ」

と言われて、

「わかりました」

と答えるしかなかった。


翌日の午前十時、「龍門」の従業員たちが一堂に会した。辞める者が何人か出ると思ったが料理長以外は誰一人辞めずに集まっていた。

「みんな集まってくれてありがとう」

鉄治は珍しく感謝の気持をこめて言った。

「今日から『龍門』は、おれと李学英が経営することになった。おれが社長で李学英は専務だ。それから池沢国夫が部長になる。経営者が急に代ったので、みんなは驚いているかもしれないが、いろんな事情があって劉社長は台湾に帰った。『龍門』は格式のある店だ。接客態度の悪い奴は再教育する。日本人は接客態度にうるさいんだ」

鉄治の口から「格式」という言葉が出たので学英は内心笑ってしまった。この中で一番下品なのは鉄治ではないかと思った。しかし、「龍門」の従業員の接客態度はあまりいいとはいえない。その点は鉄治と同じく改善する必要があると学英も考えていた。

さっそく学英と鉄治が客になって栄一と正和に接客させた。これまで接客などしたことのない栄一と正和はトレーの上におしぼりを載せ、メニューを持って学英と鉄治のテーブルにやってきた。そして無言でおしぼりとメニューを差し出した。

「茶髪のおまえたちがよ、のたくりながら客席に近づいてきたら、客が怖がるだろう。注文する前に逃げ出すぜ。客の立場になってちゃんとやれ！」

鉄治が怒鳴りつけた。

「すみません！」

栄一と正和はもう一度やり直したが、ふてくされたようなのたくって歩く癖は簡単には直せなかった。

何度やっても身についた癖が直らない栄一と正和に業を煮やした鉄治が立ち上がって、

「てめえら、何度言ったらわかるんだ。根性を叩き直してやる！」

と二人の頬を平手打ちした。

バシッ！　という音が響き、見ていた従業員たちの間に恐怖と緊張感がみなぎった。

「マネージャー、手本を見せてやってくれ」

学英が言った。

栄一と正和が鉄治に打擲《ちようちやく》されるのを目《ま》のあたりにしたマネージャーは緊張のあまり持っていたトレーを落としてしまった。

「すみません。緊張してるもんですから」

五十四、五歳になるマネージャーの張沈鑑は落としたトレーを拾い、情けなさそうな顔でやり直した。普段ならどうということもない接客が、息子ほども歳のちがう学英と鉄治にしばりをかけられて、ぎこちない動きになるのだった。

「どうしようもねえな。先が思いやられるぜ」

学英はふかしていた煙草の煙を天井に向けて吐いた。

「夕方の開店時間までに接客マナーを完璧にマスターしとくんだ。それから店の隅々まできれいに掃除しろ」

鉄治は腰を上げ、今度は厨房に行った。それから目を皿のようにして厨房の汚れを点検した。

「いいか、よく聞け。一に清潔、二に清潔、三に清潔、四、五がなくて六に味だ。厨房を清潔にできない料理人はいい加減な味しか出せないんだ。それだけ神経がゆき届いてないってことだ。ゴキブリを一匹たりと這わせるな。ゴキブリを見つけたらただちに叩き潰せ。わかったな。ゴキブリが這っていそうなところにはゴキブリホイホイを並べとけ」

独断専行し、一方的に強要してくる鉄治に七人の料理人たちはしらけていた。だが、抵抗したり意見でも言おうものなら、その場で馘になるのはあきらかであった。百キロを超える鉄治の巨体は迫力があり、包丁で突き刺しても死にそうにない。学英も鉄治に劣らず、精悍《せいかん》で敏捷《びんしょう》で冷酷な感じがする。

「料理長はおまえたち七人の中から相談して選べ」

いまさら外部から料理長を雇うわけにもいかず、これまでの「龍門」の味を維持するためにも七人の料理人の中から自分たちで納得できる料理長を選ばせた方が賢明だと鉄治は考えたのだ。

店の大掃除がはじまった。正午過ぎに金庫会社から二人の男がやってきた。事務所の金庫を開け、中から帳簿を出し、鉄治は新たに二倍以上大きな金庫を発注した。

カタログを見ていた鉄治は、

「この金庫を開けるには爆破するしかない」

とほくそ笑んだ。

三時間をかけて店の大掃除は終った。店を隈なく見て回わった鉄治は満足し、

「毎日、きちっと掃除させろ」

と国夫に命じた。

そして厨房に行き、

「料理長は決まったか」

と訊いた。

料理長には三十五歳の沈芳生が選ばれた。色白で細い目をしたいかにも台湾人といった感じの男である。

「給料は辞めた料理長と同じにする」

鉄治は気前のいいところを見せて料理長を鼓舞した。

それから食事の用意をさせ、ふたたび従業員を集めて新しい門出を祝った。

学英が乾杯の音頭をとり、

「『龍門』の発展のために乾杯！」

とビールの入ったグラスをかかげた。

これでセレモニーは終り、従業員は持ち場についた。

事務所にもどった鉄治は社長椅子にどっかと座って煙草をふかし、

「ホールの女の子にはチャイナ・ドレスを着せようと思うんだが……」

と学英に意見を求めた。

「クラブじゃあるまいし、普通の中華服でいいよ。その方が愛嬌があって親しみやすいぜ」

と学英は何ごとも派手好みの鉄治の趣味を牽制した。

「そうかな」

「そうだよ。おまえは趣味の悪いアクセサリーや派手な服で着飾らせようとする。タマゴの恰好を見ろ。まるでお化けだ」

「あれがタマゴのセンスなんだ。おれは気に入ってる」

タマゴのことになると鉄治は猛然と反発した。

「国夫、明日ホールの女の子を連れて横浜の中華街へ行って中華服を買ってこい。それから栄一と正和には黒のスーツを着せろ」

鉄治は学英の意向に沿って国夫に言った。

開店時間が近づいてきた。鉄治はそわそわして落ち着かない。客の入りを気にしているようだが、実はそうではなかった。五時から屋内プールへタマゴと一緒に行くことになっているのだ。

しきりに時間を気にしながら、

「じゃあ、おれはちょっと出掛ける仕度をする。国夫、あとは頼んだぞ」

と何もかも国夫に頼る始末であった。

「はい」

と答えたものの何をしていいのかわからず、国夫はホールに出て従業員たちの動きを見ているだけであった。

「おまえのやることは金の管理だ。わかったな。これからレジの打ち方を教えてやる。レジは他の者には絶対触らせるな。レジが合わないときはおまえの責任だ」

学英は国夫をレジに連れて行き、レジの打ち方を教えた。だが、簡単に覚えられるものではなかった。頭の悪い不器用な国夫は何度もやり直しをさせられ、それでも要領を得ないので当分はレジ係だった女子従業員にやらせることにした。

「不器用な奴だ。おまえは喧嘩しかできないのか。腕っぷしはいいが、それだけで飯は喰っていけねえんだ。これからは頭を使う時代なんだ。テツを見ろ。あいつはおれがいないとゴリラみたいなもんだ。おまえもしっかり頭を鍛えておけ」

国夫はしょげかえっている。

タマゴが店に入ってきた。長い睫毛《まつげ》をつけ、左の瞼《まぶた》には青いアイシャドーを塗り、右の瞼にはピンクのアイシャドーを塗っている。少しかがむとパンティが見える超ミニの水玉のワンピースを着て、黒い口紅を塗っていた。そして自分の水着と鉄治の海水パンツの入った毛皮のボストンバッグを持っている。

レジにいる学英に、

「テツはいるの?」

と訊いた。

「どこへ行くんだ」

学英には見慣れた恰好だが、店の従業員たちは珍獣でも見るようにタマゴの奇抜なファッションを眺めている。

「プールに行くのよ。テツを泳がせて、少しダイエットさせたいのよ」

「そいつはいい考えだ」

学英は賛成した。

そこへ鉄治が事務所から出てきた。目の前に奇抜なファッションのタマゴがいたので鉄治は一瞬たじろいだが、

「店にはくるなと言っただろう」

と迷惑そうに言った。

「だってもう五時よ。早く行かないと出勤時間に遅れてしまうわ。プールで一時間泳いで、そのあとエステをして、化粧をすると三時間はかかるのよ。九時までに出勤しなきゃショーに間に合わなくなって罰金取られるのよ」

「おれはプールになんか行きたくねえ」

「駄目。このまま肥り続けたら、自分で自分を押し潰してしまうわよ」

「おれは絶対に行かない。行きたくねえんだ」

従業員の手前、鉄治は威儀を正して拒否した。

「行った方がいいぜ。タマゴはおまえの体を心配してるんだ。愛してる女の言うことは聞いた方がい

いぜ」

学英は「愛してる女」の〈女〉に力をこめた。

従業員たちはこの時点でタマゴを女だと思っていた。ファッションは奇抜だが、しなやかな身のこなしから漂う色香は並の女にはないものであった。露出している柔らかな白い肌は手入れが行き届いている。その美しさに女子従業員たちもうっとりしていた。

タマゴが鉄治の腕を取って引きずるように店を出た。

「さあ、みんな持ち場について仕事をするんだ」

思わぬ闖入者《ちんにゅうしゃ》に目を奪われていた従業員たちは学英の号令に動きだした。

屋内プールは「龍門」から歩いて三、四分の大久保病院と同じ棟の五階にある。鉄治とタマゴはエレベーターで五階に上がり、タマゴは受付でカードを出していやがる鉄治を強引に中へ入れた。中に入った鉄治はタマゴから海水パンツを手渡された。

「おまえはどっちの更衣室なんだ」

と鉄治が訊いた。

「もちろん女よ」

タマゴは腰を振りながらしゃなりしゃなりと女子更衣室に入っていった。

女子更衣室から出てきたタマゴを見た鉄治は唖然とした。ビキニの水着だが、乳房や恥毛が透き通って見える。あまりにも大胆で卑猥な感じだった。

「そんな恰好をして恥かしくないのか」

たまりかねて鉄治は言った。

「いいじゃない。それより、その肥満した体の方が恥かしいと思わない」

サングラスを掛けたままのタマゴは白い歯を見せてほほえみ、肥満体の鉄治と腕を組んでプール室に入った。この時間帯は一般市民の利用者はあまりいなかったが、そのかわり別の利用者がかなりいた。鉄治はプールで泳いでいる男女の異様な光景に目を疑った。プールの中でからみ合い、抱き合っているカップルは男女のように見えたが、そのほとんどはオカマだった。抱き合いながらいちゃつき、濃密なキスをしているカップルもいれば、水中にもぐってフェラをしているカップルもいる。

「いやよ、そんなことやめて！」

太い声で奇声をあげ拒否していたオカマが尻を突き出して相手を受け入れた。

「なんなんだ、ここは。みんなやりまくってるじゃねえか！」

さすがの鉄治もど胆を抜かれて立ちすくんだ。

「いいじゃない。あの人たちはあの人たち。わたしたちはわたしたちなんだから。さあ、泳ぎましょ」

タマゴが臆《おく》することもなくプールに近づいて行くと、乳房や恥毛が透き通って見えるビキニ姿のタマゴを敬遠するようにオカマたちはいやな顔をして避けるのだった。

「テツ、きてよ」

オカマたちの間を泳いでいるタマゴが色っぽい声で鉄治を呼んだ。鉄治がやけくそ気味にプールに飛び込むと、大きな飛沫《しぶき》が四方に跳ねた。

「水の中なら体が軽いでしょ」

タマゴは鉄治の背中におぶさるように抱きついた。

「あそこにいるカップルはね……」

とタマゴが十メートルほど離れた三組のカップルを指差した。

「韓国人のオカマなの。韓国はさ、徴兵制度があるじゃない。徴兵された若者は軍隊生活の中でやられるんだって。やられた兵士の中にはオカマになったりするのがいるんだけど、韓国社会でオカマは絶対受け入れられないから、日本へきてオカマの店で働いてるのよ。みんな筋肉隆々でしょ。ボディビルで体を鍛えてるのよ。でも筋肉隆々だけど気持は女なの。あの人たちは新宿の『武士道』って店で働いてる」

「『武士道』？　愉快な名前だな」

「あの人たちは、武士をホモ集団と思ってるのよ」

「なるほど、外国人から見るとそう見えないこともない」

「わたし一度、店に行ったことがあるの。誘ってみたけど、女はいやだって」

「おまえはもともと男だろう」

「でも、あのひとたちにとってわたしは女なの。わかる?」

タマゴはそう言うと欲情した目で鉄治を見つめてペニスを摑み、

「水の中で一発やる?」

と言った。

「おまえは変態か」

と鉄治が言った。

「そうよ。テツも変態じゃない」

タマゴは鉄治の海水パンツをおろした。

「プールの中でやるためにおれを誘ったのか」

鉄治は変に興奮している。

「そうよ、一度プールの中でやりたかったの」

タマゴが鉄治の首に両腕を巻きつけ、両脚を太鼓腹にからみつけると、鉄治もタマゴのひきしまったヒップを両手でかかえた。

「なんだか変な具合だ」

タマゴの中にペニスを挿入した鉄治は重力に逆らって浮いてくる巨体をふんばって押さえようとしたが、ときどきふわっと浮遊した。

「あー、解放されるみたい」

タマゴは鉄治の体にしがみついた。

それから二人は一時間ほど泳いでプールを出た。

「わたしこれからエステするけど、テツもエステしなさいよ。体をほぐしてもらうの。気持いいわよ」

「おれは帰る」

鉄治は断った。

「駄目よ、エステして、わたしと同伴してちょうだい」

タマゴは鉄治に強制した。

「同伴だって。冗談じゃない。『龍門』に客が入ってるかどうか心配なんだ。同伴なんかしてる場合か」

「店はガクさんがいるから大丈夫。ガクさんはあんたよりずっと商売人なんだから。あんたは遊んでるのが似合ってるの。今日同伴しないと罰金取られるのよ」

なにかにつけて罰金を取られるというので、

「罰金はおれが払ってやる」

と鉄治はその場で懐から財布を出し、無造作に札束を渡そうとした。

「そんなことしたら周囲の者にしめしがつかないの。お願い、今日だけわたしにつき合って」

タマゴは悩ましげにじゃれついた。

「まったく、おまえには手を焼くぜ。おまえは女より始末が悪い」

またしても鉄治はタマゴの言いなりになるのだった。

だが、エステのあと鉄治はすっきりしていた。エステは女だけのものと思っていたが、やってみると悪くなかった。鉄治はタマゴの妖艶な肢体を抱き寄せ、

「今度、またきてみるか」

と言った。

「すっきりしたでしょ。またやりたくなった？」

タマゴは腰をひねってみせた。

「おまえは本当に助平だな」

あれほどいやがっていた鉄治が、いまやエステ通いになりそうな感じである。二人は「愛の炎」に向かった。

9

店に入ると客は一人もいなかった。ロックの音楽が響いている店内には手持ちぶさたの十三、四人のニューハーフたちが二手に分かれて座っており、鉄治とタマゴを目にすると、

「いらっしゃいませ!」

といっせいに声をあげた。

タマゴと二人のニューハーフが鉄治の席についた。店の隅の小さな暗いカウンターの中にいる五十くらいのバーテンダーが飲み物と乾き物を用意している。

「暇だな。混んでると思ったが……」

ソファにどっかと腰をおろした鉄治は手持ちぶさたのニューハーフたちを手招きして、

「みんなこっちへこい!」

と呼んだ。

「ありがとうございまーす」

と七、八人のニューハーフたちが鉄治を囲んだ。飲み物がどんどん運ばれてくる。雑談がはじまり、そのうちニューハーフたちはそれぞれ自分たちの体をチェックしだした。

「最近、お尻がたるんできたの」

二十五、六になるサトミが体をよじってお尻を見せた。そのお尻を隣に座っていたナオミが触りながら形を確かめていたが、

「ちょっと立ってみて」

と言った。

サトミが立つと周りの者がいろいろな角度からサトミのお尻を観察した。

「手術はいつしたの」

二十四、五になるエリカが訊いた。

「三年前」

「そろそろ形が崩れてくる頃だわ」

年配のニューハーフが言った。

「どうしよう……」

サトミは心配そうな声でお尻を触りながら言った。

「少しシリコンを足したらいいんじゃない。わたしも今年、少しシリコンを足したのよ」

そう言って鉄治の前の席に座っていたヒカルが立ってドレスを脱いだ。ファッションモデルと見まがうほどの均整のとれたスリムな体だった。

店内の壁面は鏡になっている。その鏡の前に立ってヒカルは胸を張り、両手で両の乳房を整え、腰をひねってお尻を鏡に映すと左手で体の曲線をなぞってうっとりした。そしてパンティを脱ぎ捨て、

ホールを一周しながら体の形を点検した。それを見ていたナオミも鏡の前に立ち、ドレスとパンティを脱いでヒカルと競うように体の線を強調しながらホールをゆっくり一周して自分の姿に見とれている。確かに二人の体は美しかった。外見上は完璧な女である。二人は互いの体を触りながら細ごまとした点を指摘し合っている。

「一ケ月以上、男と寝てないからさ、傷口がふさがってくるのよ」

ナオミが言った。

ナオミがいきなりしゃがみ、股間から棒のようなものを取り出したので鉄治はあっけにとられた。

「わたしも入れてるわ」

年増のニューハーフがソファに座ったままパンティを脱ぎ、股を開いて棒のようなものを取り出した。

「なんだ、それは?」

異様な物体にさすがの鉄治も驚いた。

「タンポンよ。タンポンを水にひたすと膨張するの。それを入れとくのよ。そうしないと傷口がふさがるのよ」

水で膨張したグロテスクなタンポンを年増のニューハーフは鉄治の前にぶらさげた。

「そんなの、見たことねえ」

鉄治はたじたじになった。

「だってタマゴはいつも鉄治さんとやってるから、こんなの必要ないのよ。羨しいわ」

年増のニューハーフはねたましげにタマゴを見ながら、

「わたしのようなおばあちゃんには客がつかないのよ」

と言ってタンポンを股の間にもどした。まるで手品を見ているようだった。

「ナオミは若いのに、なんでタンポンを入れてんだ」

と鉄治が訊いた。

ホールにいたナオミは素っ裸のまま席にもどって、

「わたしにはお尻の好きな客が多いのよ。でもお尻は痛くていやなの」

と顔をしかめた。

「あら、お尻は気持いいわよ。わたしはお尻が大好き」

サナエはオネエキャラ（言葉）を使っているが声は男そのものだった。体にも男の筋肉が残っている。

「早く女になりたいけど、お金がないの」

まだ少年のあどけない面影を残している十九歳のサナエは立ちあがってパンティを脱ぎ、下半身を晒した。立派なペニスがぶらさがっている。

「おお、でかいペニスをしてるじゃねえか。おれより立派だよ。女が喜ぶんじゃねえのか」

鉄治は目を見張った。

「女はいや。たまに誘われることあるけど、女とでは絶対に勃起しない。女は気持悪いわ。わたしは男が好きなの。お尻が好きなのよ。お尻に入れられるとすぐに射精しちゃう」

サナエは舌で唇を舐めながら鉄治をじっと見つめた。

「変な目でテッを見ないでよ」

タマゴが挑発的なサナエを牽制した。

「以前はタイやフィリピンで手術してたけど、最近は大阪に上手な医者が三、四人いて、二年前、わたしとタマゴは大阪で手術したのよ。まず睾丸を取るの。そうすると体つきが女のようになって、そのあとペニスを手術して、しばらくニョホル（女性ホルモン）を使用するとこういう体になるの。わたしはニョホルはあまり使わないことにしてる。だって怖いもの」

ナオミは年増のニューハーフをちらと見た。

「わたしを見なくたっていいでしょ。確かにニョホルを使い続けるのはヤバイわよ。わたしの知ってるニューハーフはニョホルを使い続けたため、四十五歳のとき、ある日突然髪が真っ白になり、顔が皺くちゃになってお化けみたいになったわ。体も腕も脚もシワ、シワ、シワ。シリコンの入ってるオッパイだけがふくらんでいて、きれいなのよ。それから半年後に亡くなったわ。だからわたしはニョホルを使わないことにしてる。

この子は喉仏を取っちゃってるの。ほら、きれいでしょ」

年増のニューハーフは隣に座っている若いニューハーフの喉を指先で撫《な》でた。

細長い首をしている若いニューハーフはにっこりほほえんでみせた。鉄治は手を伸ばして喉仏のない細い首を触った。

「くすぐったい」

若いニューハーフは甲高い声をあげて体をよじった。

男の声ではないが女の声でもない。留守番電話に内蔵されているメッセージの人工的な声に似ている。

「気持悪いな、おまえの声は。どんなよがり声を出すんだ」

鉄治はあらぬ想像をして言った。

「お客さんは、わたしの声をセクシーだって言うよ。一度試みる?」

若いニューハーフが「あー」と意識的によがり声をあげると細い糸のような音が喉の奥で共鳴した。いっぷう変った妙にセクシーな声ではあった。

ニューハーフの中できわめつきは二十歳になるヨーコだった。ニューハーフの中でも体がもっとも細いヨーコは、いまにも折れそうな感じがする。

「この子はね、肋骨《ろっこつ》を二本取ってるの」

ソファの一番隅に座っているヨーコを指差して年増のニューハーフが言った。

「本当かよ」

鉄治は目を凝らしてヨーコの体を見た。

ヨーコは自慢でもするようにすっくと立ち、ドレスを脱いだ。スリムで竹のような肢体をしている。それからホールの中央で体を後ろに反らして両手を床につき、弓なりになった。薄暗い店内で恥毛が黒く光っていた。

鉄治は食傷気味になり、

「おれは帰るぜ。オマンコだかポコチンだかしらねえけど、見あきたよ」

と言って席を立った。

「あら、サービスしてあげたのに、気に入らなかった?」

年増のニューハーフは気紛《きまぐ》れな鉄治の機嫌をとるようにあとを追ってエレベーターまで送ったが、タマゴは座ったまま煙草をふかしていた。一時間もすれば鉄治はすっかり忘れて、どこかで女を口説いているにちがいないのだ。あるいは別の女とホテルにしけ込み、今夜は帰ってこないだろうと思った。

「愛の炎」を出た鉄治は「龍門」の様子を見るためいったんもどった。レジの前で池沢国夫が両脚をふんばり、両腕を後ろに組んで従業員や客の一挙手一投足を見守っている。部長という重責にしばりをかけられ緊張しているのだ。

「国夫、もうちょっと楽にしろ。ヤーコじゃあるまいし、客が怖がるぜ」

鉄治は池沢の肩を軽く叩いて緊張をほぐし、二階へ上がった。一階は満席に近く、二階の個室も六部屋がふさがっていた。鉄治は満足して厨房の様子を見に行った。注文に追われている料理人たちは息つく間もないほど忙しく動いていた。注文の声が飛び交い、オーダー伝票が並べられていく。料理人たちはオーダー伝票の順番にしたがって料理を作っていたが遅れがちだった。

「十二番の客が遅いと言ってる」

ホールを担当している大木正和が料理を急かせた。

「いま作ってる。一度に全部はできない」

新しい料理長が怒鳴り返した。

厨房はまるで戦場のようだった。

そのとき裏口のドアが開いて辞めた料理長の劉光源がぬーと現れた。右手に中華包丁を持っている。料理人たちの手が止まり、厨房内は一瞬静まり返った。厨房に入ってきた劉光源は怯えている料理人たちの顔を見ながら標的を探しているようだった。そして厨房の中ほどにいた鉄治と目が合った。

「この店はおれの店だ。叔父の劉周達は、将来この店をおれにくれると約束していた。だからおれは安い給料を我慢して、身を粉にして朝から夜中まで働いてきた。それなのに店を横取りしやがって。店をおれに返せ！　さもないとおまえを殺してやる！」

劉光源の血走った目に殺意がこもっている。

「おまえは誤解している。おまえと劉周達との間にどんな約束があったのか知らないが、この店は劉周達から買ったんだ。売買契約書もある。なんだったら見せてやってもいい。落ち着くんだ。おれを殺《や》ってもこの店はおまえのものにはならない」

鉄治は一歩さがって、ガスレンジの上でスープの煮えたぎっている中華鍋の側に立った。

「そんなことはおれに関係ない。この店はおれのものだ。おまえに取られてたまるか！」

じりじりと鉄治に迫ってくる劉光源を従業員たちは息を殺して見守っている。誰かがひとこと声をあげると、たちまち殺人が起こりそうな雰囲気だった。鉄治の顔から汗が流れている。一人の従業員が逃げようとして野菜の入っているステンレスの容器に触れ、そのステンレスの容器が床に落ちて「ガチャン！」と音をたてた。同時に劉光源が牙を剝いた猛獣のような形相で中華包丁を振りあげ鉄治に襲いかかった。鉄治はとっさにガスレンジの上の中華鍋を素手で持ち、その煮えたぎるスープを劉光源に浴びせた。「うわっ！」と叫びをあげながらも劉光源は振りあげた中華包丁で鉄治を斬りつけようとしたが、鉄治は劉光源の腕を摑んで引き倒し顔面を蹴った。煮えたぎったスープを浴びたうえ引き倒されて顔面を蹴られた劉光源は呻《うめ》きながら七転八倒した。

「警察に通報しろ！」

と誰かが言った。

「警察には電話するな。こいつを店から追い出せ！」

劉光源は悶えながらも立ちあがり、

「おまえを必ず殺してやる！」

と怨念《おんねん》のこもった言葉を残して裏口からよろめきながら出て行った。

「くそったれ！　このつぎは首をへし折ってやる！」

鉄治は火傷した右手を水につけ、顔をしかめて、

「早く仕事をしろ！」

と叫んだ。

一部始終を見ていた張沈鑑マネージャーが声を震わせ、

「社長は殺されます。わたしも殺されるかもしれない」

と怯えきっている。

「あんな野郎が怖くて歌舞伎町で生きていけるかよ。このつぎはおとしまえをつけてやる」

鉄治は歯を喰いしばって火傷の痛みに耐えていた。

「わたしは今日で辞めさせていただきます」

恐怖で顔を引き攣らせ、張沈鑑マネージャーは顔面神経痛のようになっていた。

「そうか、わかった。さっさとうせろ！」

鉄治は張沈鑑マネージャーを追い出した。

内心、鉄治は張沈鑑マネージャーを辞めさせたかったのである。忠誠心を求める鉄治は張沈鑑マネージャーが気に入らなかったのだ。

幸い厨房での騒ぎは客に知られずにすんだ。ホールにいた池沢も他の従業員も知らなかった。厨房は平静さを取りもどし、営業を続けた。

鉄治は近くの病院へ行ったが閉まっていたので明日治療を受けることにした。

学英はクラブのカウンターのいつもの席で今西沙織の歌を聴きながら飲んでいた。歌っている今西沙織が学英を意識しているのがわかった。機が熟すまで待つか、強引に口説き落とすかのどちらかである。学英の経験では人妻であろうと、恋人がいようと、口説けない女はいなかった。ただタイミングが重要であった。タイミングをはずすと口説くのは難しくなる。女によって至近距離がちがうのだ。欲しいものは必ず手に入れる、その点は学英と鉄治は同じだった。しなやかな肢体でマイクを握って歌っている今西沙織のハスキーな歌声を聴きながら、学英は自己暗示をかけていくのだった。今西沙織はおれに気がある、と。

学英の隣に大きな体格の男が腰をおろした。体臭で鉄治だとわかった。

「やっぱりここにいたのか」

あまり元気のない声である。

「『龍門』にいたってしょうがねえだろう。国夫もいるし、マネージャーもいるし、客も入ってるしよ、心配いらねえよ」

「龍門」はおれの管轄じゃない、と言わんばかりの口ぶりである。

「マネージャーは辞めた」

「辞めた？　どうしてだ」

鉄治はいましがた厨房で起こった事件を学英に話し、火傷している右手を見せた。

薄暗い店内でも火傷のひどさがわかるほどだった。手がグローブのように大きく腫《は》れてぶよぶよになっている。学英が触ると「痛い！」と鉄治は手をひっこめた。

「ひどいな。医者に診《み》てもらったのか」

「この時間じゃ開いてる病院はなかった。救急車で運ばれるのも大袈裟だしよ。明日診てもらうよ」

そう言いながらも鉄治は顔をしかめている。

バーテンダーに注文を訊かれて、

「ウイスキーをロックでくれ」

と鉄治は言った。

「とんでもない野郎だ。闇討ちされるんじゃねえのか」

五年前、ポーカーゲームの利権争いで競争相手が送り込んできた殺し屋に鉄治は匕首《あいくち》でどてっ腹に風穴を開けられ、学英も腕と胸を斬られたことがある。幸い鉄治は一命をとりとめ、学英は軽傷ですんだが、その悪夢が蘇った。

「相手は一人だ。二度襲ってくることはないと思う」

一人間の執念は恐ろしいからな。特に勘違いしている人間は何をやらかすかわからないぜ。店に火をつけられるかもしれない」

「おい、おい、縁起でもないことを言うな」

だが、鉄治は珍しく不安な表情を見せた。最近、頻繁に放火事件が発生しているからだ。数日前も大久保のあるアパートの一室が放火されて、部屋に寝ていた中国人二人が焼死した。同じ中国人による金がらみの事件だった。

「相手の住所を調べて、こっちから攻めてみるか。二度と抵抗できないように徹底的にヤキを入れてやるんだ」

学英の案も一つの方法ではあった。先制攻撃を仕掛けて徹底的に戦意をくじくやり方である。

「しばらく様子を見よう。ことを荒だてると警察が動きだすかもしれない」

鉄治の脳裏に麻薬の件がちらついたのだ。

風林会館の喫茶店での銃撃事件と劉周達はつながっており、もしかすると劉光源と張沈鑑も麻薬の売買に一枚嚙んでいる可能性がある。張沈鑑の怯えようが尋常ではなかったからである。

「風林会館の喫茶店で二人を射殺した犯人が逮捕されると、問題は解決すると思うんだが」

オン・ザ・ロックをひと息で飲みほし、鉄治はステージに視線を転じた。

歌は終盤を迎えようとしている。今西沙織の喘《あえ》ぐような歌い方は男の情欲をそそるものがある。鉄治は学英がご執心なのもわかるような気がした。

ステージが終ってしばらくすると今西沙織がカウンターの隅のとまり木に座って煙草に火を点けた。学英はすかさずバーテンダーにカクテルを注文して今西沙織に持って行くよう指示した。

バーテンダーがカクテルを今西沙織に持って行くと、彼女は学英に軽く礼をした。しかし彼女は男たちに囲まれていて学英の割り込む隙はなかった。

クラブを出た学英と鉄治は「龍門」に寄って閉店するのを見届け、池沢、片桐、大木を事務所に集め、厨房での事件を説明して今後の対策を講じた。

「新大久保の改装工事もはじまることだし、あと三人ほど雇って脇を固める必要がある。おれの後輩を連れてくる」

学英が言った。

「狙われてるのはおれだけじゃない。ガクも狙われてるんだ」

鉄治は学英に注意した。

「おれたちが奴にヤキを入れますよ」

池沢が意気込んだ。

「とにかく用心しろ。今夜から、おれが三階の部屋に泊る」

三階の部屋を使いたがっていた鉄治は、学英に先を越されて、

「好きにしろ。どうせジャズのねえちゃんを連れ込みたいんだろう」

と言った。

翌日、鉄治は病院で火傷の手当てを受け、学英は業者に依頼して、厨房の裏口と二階の非常階段の出入口に監視カメラを設置した。それから民族学校の後輩三人を連れてきて、一人を鉄治の用心棒にし、あとの二人には新大久保のクラブの改装工事を手伝わせることにした。

数日の間、何ごとも起こらなかった。「龍門」の客の入りは順調で、新大久保のクラブの改装工事もはじまった。鉄治は開店時間と閉店時間に「龍門」に顔を出し、あとは新宿界隈を飲み歩いていた。学英が連れてきた金正信は鉄治とつかず離れずの距離を保ちあたりを警戒していた。だが、当の鉄治は新宿界隈をわがもの顔で闊歩し、目立ちすぎるのだった。


金曜日だった。タマゴはいつになく清楚《せいそ》な服装をして口紅もアイシャドーも睫毛もつけせず、金色と紫色に染めている髪を隠すように帽子をかぶり、黒のパンツをはいて出掛けようとした。いままで見たこともない地味な恰好を不審に思った鉄治が、

「そんな恰好して、どこへ行くんだ」

と訊いた。

「教会に行くの」

タマゴは真面目くさった表情で答えた。

「教会？　おまえは前から教会に行ってたのか」

初耳である。

「今日がはじめて」

「教会へ何しに行くんだ」

「お祈りに行くの。懺悔して神様に許しを乞うの」

「いまさら何を懺悔するんだ。馬鹿じゃねえのか。神様なんかいるわけねえだろ。神様がいたら、おれなんかとっくの昔に地獄へ落ちてるよ」

「神様はテツを許してくれてるのよ」

「けっ！ 神様がいようといまいと、おれには関係ねえ。おれは自分で生きてるんだ」

「わたしはテツのためにも神様に祈ってあげる」

そう言うとタマゴはズックをはいてそそくさと出て行った。

そして喫茶店で待ち合わせていた、韓国クラブに勤めている朴美順と一緒に教会へ向かった。

朴美順は三年前まで「愛の炎」に勤めていた韓国人のニューハーフだった。その後、別の店に引き抜かれ、久しく会っていなかったが、半年ほど前、店が終わって韓国料理店に入ったとき再会したのだ。懐かしさもあって二人の会話はつきなかった。朴美順は「愛の炎」から別の店へ移ってすぐに恋人ができ、幸せな日々を過ごしていたが、愛する男に女ができて別れた。失意のあまり手首を切って自殺を図ったが、気がついてみると病院のベッドにいた。退院後、朴美順は東京を離れて大阪に行き、ミナミの韓国オカマクラブに勤めた。そしてある日、道頓堀橋の上ですれちがった少年にひとめ惚れした朴美順は少年を誘い、その日から二人は同棲生活をはじめたのである。

「美しい少年だったわ。天使のように優しかった」

そう語る朴美順の瞳はうるんでいた。

少年は宮崎から家出してきていたのだった。その両親が警察に捜索願いを出したのである。

「あの子は十五歳だった。あの子に抱かれているとき、あたしは最高に幸せだった。でも、幸せって長続きしないものなのよ。同棲して二ヶ月ほど過ぎたある日、両親がきて未成年誘拐で警察に訴えると言われて泣く泣く別れたわ。悲しかった。何日も部屋に閉じこもって泣いてた。そしてまた東京にもどってきたのよ」

東京へもどった朴美順は新宿のオカマクラブに勤め、間もなく韓国教会へ通いだした。もともと朴美順の両親は信仰の篤《あつ》いクリスチャンだった。

「絶望のどん底にいたあたしは、神を崇《あが》め、神を信じ、神を愛することで神から愛されて救われた。神に許しを乞うことで心のやすらぎが得られるようになったわ」

朴美順と話している間、タマゴは鉄治との関係に思いをめぐらせていた。鉄治は二、三人の女とつき合っている。だが、タマゴは詮索《せんさく》したり追及したりはしなかった。そんなことをすると別れることになるのはあきらかであった。ときには嫉妬して喧嘩になることもあったが、鉄治が愛してくれるなら、それでいいのではないかと思うようになった。どのみち子供の産めない体だから、いまこのときにめいっぱい鉄治を愛し、愛されたいと考えていた。それでもタマゴは心の支えが欲しかった。心のやすらぎが欲しかったのである。そして朴美順に誘われて教会へ行ってみることにしたのだ。

10

明治通り沿いにある教会の白い建物は商社のビルのようだった。タマゴは何度か、この建物の前を通っているが、教会だとは知らなかった。階段を上がって教会内に入ると、三百人は収容できるかと思える席はすでに大勢の信者たちで埋めつくされていた。

「三階に行きましょう」

朴美順に案内されて三階に上がると、廊下の壁面に数百人の信者たちの名札が掛けられていて、その下に献金袋が並べてあった。韓国教会だが、信者の名札には日本人の名前も多く見られた。もともとは小さな日本人の教会だったが、ニューカマーの韓国人信者が増え、合流して新しい教会を建てたのである。そしていままでは韓国式の教会運営をしていた。

三階の重い扉を開けてみると、そこも信者たちで溢《あふ》れていた。

「凄いわね」

信者の多さにタマゴは驚いた。

「今日は徹夜祈禱会《きとうかい》なのよ」

と朴美順が言った。

「徹夜で祈禱するの？」

「徹夜で祈禱する信者もいるけど、徹夜で教会が開いてるってこと。だから水商売の人も店が終ってからこれるってわけ」

なるほど、とタマゴは納得したが、それにしても徹夜で祈禱する信者は、よほど強い信仰心を持っているのだろうと思った。

四階に上がり、ドアを開けて礼拝堂に入ると、信者たちがまばらに座っていた。正面には大きな液晶スクリーンがあり、二階の礼拝堂で説教している牧師の姿が映っていた。四十五、六と思われるメガネを掛けた牧師は聖書の一節を朗読している。

朴美順とタマゴは木製の長椅子に座った。朴美順はバッグからおもむろに聖書を取り出すと、牧師が朗読しているページをめくり、タマゴにも見えるようにかざして口の中で読みだした。戸惑いと気恥かしさでタマゴは聖書の小さな文字に見入っていたが、小声で読んでいた朴美順の声はしだいに熱をおび、精神を一点に凝縮しているようだった。朴美順は、それまで一度も見たことのない厳粛な表情をしている。全身全霊を傾注して聖書を読んでいる朴美順の姿は神々しくもあった。朴美順に比べて、ただ聖書の小さな文字を見つめているだけのタマゴは、自分が罪深い人間のように思えてくるのだった。何か大きな力が頭上におおいかぶさり、冷たい光のようなものがタマゴの体の中をすーっと抜けていくようだった。抑揚のある牧師の声にタマゴは畏怖《いふ》の念をいだいた。

聖書の朗読が終るとつぎは説教がはじまった。「罪とは何か」「愛とは何か」について牧師はイエス・キリストの言葉を引用しながら語った。信者たちは大きな液晶スクリーンに映っている牧師を見ながら熱心に聴いている。気がつくとまばらだった礼拝堂に信者たちがぎっしり詰まっていた。七割以上が女性で子供連れもいたが、赤ちゃんは教会の別室に寝かせているという。

「イエス・キリストはわたしたちの罪を一身に背負われて十字架にかけられたのです。その大きな愛にわたしたちは救われているのです。祈りましょう、神に祈りましょう。天にましますわれらの神よ。われらの罪をお許し下さい。迷える罪深きわれらを正しい道へお導き下さい。アーメン」

牧師が十字を切ると、信者たちもいっせいに「アーメン」ととなえ、十字を切って黙禱《もくとう》した。それから牧師はパイプオルガンの伴奏に合わせて歌いだした。すると信者たちもいっせいに歌いだしたのである。ゴスペルのようでもあり演歌のようでもある。牧師の歌い方は、まるでカラオケで演歌を熱唱しているおやじそっくりだった。聖歌なのか演歌なのか。高揚してきた信者たちの身ぶりはゴスペルに似ていたが、タマゴには韓国の演歌としか思えなかった。

だが、女性の信者たちは歌いながら身をよじり、涙を流していた。中には嗚咽《おえつ》している者もいた。感きわまったのか朴美順の目から大粒の涙がとめどなく流れている。しかしその顔は苦悶《くもん》から解放されて至福の時に酔いしれているかのように、恍惚としている。タマゴは自分一人だけ神に見放されているような気がした。神はどこにいるのか？　神様、わたしをお救い下さい！　タマゴは思わず両手を合わせて大きな液晶スクリーンに映っている牧師の背後にある十字架のイエス・キリスト像に拝んだ。

教会の地下では信者たちに配る食事が作られていて、今日の食事は信者たちの手作りキムチとクッパだという。歌が終って一段落つくと、信者たちは地下の食堂へ降りていった。

礼拝堂を出た朴美順の表情は晴ればれとしていた。

「お腹が空いたわ」

朴美順はハンカチで涙を拭きながら笑顔で言った。

階段を降りて三階にくると壁に並べてある献金袋に朴美順は一万円札を入れた。

タマゴは驚いて、

「なに、それ?」

と訊いた。

その間にも信者たちが献金袋につぎつぎと一万円札や千円札を入れていく。

「献金よ。献金をしないと教会は運営できないでしょ。貧しい人や不幸な人に恵みの手をさし延べるのよ。お互いの糧をわかち合うの。そうしないと天国へは行けない」

献金は信者の当然の義務であるという。

「あなたも献金しなさいよ」

朴美順に言われてタマゴが千円札を出すと、

「せめて五千円はしなきゃ」

と朴美順はタマゴの財布から勝手に千円札を抜いて献金袋に五千円入れた。

壁に並べられている献金袋はみるみる膨れあがり、札が溢れだした。

朴美順とタマゴも地下の食堂へ降りて行った。食堂ではすでに大勢の信者たちが食事をしていた。

ウエイトレス役ももちろん信者である。赤ちゃんを膝の上に乗せて食事をしている若い女性もいた。

聖歌を歌いながら涙を流していたときとはうって変って賑《にぎ》やかだった。信者同士が楽しそうにおしゃべりをしながら食事をしている光景は大家族のようであった。

朴美順は顔見知りの信者と親しげに挨拶を交わし、

「信者はみな兄弟姉妹なの」

とタマゴに言った。

「わたしの家族は冷たかった。わたしを不具者あつかいして、近所の人や親戚の人たちに恥かしいから帰ってくるなと言われた。だからわたしはひとりぼっち」

タマゴが寂しそうに言うと、

「大丈夫、あたしがついてるから。それにあなたには鉄治がいるじゃない」

朴美順は励ますように言った。

「そうね、あいつはどうしようもないマッチョだけど、わたしを愛してくれてるから」

タマゴは気をとり直して運ばれてきたクッパを食べた。

「おいしい、このキムチ」

ひと口食べたタマゴは顔をほころばせた。

「今度の日曜日、四谷の教会へ行ってみない」

朴美順はショッピングにでも行くように言った。

「四谷の教会?」

「四谷の教会にはね、ニューハーフの信者が大勢きてるわよ」

「本当……」

「フィリピンのニューハーフが多いけど、日本人や韓国人のニューハーフもきてる」

「あなたはこの教会の信者でしょ」

「いいのよ、信仰は自由だから。自分に合う教会を選べばいいのよ」

「そんなことできるの?」

「できるわよ。だって自由なんだもの」

どうも腑《ふ》に落ちない。タマゴは宗教や信仰について知識はないが朴美順の言うことは節操がないように思われた。朴美順の悩みは何によって癒《いや》されるのか? つい先ほどの涙は何だったのか。

混乱しているタマゴに、

「このあと、行くとこがあるの」

と朴美順が言った。

「どこへ?」

「あたしのこころの故郷《ふるさと》」

「こころの故郷?」

朴美順のこころの故郷とはどこだろう? そう言われると自分にはこころの故郷がないとタマゴは思った。

タマゴは興味を覚えて、

「わたしも連れて行ってよ」

と頼んだ。

「もちろんよ」

朴美順は急に浮きうきしだし、クッパを急いで食べた。

教会を出た朴美順は職安通りに向かった。明治通りから職安通りに曲がった角のマンションの出入口に「信者募集！　３F」と書いた看板が立っている。

「信者募集って看板が出てる。まるでホステス募集みたいな看板だわ」

タマゴは滑稽に思えてくすくす笑った。

しかし注意して歩いていると信者募集の立看板は結構目につく。たいがいはマンションやアパートの一室で十人前後の信者を集めて牧師が説教し、聖書を読み、ときには個人的な人生相談をしているのだという。教団とは呼べないが、少人数の信者の溜《たま》り場はキリスト教だけではなく、イスラム教、道教、タイやミャンマーの仏教、風水師、韓国のクッ（悪霊払いの儀式）など、世界各地の宗教のものが新宿から大久保にかけて点在しているそうだ。そうした中から人気のあるものが大きくなり勢力を伸ばしていくのである。新宿の一角の木造アパートの一階で開いていた道教の宮主は人気があり、その後、信者が増えて八王子に敷地面積一千坪、建坪五百坪という巨大な寺院を建立したという。

朴美順がめざしたのは職安通りに面した古い五階建てのビルの四階だった。エレベーターで四階に昇り、なんの変哲もない普通の部屋の茶色のドアを開けて一歩入ると線香の匂いが漂い、そこはまばゆいばかりの別世界だった。四畳半と六畳の部屋の奥には人間と同じ大きさの金色の仏像が祭ってあり、祭壇には果物と真鍮《しんちゅう》の器に盛った米の上に糸の束が載せられ、金色の造花が飾ってあった。天井も金色で、柱と壁は朱色である。そして柱や壁に仏典の経文を墨で大書した和紙が貼ってあった。さらに天井の真ん中と四隅、柱の四隅、壁の四隅、入口の軒に、朱色で怪しげな紋様のような文字が書かれた小さな和紙が貼られている。悪霊を追い払う呪文である。

祭壇の前には二十代と三十代とおぼしき女性が座っていた。真鍮の模造青龍刀と模造銅貨を床に投げながら巫女《みこ》が何かをとなえている。模造青龍刀と模造銅貨の裏表には運勢を占う文字と模様が刻印されており、その組み合わせに対して巫女の解釈がほどこされるのである。巫女は体を左右にゆすりながら鈴を鳴らし、何かをムニャムニャととなえて模造青龍刀と模造銅貨を交互に投げ、二人の女性の運勢を占っていた。三十代の女性は金運を、二十代の女性は結婚を占ってもらっていた。巫女が模造青龍刀と模造銅貨を交互に投げるたびに、二人の女性は真剣な眼差しで見つめている。

部屋の隅にひかえていた朴美順とタマゴは占いのなりゆきを見守っていたが、巫女と二人の女性の真剣な表情を見ているうちに他人ごととは思えなくなるのだった。そして終盤にさしかかったとき、巫女は小枝の葉を祭壇の前の真鍮の器に入っている聖水にひたし、その葉でお祓《はら》いをしたあと、模造青龍刀を持って二人の女性の頭上と体に斬りつけるような仕草をし、「シー、シー、出ていけ！ 出ていけ！」と悪霊を追い払ったのである。すると頭を垂れていた三十代の女性が体を震わせてばったり倒れた。巫女は呪文をとなえ、模造青龍刀を振りかざして「シー、シー、出ていけ！ 出ていけ！」と語気を強めた。

タマゴは目の前で起きている不可思議な現象に言葉を失っていた。やがて巫女は小枝の葉と模造青

龍刀を持って舞うようにしながら入口のドアを開けて、

「出ていけ！」

と声を張りあげた。

そしてまた鈴を鳴らしながらムニャムニャと何かをとなえると倒れていた女性がゆっくり起きて朦《もう》朧《ろう》としている目をしばたたかせた。

占いが終り、明るい表情になった二人の女性は真鍮の器に盛られている米の上にそれぞれ一万円を載せ、両手を合わせて拝むと帰って行った。二人は千葉からきた信者だった。

ひと仕事を終えた五十四、五歳の巫女は朴美順とタマゴに向き合い、煙草をふかして休憩した。

「お久しぶりです」

朴美順は正座して挨拶した。

「その後、体の具合はどうかな」

巫女は煙草をふかしながら訊いた。

「おかげさまで元気ですが、最近、亡くなった弟の夢をよく見ます。行くところがないと言って泣いているのです」

「それはこの世にまだ未練を残してさまよっているのじゃ」

煙草の火を消した巫女は突然、

「ああ、寒い！　ああ、寒い！　姉さん寒いよー」

と男の声色を使って訴えた。朴美順の弟の霊が巫女に憑依したのだ。

「真っ暗で何も見えない。幾千万里の浄土の旅をしたけど、どこにいるのかわからない。ああ、寒い。服も靴もぼろぼろで買うお金もない。姉さん、寒いよー。空は荒れている。海も荒れている」

巫女はほとんど泣き声に近い声で訴えた。

朴美順は悲しみに暮れ、財布から一万円札を出して祭壇の上に置いた。

「もう何日も食べていない。お腹が空いて餓《う》え死にしそうだ。死んだ者が餓え死にするのはつらい。姉さん、姉さん、何も見えない。灯り一つ見えない」

切々と訴える巫女の声が朴美順の胸に響くのだった。

朴美順の目から涙が溢れてきた。朴美順はまた一万円札を祭壇の上に置いた。

巫女が銅鑼《どら》を鳴らした。銅鑼の音は狭い部屋に共鳴し、何かが起こる前ぶれのようだった。

「ナム、カンゼオン、ボサツ」

一声を発して巫女は模造青龍刀を朴美順の首と体にあてた。

すると朴美順はまるで蛇が脱皮するように体をよじり、小枝の葉を持って立ちあがって踊りはじめた。首を振り、体をゆすり、両腕をあげて髪をふり乱し、銅鑼のリズムに合わせて狂ったように踊るのである。タマゴはただ唖然としていた。

銅鑼から太鼓に、太鼓から銅鑼に、めまぐるしく変転する音に朴美順はぐるぐると舞い続け、ついにばったり倒れて気を失った。それでも巫女は銅鑼と太鼓を鳴らし続けるのだった。

銅鑼と太鼓がやみ、静寂がもどると巫女は新しい線香を焚《た》き、哀感のこもった抑揚のある声で朴美順の苦難の人生を物語りはじめた。その声は胸にしみるものがあった。

やがて朴美順が起きあがった。踊り疲れてぐったりしていた。そしてしばらく巫女の物語を聞いていた朴美順はさめざめと泣いた。

「死者供養」が終ると今度はタマゴの運勢を見てもらうことにした。現世と来世を往還しながら憑依していく巫女の力をまざまざと見せつけられたタマゴは運勢を占ってもらうのを畏《おそ》れた。どうせろくな人生ではないと思った。けれども未来に希望を持ちたかった。漠然としているが幸せになりたいと思っていた。

巫女が模造青龍刀と模造銅貨を投げるたびにタマゴはどきどきした。正常にもどった朴美順も占いをじっと見ていた。

黙々と占っていた巫女の重い口が開き、

「近い将来、おまえは子供をさずかる」

と予言した。

「えっ、わたしに子供が……！」

予想だにしていなかった言葉である。

タマゴは動転した。いつの頃からかタマゴは子供を産みたいという願望をいだくようになっていたが、ニューハーフの自分に子供を産めるはずはないのであった。しかし、その潜在的な願望を巫女に言いあてられてタマゴは動転すると同時に女としての強烈な意識に目覚めたような気がした。

「本当ですか！」

タマゴはすがる思いで巫女に訊いた。

「東から西へ行き、西から東へ行き、森羅万象の懐にいだかれて、命あるものは蘇る。おまえの新しい命はおまえの中にある」

巫女の言葉はいささか抽象的で謎めいていたが、タマゴは自分なりに解釈した。「おまえの新しい命はおまえの中にある」ということは子供を宿すということにほかならないと思った。

「信じられない……」

タマゴは朴美順の手を握って彼女の意見を求めた。

朴美順も戸惑いの色を隠せなかったが、

「信じるのよ。この巫女さんの占いは当るのだから」

と言った。

「この巫女さんは、わたしがニューハーフだってことを知らないんじゃない」

「あたしがニューハーフってことは知ってる。だからあなたのことも知ってると思う」

「だったら、どうして子供がさずかるとか言うのよ」

「予言なのよ。予言は理屈じゃないのよ。あたしはいま弟と会ったのよ。十五歳で亡くなった弟と会ってきたの。あなたも見たでしょ」

見たでしょと言われてタマゴは否定できなかった。巫女に憑依した朴美順の弟の声を聞いたのは確かだった。

四人の信者がきていた。四人とも女性である。朴美順の話によると信者はすべて女性だという。青森や北海道からくる信者もいるとのことだった。そして旧暦のお盆には部屋に入りきれないほどの信者が集まってくるのだそうだ。

タマゴは祭壇に一万円を置いて部屋を出た。

巫女の信じ難い予言にタマゴの頭の中は錯乱していた。あり得ないことが起こるのだろうか？　信じられないが信じたい気持だった。

11

朴美順と別れたタマゴは「龍門」に寄った。早く鉄治に巫女の予言を話したかった。つい先日、前の料理長だった劉光源に襲われたとき、煮えたぎるスープを浴びせて鉄治は難を逃れたが、その騒動で従業員たちが動揺して辞めるのではないかと心配していた。辞めたのはマネージャーの張沈鑑一人で、あとの従業員は辞めなかった。お陰で店の運営に支障をきたすことなく、今日も満席だった。

店に入ったタマゴは池沢が挨拶するのも気付かず、すたすたと事務所へ行った。ドアを開けて入るとソファで鉄治とバー「吉野」に勤めている紀香《のりか》がちちくり合っていた。突然、事務所にタマゴが入ってきたので、驚いた鉄治は紀香を突き放し、何ごともなかったかのようにつくろった。

うろたえている紀香に歩み寄ったタマゴは思いきり紀香を蹴った。

「何すんのよ!」

胸を蹴飛ばされた紀香はバッグを振りかざして応戦した。だが男でもあるタマゴの敵ではなかった。タマゴのしなやかな長い脚がいま一度紀香の脇腹を蹴飛ばした。紀香はたまらず、うっ、と呻いてその場にしゃがみ込んだ。

「やめろ!」

止めに入った鉄治の顎をタマゴの素早いパンチがとらえた。

だが、タマゴは腕をとられて鉄治に押さえ込まれた。鉄治の巨体に抱きかかえられたタマゴは身動きできなくなり、その隙に紀香は逃れた。

「ちょっと目を離すとこれなんだから」

タマゴは腹を立て鉄治を責めながらも、いつものことだと諦めていた。

「おれは何もしてねえ。おまえの目の錯覚だ」

鉄治は弁明した。

「わたしはこの目で見たんだから。それでもしらを切る気!」

「何を見たんだ。やってるところを見たのか。おれの側に女がいると、おまえはいつもおれが浮気してると決めつける。おれは女と話もできねえのか」

実際、マンションの部屋に女を連れ込んでセックスしている現場を押さえたこともある。だが、そのときも、「おまえの目の錯覚だ」と言って、鉄治はその場をやり過ごしたのである。

「もういいよ。何を言っても、あんたの病気は治んないんだから」

タマゴはソファに体を投げだし、泣きたい気持だった。巫女の予言を鉄治に知らせようと思ってきたのに、鉄治が紀香とちちくり合っている現場に出くわしたのだ。事務所にくるのではなかったと後悔した。しかし、巫女の予言を話さずにはいられなかった。奇跡が起こるかもしれない神のお告げを、どうして話さずにいられようか。鉄治とわかち合える素晴らしい未来をタマゴは夢見ていたのだ。

落ち着きをとりもどしたタマゴは真剣な眼差しで言った。

「テッ、わたしの話を聞いてちょうだい」

鉄治は椅子に座って机に脚を投げ出し、煙草をふかしふてくされていた。

「今日は朴美順さんと一緒に教会へ行ってきたわ。それは知ってるでしょ」

煙草の灰が落ちそうになっている。それが気になってタマゴは灰皿を机の上に置いた。

鉄治はその灰皿に煙草の灰を落として、

「それがどうした」

と言った。

「そのあと職安通りにある巫女さんのところへ行って占ってもらったの」

水商売関係の女が占いに凝るのは珍しい話ではない。

鉄治は紀香とちちくり合っているところを目撃されたこともあって、ふてくされながらも神妙に聞いていた。

「その巫女さんの予言では、近い将来、わたしに子供がさずかるというの」

「なんだって、おまえに子供がさずかると言われたのか?」

「そうよ」

机の上に投げ出していた脚をおろし、鉄治は肘を突いた手で顎を支えて、

「馬鹿じゃねえのか、おまえは。そんな話を真に受けてるのか」

とせせら笑うように言った。

「そんな言い方をしないで。どうして真に受けたらいけないのよ」

「おまえが子供を産むってえのか。そんなことできるわけねえだろう。太陽が西から昇っても、あり得ない話だ」

「どうしてあり得ない話なのよ。神様からのお告げなのよ」

タマゴは訴えるように言った。

「どこの巫女だか知らねえが、人をたぶらかしやがって。そんなことがあり得ないのは、おまえが一番よく知ってるだろう」

「知ってるわよ。だから奇跡を信じてるのよ」

「奇跡？　男が子供を産むのが奇跡なのか」

鉄治はつい口を滑らせてしまったが、タマゴのこころを深く傷つけたのは間違いなかった。

タマゴは目に涙を浮かべて、

「わたしを愛してないのね」

と言った。

「そうじゃねえんだ。タマゴ、よく考えるんだ。おれたちはうまくいってる。世の中の男と女よりうまくいってる。そうだろう。巫女が何を言ったか知らねえが、おまえは暗示にかかってるんだ。目を覚ませ」

「わたしはテツの子供を産みたいの。それがわたしの望みなのよ。わたしに子供ができたら、テツが何人の女と浮気したってかまわない」

「そんな問題じゃねえだろう。おまえに子供ができるわけねえと言ってるんだ」

二人が口論しているところへ学英が入ってきた。

「二人の声が店まで聞えるぜ」

様子を見に入ってきた学英はタマゴのただならぬ深刻な表情に何ごとだろうと思った。

「いいところへきてくれた。ガク、タマゴに言い聞かせてやってくれ。タマゴはどこかの巫女の出鱈目な占いを信じて、近い将来、子供がさずかると思ってるんだ。そんなことはあり得ないと言ってやってくれ」

タマゴを説得できずに手を焼いている鉄治は学英に助言を求めた。

「ほう！　タマゴが子供を産むってえのか。あり得るかもしれない」

どこから見ても女の中の女のような体形をしているタマゴなら、子供を孕《はら》んでも不思議ではないと学英は思ったのだった。

「タマゴを煽るようなことは言うな。こいつは真剣なんだ。子供を産めると思ってんだ。笑いごとじゃない」

面白半分にタマゴを煽る学英に鉄治は腹立たしげに言った。

「ガクさんはわたしの気持をわかってくれてるのよ。それなのに、なにさ、産めない、産めないって頭からわたしを馬鹿にして。わたしは絶対産んでみせるから」

強い味方を得たタマゴは不人情な鉄治をなじった。

「ほらみろ、こいつはその気でいるんだ。宗教ってえのは恐ろしいぜ。今朝、出掛けるまではなんともなかったのに、帰ってきたらこのありさまだ。ころっと洗脳されて、とんでもないことを言いだす始末だ。なんとか言ってやってくれ」

　ときどきタマゴのエキセントリックな言動に悩まされている鉄治はタマゴの妄想がこれ以上ふくらむのを止めたいと思ったのだ。

「いいじゃねえか。タマゴは前から子供を欲しがってたんだからさ、養子でももらえばいいんじゃねえのか」

　学英の無責任な発言に、

「養子はいや。わたしは自分の子供を育てたいの。だってそうでしょ。どうして他人の子供を育てなきゃならないのよ」

　とタマゴは怨《うら》めしそうに学英に反発した。

「これだよ、聞いただろう。自分の子供を育てたいと言ってるんだ。どこに自分の子供がいるんだ。とんでもない巫女の妄言にまんまと乗せられて、存在しようもない自分の子供が存在すると思い込んでるんだ。頭を冷やして現実をよく見ろ！」

「テツは他の女に子供を産ませたいんでしょ。だからそんな言い方をするのよ。わたしは絶対に産むから！」

　タマゴは泣きださんばかりになって声を張りあげ、ドアをバタン！　と閉めて事務所を出た。

「あーあ、参ったよ。あいつは思い込みが強いから、ひとが何を言ってもとりつくしまがないんだ」

「そう言うおまえも思い込みが強いくせに、ひとのことを言えるのか。少し時間がたてば覚めるさ。それより変な噂を聞いたんだ。台湾へ逃げた劉周達が殺されたって話だ」

タマゴとのいさかいでふさぎ込んでいた鉄治が、

「本当か。誰から聞いたんだ」

と真顔になった。

「おれたちがポーカーゲームをやっていた頃、横浜の連中との縄張り争いで岩本組がからんできたとき取材していたE新聞社の中本記者と、ここへくる途中、ばったり会ったんだ」

「中本記者？　あー、あいつか。太っちょのしつこい野郎だったな。劉周達は台湾に帰ったら安全だと言ってたのに、それでも殺られるとは不運な男だ」

鉄治は同情した。

「記事は明日の朝刊に出るらしいが、驚くなよ」

学英はもったいぶった口調でじらした。

「驚くなって？　何がだ」

「実は劉周達は台湾に帰っていなかったんだ」

「えっ、嘘だろう」

驚くなよと念を押されていながら鉄治は驚いた。

「台湾へ帰ったふりをして家に隠れてたらしい。馬鹿な野郎だよ。台湾へさっさと帰ればよかったのに」

「誰に殺られたんだ」

「さあ、そいつはいまんとこわからない」

「あいつじゃねえのか。料理長だった甥の劉光源が怪しいぜ。逆恨みして、突然おれを襲ってきたからな。あいつならやりかねない」

鉄治は、厨房の裏口から侵入してきて、いきなり中華包丁を振りかざし襲いかかってきた劉光源の吊りあがった目を思い出した。

「どうかな。劉周達は金貸しをやってたから、誰かの恨みを買ってたかもしれない」

劉周達はてっきり台湾に帰ったものとばかり思っていたが、なぜ帰らなかったのか。何か事情があったにちがいない。

「この店に関係ねえだろうな」

いやな予感がして鉄治は顔をしかめた。

「ところで話は変わるが、クラブの改装資金が足りないんだ。龍門を担保に銀行からあと一億借りたい」

劉周達の殺害話のあと、いきなりそんなことを言いだしたので、

「おい、おい、龍門を担保にこれ以上金は借りたくねえんだよ。もしクラブがうまくいかなかったときは共倒れだぜ」

と鉄治はいつになく拒否反応を示した。

「そのときは、この店を売っちまえばいいんだ」

「龍門」にこだわって守りに入っている鉄治らしからぬ言葉に学英はむっとした。

「ま、好きなようにしてくれ。この店の半分はおまえのもんだからさ」

鉄治はまるでやけくそみたいに言った。

新大久保のクラブの改装はすでにはじまっていたが、学英が内装や調度品にこだわりすぎて予算をかなりオーバーしていた。そしてホステスも思うように集まらないのである。いろんな国の女を集めたかったが、同じ新宿界隈からホステスを引き抜きたくなかったので赤坂や銀座から引き抜こうとすると保証金が高くつくのだった。それに組関係とはできるだけ関《かか》わり合いたくなかった。

「タマゴからはまだ返事をもらってない。タマゴはクラブのママを引き受けてくれるのかどうか、おまえから確かめてくれ」

と学英が言った。

「いまのおれはタマゴにそんなこと訊ける状態じゃない。おまえも見ただろう。タマゴは宗教で頭がいっぱいなんだ。つぎの日曜日には四谷の教会へ行くらしい。あいつは宗教の梯子《はしご》をしてるんだ。青い鳥を探し歩いてるんだ」

タマゴには手のほどこしようがないといった感じで鉄治は肩をすくめた。

「わかったよ。おれが明日訊いてみる」

学英は鉄治に頼むのを諦めて事務所を出た。

その夜、鉄治は紀香が勤めているバー「吉野」で飲み、午前一時頃、部屋に帰ると、スタンドの灯りだけが点いた寝室のベッドにガーターベルト姿のタマゴが横になっていた。スタンドの灯りが作り出す光と影が、タマゴのしなやかな肢体を浮き彫りにしてなまめかしかった。タマゴが少し脚を開くと影の奥に密集している恥毛が粘液に濡れていた。それがスタンドの光を受けて妖しくよどんでいる。

「きて……」

タマゴは猫が喉を鳴らすような声で言った。

少し酩酊《めいてい》している鉄治が幻でも見ているようにふらふらとベッドの上に倒れると、タマゴは鉄治の服を脱がせて裸にした。それから鉄治のペニスを口の中に呑み込み、絶妙の舌技で鉄治の欲情を高めていった。

鉄治は夢にうなされているように、

「たまんないぜ、きてくれ、早くきてくれ」

と興奮して言った。

それを合図にタマゴは騎乗位になってゆっくりと腰をおろした。鉄治のペニスは破裂せんばかりに膨張している。タマゴの巧みな腰の使い方に鉄治はたまらず体位を変えて上になった。

タマゴは両脚で鉄治の体をしっかり挟んで締めつけ、

「テツ、愛してるわ。死ぬほど愛してる！」

と言った。

「おれもだ」

鉄治は呼吸を荒らげながら言った。

「お願い、これから一ヶ月の間、わたしを毎晩抱いて！　お願い！」

タマゴは哀切な声で訴えた。

「毎晩、一ヶ月……」

一ヶ月の間、毎晩抱いてほしいとは何を意味するのか……。その意味を考える余裕を与えないかのようにタマゴは鉄治を攻めた。鉄治はタマゴの秘技に抵抗できなかった。自在に収縮する膣の動きに鉄治がたまらず射精すると、同時にタマゴの尿道からも薄い液体が流れた。

ぐったりした鉄治はタマゴから離れて仰向けになった。心臓が止まるかと思うほど疲れた。一ヶ月の間、毎晩抱いてほしいということは、その間に受精するかもしれないという意味なのだ。

「テツのためなら死んでもいい」

タマゴは鉄治の胸に顔を埋《うず》めて言った。

体力を使い果たして蛻《もぬけ》の殻になった鉄治は脱力感を味わっていた。

つぎの日曜日、タマゴは午後一時に四ツ谷駅で朴美順と落ち合った。交差点を渡って上智大学に向かって歩いて行くと教会の大きなドームが見えた。土手に沿ってホテルニューオータニへ抜ける一方通行の道路の路肩には数十台の車が停めてある。停めてある車もさることながら、道路の脇にはCDや写真や聖母マリアとキリストの絵画、ネックレス、ブレスレット、スカーフ、シャツ、ジーパン、そして飲み物や食べ物の出店が所狭しと軒を並べていた。フィリピンの音楽が流れ、香ばしい香辛料の匂いの中、音楽に混じって英語、日本語、韓国語の会話が飛び交っている。

教会の入口の前につぎからつぎへと自家用車が到着し、車の中からフィリピン人の若い女性が降りてきた。埼玉、千葉、栃木、茨城あたりのフィリピンパブに勤めているホステスたちを車に乗せてマネージャーやマスターが教会まで送ってきているのである。中にはパパと呼んでいるパトロンに送ってもらっているホステスもいる。その賑わいは市場のようだった。

もの珍しい風物でも見るように出店のCDや装飾品や写真や絵画を見ていたタマゴは、朴美順にうながされて混雑している教会に入った。広い庭にも大勢の信者たちがたむろしている。円形の聖堂の壁に沿って信者たちがびっしり立っていた。説教は英語だったが、それでも信者たちは熱心に聴いている。

「英語だけど、わかるのかしら」

とタマゴが小声で言った。

「わからなくてもいいのよ。信仰心が大事なの」

朴美順にたしなめられてタマゴは黙った。

「信仰心が大事」という言葉に妙な説得力があった。

牧師の声がタマゴの胸に木魂《こだま》してくる。タマゴは厳粛な気持になり、どうか子供をさずかりますように、と祈らずにはいられなかった。

説教が終るとパイプオルガンの荘厳な音がドーム状の高い天井にまで響き、タマゴを敬虔《けいけん》な気持にさせる。祭壇の中央に並んでいる合唱隊が聖歌を歌いはじめた。美しい気高いハーモニーが流れ、信者たちも合唱した。ゴスペルのような演歌のような韓国系の教会の合唱とちがって、まるでヨーロッパの教会にいるようだった。

合唱が終ると信者たちは四方の扉から外へ出た。涙を流している者はいなかったが、その表情には満ち足りたものがあった。

「この教会にくると落ち着くのよ」

朴美順はいまにも雨が降りだしそうな空を見上げてひと息ついた。

二人は通りに出て出店を見て回った。

「この十字架のネックレスを買おうかしら。安いじゃん」

タマゴは出店の女にすすめられるがままに十字架のネックレスをつけてみた。

「似合うわ」

と朴美順が言った。

十字架のネックレスを買うとタマゴは隣の店で売っている聖母マリアの絵画に目をつけた。幼児のイエス・キリストを抱いている聖母マリアの姿がタマゴのこころをとらえた。タマゴは聖母マリアとイエス・キリストの絵を買った。それから香辛料の匂いに誘われて「フォーガー」というヴェトナムめんを食べた。

午後のミサが終るとフィリピン人や韓国人は車に乗って帰って行った。

「この教会には千葉や埼玉や栃木のパブに勤めているフィリピン人ホステスがくるのよ。もちろん韓国人や日本人の信者も多いけど、あたしはこの教会の雰囲気が好きなの。なんとなくアカ抜けしてるでしょ」

商社のような韓国系の教会に比べると、ドーム型の建物はいかにも教会といった感じがする。

「台湾の道教もいいわよ。すごく庶民的で、韓国の巫女さんに似てるのよ。水商売の神様や金運の神様がいて、宮主は病気も治してくれるの。半年前、腰痛に悩まされていたとき、ある人に誘われて行ったんだけど、宮主さんが二本の指で背骨を触ってエイッ！　と気合を入れたら、その場で本当に治ったのよ。奇跡だと思った。これから行ってみない」

タマゴはいまや朴美順の言葉を信じていた。子供がさずかるのであれば、どんなことでもいいとわないと思った。頼みの綱はあらゆる神様であり霊であった。

タクシーに乗って大久保駅と新大久保駅の中間あたりで降り、ホテル街の狭い道を歩いた、そのまた路地裏のどん詰まりの古いアパートの一階が道教のお寺であった。玄関入口の前の塀に沿って花を飾った祭壇があり、その前で二十七、八の台湾女性が長い線香を頭上にかざして拝んでいた。店へ出掛ける前に必ずお祈りを捧げて今日の幸運を祈っているのだ。

玄関を入ると左側に木彫りの黒い犬が三頭鎮座している。水商売の神様である。なぜ三頭の黒い犬が水商売の神様なのかはっきりした理由はわからないが、その昔、海で溺れていた人間を三頭の黒い犬が救助したという言い伝えによるのだという。

朴美順は箱に五百円玉を入れて四本の線香を取り、ロウソクの火で線香に点火して頭上にかかげ、中国式のお祈りをした。それを見ていたタマゴも五百円玉を箱に入れて四本の線香に点火し、頭上にかかげて中国式のお祈りをした。部屋中に線香の匂いが漂っている。二畳と四畳半の「百玄宮」の祭壇は金色に輝き、朱色の布にほどこされている緑と黄色の花模様や「萬」という字が鮮やかであった。「百玄宮」には七、八人の女性信者がおり、パフォーマンスの真最中だった。白いブラウス、白い長いスカート、白い靴下をはいた二十二、三になる美しい女性が左手を腰にあて、右腕をくの字に曲げて指先を立て、優雅な踊りを踊っていた。三国時代の天女が乗り移っているのだ。白一色の衣装を着て踊っている優雅な姿は、まさに天女そのもののようだった。朴美順とタマゴはうっとり見とれていた。

祭壇の中央には三国時代の英雄、関羽《かんう》が祭ってある。その前で踊りを披露した女性が退場すると、四十歳前後の小柄な女性の宮主が、座っていた一人の中年女性を立たせ、右手の二本の指を立て、まるで忍者みたいに瞼を閉じて呪文をとなえはじめた。そして信者の体を上から下へ、下から上へと優しく撫でていたが、しだいに呪文をとなえる声が大きくなり、撫でるというより激しくこすって泣きだすと信者も泣きだした。宮主は涙を流しながら歌いはじめた。呪文のようでもあり物語のようでもあり、不思議な歌のリズムはしだいに信者に伝染していき、不意に信者はかがみ込んで嘔吐をはじめた。すかさず別の信者が洗面器で吐瀉《としゃ》物を受けた。宮主が信者の後ろに回って背中に手をあてがい、「イヤッ！」と気合を入れると、信者の口から黒い物が飛び出した。無数にからみついた髪の毛だった。

見物していた信者の間から、

「おお！」

と驚きの声があがった。

嘔吐していた信者は畳の上にばったり倒れ、自力では立てなかった。

信者は子宮を患っていたそうである。その病魔をいま吐き出したと宮主は言った。

不思議な現象を目のあたりにしたタマゴは、世の中には目に見えない宇宙の力があり、奇跡が起こり得るのだと思わずにはいられなかった。

一人の女性がタマゴに挨拶した。こんなところで挨拶されたのですぐには思い出せなかったが、「龍門」に勤めている従業員だった。側にもう一人従業員がいる。

「いつもここへくるの?」

とタマゴは訊いた。

「出勤する前には必ずきます。奥さまもよくこられるんですか」

従業員はタマゴを鉄治の奥さんだと思っていた。

奥さまと呼ばれてタマゴは顔を赤らめ、

「友達に誘われて、今日はじめてきたの」

と朴美順を紹介した。

朴美順が軽く挨拶した。

二人の従業員は線香をかかげて関羽の祭ってある祭壇をはじめ、弁天様、犬の神様にうやうやしく拝跪《はいき》した。

祭壇の横には蓮《はす》の花を何重にも積み重ねたような形の願かけの塔があり、その願かけには台湾はもとより日本、韓国、タイ、ミャンマー、中国、アメリカ、フランス、インドなどの名前が記載されている。朴美順とタマゴも宮主にお祓いをしてもらい、名前を記載して願をかけた。

「百玄宮」をあとにしたタマゴはなぜかほっとした。トランス状態になって嘔吐をくり返していた女が、最後に黒い髪の毛の塊を吐き出したのには真底ショックを受けた。

「『龍門』に勤めている女の子が、タマゴのことを奥さまと呼んでたわね」

朴美順がねたましげに言った。

「恥かしかった。でも嬉しかった」

タマゴはまんざらでもない顔をした。

「鉄治と結婚しなさいよ」

朴美順がけしかけるように言う。

「結婚？　テツに結婚の話はできない。結婚の話をしたら捨てられるに決まってる」

鉄治との結婚はタマゴの願望だったが、子供を欲しがっている鉄治に結婚の話はできなかった。

「あたしたちの友達には結婚してる人が何人もいるじゃない。あたしも結婚したいけど、いまのところ相手がいないし、早く相手を見つけたいわ」

二十八歳になる朴美順は焦っていた。

「わたしは子供を産んで、それから言うつもり。ねえ、このつぎはどこへ連れて行ってくれるの。わたしはすべての神様にお願いしたいのよ」

タマゴの切実な願いに朴美順はいささか迷惑顔になった。火をつけたのは朴美順だが、これほど真剣になるとは思っていなかったのだ。

「そうね、金曜日には代々木上原にあるイスラムのモスクで盛大なお祈りがあるけど、行ってみる？」

「イスラム？」

「そう、アラーの神様。マホメットが教祖様なの」

「聞いたことある。女の人は頭巾をかぶってるんでしょ。わたしたちも頭巾をかぶるの？」

「頭巾じゃなくて、スカーフはかぶらないと駄目よね」

スカーフをかぶらなくては駄目と言われてタマゴは気乗りしなかった。だが、行かねばならないと思った。

「行くわ。連れて行って」

タマゴは決意を新たにした。

朴美順と別れたタマゴはマンションに帰る途中、「龍門」に寄った。店は家族連れの客で満席だった。「百玄宮」で会った二人の女子従業員が親しみをこめてタマゴに挨拶した。

「これからわたしも毎日、拝みに行くつもり」

タマゴも優しくほほえんで事務所に行った。ドアを開けて入ると鉄治と学英と中本記者がいた。鉄治はいつものように椅子にふんぞり返って机に脚を投げ出し、これ見よがしに太鼓腹を突き出してこれまで吸ったこともない葉巻をふかしていた。三人は新聞記事を見ながら何か重要な話をしているようだった。

タマゴはわれ関せずで、しゃなりしゃなりと腰をくねらせながら三人の見ている前で買ってきた聖母マリアとイエス・キリストの絵と、宮主におまじないをかけてもらった願かけの怪しげな呪文を書いてある紙をビニール袋から取り出し、壁に貼った。

それを見た鉄治が、

「何だよ、それは？　事務所にそんなものを貼るな。みっともねえだろう」

とがなりたてた。

「いいじゃない。わたしの願いがこもってるのよ。わたしに協力してくれたっていいでしょ。絵やおまじないを貼ったくらいで、そんなにがなりたてないで」

タマゴは喰ってかかった。

「朴美順とかいうオカマ野郎に引きずり回されて、教会とか変なお寺をぐるぐる回ってるんだ。あの野郎、今度会ったら、ただじゃおかねえ」

鉄治は吸いなれていない葉巻の煙にむせ返りながら言った。

「美順はいい人よ。わたしのためを思って協力してくれてるのよ。あの人も不幸なの。わかる？　美順とわたしは同じ悩みを持ってるのよ」

「ということは、おまえも不幸だってことか」

「そうよ。わたしも不幸なのよ。こんなにテツを愛してるのに、それがテツにはわからないでしょ」

タマゴは凄い剣幕で鉄治を責めて事務所を出た。

「どうしようもない。手がつけられない」

鉄治は口をへの字に結んで貧乏ゆすりをした。

「放っとけばいいんだ。そのうちあきるから。それより中本さん、いまの話はどこまで本当なんだ」

学英は、タマゴがきたために中断していた話の真偽を質した。

「いまのところ確証はないけど、劉周達は大量の麻薬を隠し持っていたのではないかと警察はみています。劉周達は金もあちこちに貸していて、その金を回収しようと組関係の人間を使って取りたてていたらしいです。しかも劉周達は地下銀行もやってました。年間、二十億以上の金を中国の福建省に送金していたらしいです。その利益を誤魔化して、この『龍門』を手に入れたのではないかと福建省のマフィアは疑っていたのです。この店の相場は十億前後といわれています。あなたたちは、それを五億で手に入れたわけですから、マフィアはその差額を要求してくるかもしれない」

中本記者の話を聞いていた鉄治が座り直して、

「冗談じゃねえや。この店は、正当な手続きを経て買ったんだ。日本は法治国家なんだ」

と言った。

「こんなときだけ法治国家と言ったって、警察はおれたちを守ってくれないぜ」

学英が水を差すように言った。

「じゃあ、どうすりゃあいいんだ」

「選択肢は二つしかない。『龍門』を相場の値で売って、その差額を奴らに渡すか、それとも劉周達の二の舞いを演じるか、どちらかだ」

しかし、学英の意見に鉄治は承服しかねた。「龍門」を手放せば二度と取りもどせないだろう。

「おれたちはまだマフィアから要求をつきつけられたわけじゃない。あんたの情報は考えすぎかもしれない。おれは『龍門』を手放す気はねえ」

鉄治は奥歯を噛んで闘争心を燃やすのだった。

12

金曜日の午前十時にタマゴは代々木上原の駅で朴美順と落ち合った。二人は駅前の小さな喫茶店に入って用意してきたスカーフをかぶった。

「それ、カルティエのスカーフじゃない。少し派手よ」

タマゴのスカーフを見て朴美順が言った。

「そうかしら。だって他に気に入ったスカーフがなかったんだもの」

「あたしは無地の黒のスカーフにしたわ。イスラムの女性は黒のスカーフをかぶるのよ」

「それだったら、そう言ってくれればよかったのに」

「言ったわよ。でも、あなたは黒はいやだと言ったでしょ。喪服みたいだって」

「そんなこと言ってないわよ」

「言いました。いまから買いに行くわけにもいかないし、仕方ないわね」

朴美順はふかしていた煙草を消して腰を上げた。

タマゴは服装も派手だった。体にぴったりの青とピンクの縞《しま》模様のミニドレスを着ている。ハイヒールもピンクである。

「パーティじゃないのよ。お禱《いの》りに行くのよ。勘ちがいしないでね」

「だって四谷の教会に行ったとき、フィリピンの女たちは派手な恰好してたじゃない」

「教会とモスクはちがうの。イスラム教は厳格なの」

しかし、いまさらタマゴをとがめたところでどうにもならなかった。

「モスクに入れてくれないかもしれない」

朴美順は文句を言いながら先に歩きだした。

井ノ頭通りに出て小田急線のガードをくぐって少し歩くと、てっぺんに黄金色の新月を戴いた尖塔《せんとう》が聳《そび》えていた。礼拝の時刻を告げる塔、ミナレットとメーンドームの外装はトルコ原産の石灰石でおおわれ、その周囲に小さなドームが並んでいる。太陽の光を浴びてステンドグラスの紋様が美しく輝いている。

「きれい！　まるでアラビアにきたみたい」

タマゴは両手を胸にあて感激した。

モスクはすでに入りきれないムスリムたちで溢れている。他県ナンバーの車も道路に並び、金曜日の合同礼拝には二千人以上のイスラム教徒たちが集まってくるという。トルコ、パキスタン、エジプト、バングラデシュ、北アフリカ諸国のムスリムたちが、それぞれの国の事情をかかえながら礼拝に訪れるのだ。

タマゴと朴美順は臆した。というのも、男ばかりで女性の姿は見当らなかったからだ。

「女の人がいないじゃない」

タマゴはモスクから道路にまで溢れているムスリムたちを見回しながら言った。

「どこかにいるはずよ」

「どこにいるのよ」

女性のムスリムを探しているタマゴは嫌悪するような男たちの視線を感じていた。

濃い髭をはやした大きな目の男が近づいてきて、派手な服装のタマゴをじろじろ見やりながら、

「誰か探してるんですか？」

と訊いた。

「いえ、あの、お禱りにきたんです」

「お禱り？　イスラム教徒ですか」

「いえ、あの、見学にきました」

信者でもないのに信者だと言うとイスラム教を冒瀆《ぼうとく》することになる。そのことを知っている朴美順は見学にきたと答えたのだ。

「見学は拒否しませんが、合同礼拝が終ってからにして下さい。ご覧の通り、モスクは大変混雑しています」

モスクから溢れているムスリムたちだけでも、ざっと千人はいると思われた。

「合同礼拝は何時頃、終るんですか」

と朴美順が訊いた。

「午後四時です」

午後四時まではかなり時間がある。

「どうしよう……」

タマゴは困った表情をした。

そこへ年配の男がやってきて二人に事情を聞くと、

「いいでしょう。裏口から入って下さい」

と見学を了解してくれた。

タマゴと朴美順は年配の男に案内されて裏口から入り、階段を昇って二階にきた。二階は女性のお禱りの場所だった。黒いスカーフをかぶった十二、三人の女がタマゴに厳しい視線を向け、その中の一人が案内してきた男に抗議するように何かを言った。男はしきりに抗議している女をなだめ、タマゴと朴美順を端の方に連れて行った。地味な服装に黒いスカーフをかぶっている女性たちの中でタマゴの派手な服装はきわだっている。

「なによ、みんなわたしをじろじろ見たりして」

タマゴは不快感をあらわにして「帰る」と言いだした。

「だから言ったでしょ。派手な恰好してるから見られるのよ。あなたは目立ちたがりやなんだから」

わがままなタマゴを非難するように朴美順は言った。

「冗談じゃないわ。わたしは見世物じゃないんだからね」

帰ろうとするタマゴに、

「子供は欲しくないの」

と朴美順は言った。その決定的な言葉にタマゴは泣きだしそうな顔になって、

「欲しいわよ。だからきたんじゃない。それなのに、みんなわたしをじろじろ見たりして。わたしは真ごころを込めて禱りたいのよ。美順まで、そんな言い方しないでよ」

と慨嘆するのだった。

やがてミナレットから禱りの時刻を告げる声が響いた。一階の広間ではメッカの方向を示す壁龕《へきがん》ミフラーブに向かってムスリムの男たちが隅々にまで整然と並び、跪拝《きはい》していた。厳粛な時間が流れ、タマゴと朴美順は緊張した。天井のドームにはカリグラフィーをモチーフにしたシャンデリアとステンドグラスが輝き、床にはターコイズブルーの絨毯とコーランの一節を描いたタイルが張られて縞紋様になっている。タマゴと朴美順は見よう見真似でムスリムの女たちに合わせて跪拝した。天井のドームから神が降臨してくるようだった。跪拝しているタマゴはなぜか胸にこみあげてくるものがあり涙がこぼれた。

禱りが終ったあともタマゴはしばらくぼんやりしていた。イスラム建築の粋をこらしたまばゆいばかりの内装を眺めうっとりしていた。

「どうして泣いたの?」

朴美順が訊くと、

「神様の声を聞いたような気がしたの」

とタマゴは答えた。

「本当に? どんな声だった?」

疑うような眼差しで朴美順は恍惚としているタマゴを見た。

「わからない。もう思い出せない」

「気のせいよ。あなたはすごく自己暗示にかかりやすいから」

「あなただって同じでしょ。信じる者は救われるのよ」

タマゴは憤然として外に出ると男たちの視線を無視して走ってきたタクシーを停めた。

「ちょっと待ってよ。あたしを置いてくつもり」

小走りになって追いついた朴美順はタクシーに乗り込み、

「怒らなくてもいいでしょ。あたしも神様の声を聞きたい。でもあたしには聞えないのよ」

と落胆するように言った。

「信心が足りないのよ。わたしは命を賭《か》けてるんだから」

「あら、そう。あたしはあなたのように子供を産みたいとは思わない。だから信心が足りないって言うの」

「そうよ。わたしは真剣なの。あなたにわたしの気持はわからないでしょ」

「わからない」と言えばタマゴを傷つけることになる。朴美順は黙った。しかし子供を産みたいというタマゴの願望は実現するはずがないと思っていた。

「あなたもあたしも子宮がないの。お腹には大腸があるだけ。糞が詰まってるだけなの。わかる?」

「じゃあ、神様はいないって言うの? 美順は神様を信じてないの?」

「信じてる。でも……」

「でも何よ。鰯《いわし》の頭も信心からって言うでしょ。わたしには神様しか頼れるものはないのよ。運転手さん、新宿の職安通りに行ってちょうだい」

運転手が「はい」と答えると、

「職安通りへ何しに行くのよ」

と朴美順が訊いた。

「巫女さんにもう一度、お告げを聞いてみたいの」

思い詰めているタマゴの表情は何かにとり憑《つ》かれているようだった。

職安通りでタクシーから降りたタマゴは大股で歩き、巫女のいるビルに入ってエレベーターで四階に上がった。そして巫女のいる部屋のドアを開けようとしたが鍵が掛かっていた。

「今日は休みかしら?」

タマゴは鍵の掛かっているドアを何度も開けようとした。

「先生！　先生！」

タマゴは声をあげて巫女を呼んだが返事がない。

「留守なんだわ。どこかへ出掛けてるのよ」

朴美順はドアを叩こうとするタマゴを止めた。

「どうしても今日会って話を聞きたいのよ。どうして留守なの」

「明日、出直しましょ。今日でなくてもいいじゃない」

説得する朴美順を振り切ってタマゴは巫女が生活している隣の部屋のドアを開けようとしたが、やはり鍵が掛かっていた。

「どうして今日聞きたいのよ。明日でもいいじゃない」

いつもは磊落で陽気なタマゴなのに、様子がおかしかった。

「モスクで神様の声を聞いたのよ。だから巫女さんのお告げも聞きたいの」

かたくなに動こうとしないタマゴに手を焼いているとき、同じ階に住んでいる中年女が出てきて、

「この部屋には誰もいませんよ」

と言った。

「えっ、巫女さんがいるでしょ」

朴美順は驚いた。タマゴも部屋を間違えたのかと思った。

「郷《くに》へ帰りました」

「えっ、郷へ……いつ帰ったんですか」

「三日前です」

「そんな……信じられない。どうして急に郷へ帰ったんですか」

タマゴは悪い夢を見ているようだった。

「それは……」

中年女は言いしぶるように言葉を濁していたが、やがて声を落として、

「男に騙されたんです」

と言った。

「男に騙された……？」

にわかには信じ難い言葉だった。

「彼女は三年前から十歳年下の男と同棲してたんです。ところが数日前、男が銀行から五千万円を引き出して逃げたんです」

「五千万円！」

タマゴと朴美順は異口同音に驚きの声を発した。

「それで彼女は三日ほど寝込んでたんだけど、急に郷へ帰ったんです」

なんという馬鹿げた話だろう。五十四、五歳の女が十歳年下の男に騙されて五千万円持ち逃げされるとは……。他人の運勢を予言しながら自分の運勢を予見できなかったとは……。タマゴは目の前が真っ暗になった。巫女の予言はどうなるのか。巫女の予言は嘘だったのか。そんなことはない。予言は予言なのだ。巫女が十歳年下の男に騙されたことと予言とは別なのだ。タマゴは頭の中で何度も自分に言い聞かせた、予言は予言なのだ、と。

ビルを出た二人は肩を落として大きな溜息《ためいき》をついた。

「どこか喫茶店で休みましょ。煙草も吸いたいし」

喫茶店に入ってコーヒーを飲みながら煙草をふかしていた朴美順は、

「男に騙されて五千万円を持ち逃げされるなんて……。女の性《さが》よ。五十四、五歳になっても女は女なのよ。男に騙されるなんて。あたしたちオカマには絶対あり得ないことよ」

と言った。

「わたしが巫女さんだったら、男を地の果てまで追って殺してやる」

ふさぎ込んでいたタマゴが急に怒りをこめて言った。

「予言はどうなるのよ。予言は嘘だったの」

タマゴの怒りの鋒先《ほこさき》は五千万円を持ち逃げした男にではなく、そのために巫女の予言が無効になるのではないかという畏れに対して向けられていた。

「予言は予言よね」

タマゴは悲愴な思いで朴美順の同意を求めた。

「そうね、予言は予言だと思う。巫女さんは男を捜すため韓国へ行ったのよ。引っ越したわけじゃないから、そのうち帰ってくると思う」

落胆しているタマゴを見かねたのか、朴美順は希望を持たせるように慰めた。

「そうよね、引越したわけじゃないから、そのうち帰ってくるわよね。いつ帰ってくるのかしら」

かすかな可能性に望みを託してタマゴは窓の外を見た。

道路の向こう側から二人の男がこちらをじっと見ていた。タマゴと視線が合うと、二人の男はホテル街の方へ回って行った。二人とも鋭い目付きをしていた。誰だろう？　見覚えのない顔だった。

タマゴは胸騒ぎがして、

「帰るわ。ちょっと用を思い出したの」

と席を立った。

「どうしたの、急に？」

タマゴが話の途中で急に席を立って、さっさと帰ったりするのは珍しいことではない。

「電話をちょうだい。わたしも電話する」

タマゴはレジで勘定をすませ、

「じゃあ、また……」

と言って店を出た。

そして脇目もふらず「龍門」に向かって歩いた。

昼間の歌舞伎町は閑散としている。ところどころの店の前で、出し遅れた生ゴミがカラスや猫に喰い荒らされて散乱していた。「龍門」の前にも猫かカラスが引きずってきたと思われる生ゴミが散らばっていた。

「龍門」に入ると、池沢が、

「お早ようございます」

と挨拶した。

「店の前にゴミが散らかってるわよ」

と注意して、

「テツはいる?」

と訊いた。

「はい、学英さんといます」

タマゴは大股で事務所まで歩き、ドアをノックして開けた。

今日も鉄治と学英と中本記者が顔を突き合わせていた。

「どうしたの？　三人とも憂鬱《ゆううつ》そうな顔して」

鉄治はこの前は葉巻をふかしていたが、性に合わなかったのか、いまは普通の煙草をふかしていた。

「張沈鑑元マネージャーが殺された」

ソファに座っている学英が新聞をタマゴに見せた。

「いやだ。たて続けじゃない。つぎは誰が殺られるの」

大きな見出しの記事を読んだタマゴは、麻薬がらみの殺人という内容に、

「麻薬なんかないじゃない。どこにあるのよ。奴らがきて探せばいいじゃない」

と言うと、新聞を丸めて放り投げた。

「警告ですよ」

中本記者が言った。

「何の警告なの？」

「『龍門』を渡せってことです」

「冗談じゃない。盗人猛々《ぬすっとたけだけ》しいとはこのことよ」

タマゴは憤然として机の上に腰をおろすと脚を組み、悔しそうに唇を噛んだ。

「奴らと交渉して店を売るしかない」

と学英が言った。

「しかし、相手が誰だかわからねえんだ。いったい誰と交渉するんだ」

劉周達が殺害されたときは息巻いていた鉄治も、さすがに姿を見せない相手に不気味さを覚えているようだった。

「ここへくる前、ホテル街の近くの喫茶店で美順とコーヒーを飲んでたんだけど、道路の向こう側で二人の男がわたしをじっと見ていたわ。素人の目付きじゃなかった。気味が悪かったわ。それで急いでここへきたのよ」

「気のせいだ。おまえは関係ないから大丈夫だ。狙われるとしたら、おれかガクだ。いざというときのためにチャカ（拳銃）を手に入れとかなくちゃヤバイぜ」

拳銃を持ったことのない鉄治が拳銃を手に入れようと考えている。

「その前に警察に訴えるべきよ」

タマゴは反対した。拳銃を手に入れると鉄治は暴走するおそれがあるからだった。

「サツになんか頼めるか。そんなことをしたらみっともなくて歌舞伎町を歩けるかよ。てめえのことはてめえでカタをつけてやる。おれとガクはそうしてきたんだ」

鉄治は学英の考えを確かめるように言った。

「しかし、相手は半端じゃないぜ。なんせ二人が殺されたんだ。ひょっとすると、もっと殺してるかもしれねえ。風林会館の喫茶店で二人の極道が拳銃で頭をぶち抜かれた事件と関係あるような気がしてならない。そうだとすると、おれたちの手には負えない」

学英は臆していた。

「ガクの言う通りよ。テツやガクの手に負える相手じゃない。事件に巻き込まれる前に手を打つべきよ」

タマゴは必死に鉄治を説得しようとしたが、鉄治は頑として聞かなかった。どう手を打つべきかもわからないようだった。

「警察は手がかりを摑んでないのか」

学英が中本記者に訊いた。

「まだ摑んでないと思います。警察が犯人を逮捕してくれるといいんですがね」

もちろん中本記者にとって事件は他人ごとであり、記事のネタであった。だからといって鉄治と学英の身に危険が迫っているのを傍観しているわけにもいかないという微妙な立場にいる。

「殺れるものなら殺ってみろ。おれたちを殺ると、この店を換金できなくなる。そう簡単に、おれたちを殺れるわけがねえ」

鉄治は開き直るように言った。

「しかし、二人のうち一人を見せしめで殺って、残りの一人に圧力をかければ、この店を換金せざるを得なくなるんじゃないですか」

中本記者は不吉なことを言ったが、それは核心を突いていた。

「縁起でもないことを言わないで」

巫女は年下の男に五千万円を持ち逃げされ、鉄治と学英は何者かに狙われている。予言は予言だと思いながら、もし鉄治が死ぬようなことにでもなれば子供を孕めなくなり、予言ははずれるのだ。なにがなんでも予言が的中するようにすることが、とりもなおさず鉄治の生き残れる道でもあるとタマゴは考えた。中本記者の「見せしめ」という言葉がタマゴの中で実感をともなってひろがった。鉄治と学英のどちらが「見せしめ」になるのか。シーソーゲームのようなロシアン・ルーレットのような恐ろしいゲームがはじまり、死の影が忍び寄っているのだ。

その夜、タマゴは店のショータイムのとき、なにもかも忘れたくて踊り狂った。衣装を脱ぎ、全裸になって客席のテーブルを回り、しなやかな肢体を惜しげもなく晒した。男であることを忘れ、すべての客に女であることを証明したかった。長い夜の闇の奥にひそんでいる殺意が稲妻のように閃《ひらめ》くとき、生と死の真実を愛によって証明したいと思った。

13

クラブの改装工事は着々と進んでいた。学英は毎日、改装工事に立ち会い、自分のイメージと少しでもちがうと施工者に、ああしろ、こうしろ、といちいち注文をつけ、ときには工事をやり直させたりした。施工者にとってもっともやりにくい施主だった。しかし、金に糸目をつけない学英に対して施工者は文句を言えなかった。グランドピアノを設置する場所が狭かったので、学英は勝手に窓をとっぱらい、ベランダにまで床面積を広げて壁と屋根を造らせた。当然、家主の知るところとなり、ひと悶着《もんちゃく》あったが、学英は大金を支払い、出るときは元通りに復元するという約束で工事を続行した。そのため大理石や木材、椅子、ソファ、テーブル、スタンド、シャンデリア、そして便器にいたるまで学英の頭の中にあるのは、業種はちがうが、中華飯店「龍門」に引けをとらないような店だった。そイタリアから取り寄せる始末であった。

しかし、ホステスは思うように集まらなかった。銀座や赤坂から引き抜こうとしていたが、銀座や赤坂に勤めているホステスからすると新大久保は場末である。

「どうなってんだ。まだ十人しか集まってねえだろう」

業を煮やした学英は手配師の山上を怒鳴りつけた。

「銀座や赤坂のホステスを引き抜くのは難しいですよ。彼女たちから見ると、新大久保は場末ですから。韓国や中国、台湾、東南アジア系のホステスが多い新大久保で働くのを嫌がるんですよ」

手配師の苦労も知らず一方的に怒鳴りつける学英に、山上は苦い顔をした。

「てめえ、差別すんのか」

「わたしは差別なんかしてませんよ。ホステスたちが嫌がってると言ってるんです」

「だったら札束で頬っぺたをはたいて連れてこい！」

学英は鞄から封を切っていない百万円を十束取り出して山上の目の前に積んだ。

煙草をふかしている山上の手が小刻みに震えている。目の前にある一千万円をどう使えばいいのかわからないのだった。もし一千万円を受け取ってホステスを集められないときはヤキを入れられるにちがいなかった。だが、ホステスをあと十人集めれば一千万円をどう使おうと山上の自由なのだ。

喫茶店の隅のテーブルとはいえ一千万円の札束を積む学英の神経が知れなかった。他のテーブルの客が疑惑の目でちらちら見ている。山上はあわてて自分の鞄に一千万円を詰め込み、

「わかりました。開店一週間前までにホステスをそろえます」

と興奮した面もちで言った。

だが、あと十人のホステスを集めるのはたやすいことではなかった。なぜなら女の好みにうるさい学英のめがねにかなうのは難しく、十人のホステスを採用するまでに少なくとも三、四十人の女が学英と面接することになるからだ。

山上と別れた学英は、クラブ「紳士協定」に赴いた。週に三回、学英は「紳士協定」に通い詰めて

いる。どうしても今西沙織を引き抜きたかったのである。いまや常連の一人である学英をマネージャーは鄭重に迎えた。それもそのはず、学英は帰り際にいつもマネージャーのポケットにそっと一万円のチップを忍ばせていた。そのチップには今西沙織を引き抜いても目をつむってくれという思惑がこめられていた。

学英はカウンターの端のいつもの席に腰をおろすと、ブランデーのロックを注文し、間もなくはじまるショータイムを待った。

軽やかなピアノの音が店内に響き、続いて今西沙織がステージに現れた。

白いドレスを着ている今西沙織は清楚で、しかも色気がにじみ出ていた。

「みなさん、今晩は。今夜もご来店いただきまして、ありがとうございます。それではわたしの歌を楽しんで下さい」

今西沙織はカウンターの端にいる学英をちらと見て、無視するように視線をそらし、ほの暗い客席に向かってほほえみかけてから歌いだした。学英を意識しながら無視しているふりをする今西沙織の心理を学英は見抜いていた。学英が今西沙織をじっと見つめれば見つめるほど今西沙織は無視するのである。そして歌い終って客席に一礼して顔をあげたとき、今西沙織はまた学英をちらと見た。それはあたかも誘われる合図のようだった。

ショータイムのあと、今西沙織は着替えをしてカウンターで飲むのが習慣になっている。学英は草むらにひそんで獲物を狙うハンターのように静かに待った。やがて今西沙織が学英とは対角に位置するカウンターの隅に座った。すかさず学英はゆっくりと歩を進めて今西沙織に近づいた。近づいてくる学英に対し、今西沙織は素知らぬふりをしていた。

「隣に座っていいですか」

学英は今西沙織に声を掛けた。

「どうぞ」

今西沙織は体を少しひねって学英を見た。

とまり木に座った学英はバーテンダーを呼び、

「何かお好きな飲み物を……」

と今西沙織に訊いた。

「マティーニを戴くわ」

今西沙織は甘えるような声で言った。

「マティーニと、それからブランデーのロックをくれ」

今夜は今西沙織の彼氏と思われる男はきていなかった。しかし、今西沙織のファンの客が何人か挨拶にくるので、そのたびに学英は会話を中断された。三十分後には二回目のショーがはじまる。

学英は思いきって、

「店が終ったあと、食事をしないか。すぐ近くに、うまい中華飯店がある」

と言った。

「そうね……」

今西沙織は少し考えるふりをして、

「いいわ」

と快諾した。

「十時半に、このビルの斜《はす》向かいにある喫茶店で待ってる」

二回目のショータイムが近づいてきたので、

「じゃあ、あとで……」

と言い残して今西沙織は席を立った。同時に学英も会計をすませて「紳士協定」を出た。

はたして今西沙織は待ち合わせている喫茶店にくるのかどうか。約束をしておいて、すっぽかされることもあるのだ。三回目のショータイムが終るのは十時である。それまで学英はサウナで時間を過ごすことにした。

サウナですっきりした気分になって学英は待ち合わせている時間より十分早く喫茶店に行った。広い喫茶店には二、三人の客しかいなかった。この喫茶店は午後六時から七時頃と、クラブやキャバクラなどが終る午後十一時半頃からが客と待ち合わせるホステスたちで混むのである。

学英は煙草をふかしながらコーヒーを飲み、入口をじっと見ていた。店の壁の時計の針が十時半を指したとき、入口のドアを開けて今西沙織が入ってきた。小さな青い花模様のワンピースを着ていて、ステージで歌っているときの、あの妖艶さはなく、むしろ可憐《かれん》だった。

「お待ちどおさま」

ステージを終えた今西沙織はリラックスしていた。だが、学英と二人きりで会うのははじめてであり、どことなくぎこちなかった。

「この店のコーヒーはまずいから出よう」

ウエイトレスがお冷やを運んでくる前に学英は外に出た。

新宿はまだ宵の口だった。学英は今西沙織と並んで歩き、「龍門」に向かった。

「龍門」の前にきたとき、

「この店には一度きたことがあるわ」

と今西沙織が言った。

「いい店だろう」

学英は内心得意だった。

店に入ると部長の池沢が、

「お早ようございます」

と学英に挨拶した。

「テツはいるのか」

学英が訊いた。

「事務所にいます」

「おれがきてることは言うな」

学英は池沢に釘をさした。

「わかりました」

池沢は豪華な店内を見回している今西沙織をちらと見た。

「個室は空いてるか」

「はい、空いてます」

池沢は自《みずか》ら学英と今西沙織を二階の個室に案内した。そして個室係のチーフと二人の女子従業員に担当させて一階に降りた。

個室のテーブルに着いた学英にチーフが、

「専務、今日は紹興《しょうこう》から最高の生《き》の紹興酒が入荷しました。お飲みになりますか」

と言った。

「そうか。じゃあ一杯飲んでみよう」

学英は鷹揚に構えて脚を組んだ。

今西沙織は、

「あなたは、この店の専務なんですか」

と驚いている。

「まあね。ダチ公と共同経営なんだ」

学英は多少照れながら、

「今夜は好きな物を好きなだけ食べてくれ」

と言った。

今西沙織は遠慮がちに料理を二、三注文したが、学英は十品の料理を注文した。

紹興酒は確かに最高だった。

紹興酒をひと口飲んだ今西沙織は、

「こんなにおいしい紹興酒を飲んだのははじめて」

と感動したように言った。

「それはよかった。『龍門』は紹興にある酒蔵と直接交渉して、最高の生の紹興酒を取り寄せてるんだよ。瓶詰めの紹興酒は殺菌しないと輸出できないんだけど、殺菌すると味が落ちるんだ。そこで『龍門』は特別なルートを使って紹興から直接送ってもらってるんだ」

料理がつぎからつぎへと運ばれてくる。それらの素材の野菜類や肉類は無農薬であり無添加であることを学英は強調したが、料理の品数が多すぎて今西沙織は途中から食べるのを放棄してしまった。しかし、話題の豊富な学英は今西沙織を退屈させることはなかった。

閉店の時間がきた。

「ごちそうさまでした」

料理と紹興酒を堪能した今西沙織はほんのりと赤味をおびた顔をほころばせた。

「住まいはどこですか」

と学英が訊いた。

「中野です」

「じゃあ、送りましょう。いいでしょ?」

学英は半ば強引に、今西沙織の返事を待たずに個室のドアを開け、先に立って廊下を歩いた。今西沙織は学英のあとをついてきた。

外に出た学英はタクシーを停めて今西沙織を乗せてから自分も乗り込み、

「中野まで行ってくれ」

と行き先を告げると一万円を運転手に渡して、

「つり銭はいらない」

と言った。

タクシーが発進すると、学英は今西沙織の手を取り、腕を肩に回して抱き寄せキスした。抵抗すると思ったが、今西沙織は学英のキスを積極的に受け入れた。舌と舌がもつれ、唾液《だえき》が溢れた。その唾液を今西沙織は呑み込み、息をはずませた。通りにはまだ多数の酔客や帰宅を急ぐホステスやポン引きがいたが、二人には関係なかった。学英は今西沙織の股の奥をまさぐろうとしたが、今西沙織は股《もも》をぴったりふさいでいた。

「運転手さん、悪いけど、センチュリーハイアットに行ってくれ」

と学英は進路変更を頼んだ。

運転手がハンドルを切ると、

「駄目、部屋で彼が待ってるの」

と今西沙織は言った。

「おまえはおれが好きなんだろう。おれもおまえが好きだ」

そう言って学英はふたたび今西沙織を抱きしめキスをした。

今西沙織は学英の舌を受け入れ、シートに体を崩した。

ホテルの一室に入った二人は唇をむさぼり合い、互いの体をからませてそのままベッドに倒れた。そしてもどかしげに衣服を脱ぎ、全裸になって抱き合い、長い愛撫のあと学英はペニスを今西沙織の中へ挿入した。愛液が溢れていた。今西沙織の成熟した肢体が学英の逞しい肉体にからみつき、学英に要求されるがままに今西沙織は大胆な姿態になって喜悦の海に溺れた。

終って、放心状態の今西沙織は、

「帰らなくちゃ」

と呟いた。

「明日か、明後日《あさって》でもいい。昼間、少しつき合ってくれないか」

学英は胸に顔を埋めている今西沙織の髪を愛撫しながら言った。

学英は改装中の新大久保の店を今西沙織に見せたかったのである。

「昼は勤めてるの」

「勤めてる？　どこで、何をしてるんだ」

今西沙織はためらっているようだったが、

「池袋のSデパートの化粧品売り場で働いてるの」

と言った。

「紳士協定」で歌っている華やかな姿とはうらはらに、デパートの化粧品売り場で働いているとはイメージがちがいすぎる。

「そうか……休日があるだろう」

「ええ」

「何曜日だ」

「週に二回だけど、はっきり決まってないの。休日を交代したりするから」

「明日か明後日、休日を交代できないのか」

「派遣会社に相談してみるわ」

今西沙織は即答を避けた。

ホテルを出た学英は待機しているタクシーで送ろうとしたが、

「送ってこないで」

と言われ、玄関で今西沙織を見送った。

学英は快楽の余韻を引きずってマンションに帰った。だが、眠れなかった。大胆な姿態で喘ぎ、悶えていた今西沙織が、セックスのあと急によそよそしくなって学英との次の逢瀬《おうせ》を拒んでいるように思えたからだ。改装中のクラブにグランドピアノを設置したのも今西沙織のためである。今西沙織が望むなら金にものを言わせて一流のジャズピアニストに演奏させようと考えていた。学英は自分のイメージ通りの店造りをしたかったのである。それが今西沙織にとってもプラスになると考えていた。

二日後の午後九時頃、学英は「紳士協定」に顔を出した。今西沙織の出番は月・水・金だったので水曜日を選んだのだ。

学英はいつものようにカウンターの隅のとまり木に座ってブランデーのロックを飲みながら三回目のショータイムを待っていた。そしてショーのあと今西沙織を誘うつもりだった。ブランデーのロックを飲みながら煙草をふかしている学英の対角に位置するとまり木に、黒いシャツを着た茶髪の二十五、六の男が座っていた。耳にピアスをして、痩せぎすのなよなよとした男は、隣の男としゃべっている。今西沙織の恋人だった。学英は素知らぬふりをしてときどき男を観察した。音楽関係の男かもしれない。今西沙織とは釣り合わないが、同じミュージシャン仲間なら理解できる。

店内の照明が薄暗くなり、ピアノの演奏がはじまった。マイクの前に出てきた今西沙織は挨拶をして歌いはじめた。ライトを浴びた鮮やかな紅色の唇から喘ぐような歌声がもれてくる。舌と舌をからませ、奪い合い、溢れてくる唾液を呑み込んだときのように今西沙織はうなじをそらせた。乾いた唇が一滴の水を求めているようだった。しなやかな肢体の奥に疼いている肉欲が、しだいにエクスタシーへと昇りつめ、感きわまって呻き声をあげるように今西沙織は歌い終ってぐったりした。その顔には満ちたりた感情が溢れていた。

ショータイムが終って十五分もすると、服を着替えた今西沙織が店に出てきて学英と対角の位置にいる男の横に腰をおろした。男はにやにやしながら今西沙織の頬にキスした。二人は楽しそうにおしゃべりし、男はこれ見よがしに何度も今西沙織を抱き寄せて唇にキスをして、いちゃついていた。男のキスを受けながら今西沙織はカウンターの隅にいる学英を見た。まるで見せつけているようだった。

学英はブランデーのロックを飲み干して席を立った。

外に出た学英は方向感覚を失ってやみくもに歩いた。胸の中を掻きむしられているようだった。

『牝犬《めすいぬ》め！』

はじめて味わう屈辱だった。

学英がバー「吉野」に行くと、案の定、鉄治がカラオケでへたな歌を歌っていた。

「あら、珍しいわね。うちの店にくるなんて」

五十過ぎの、厚化粧をした着物姿のママが学英を鉄治のボックスに案内した。

鉄治の女の紀香が横に座り、学英にビールをついだ。客は鉄治一人だけである。この店は鉄治一人で持っているようなものだった。聴くに堪えないへたくそな歌をたて続けに三曲歌った鉄治はボックスにきて、

「どうしたガク、冴えない顔してるな。女にでも振られたのか」

とずばり言った。

「ガクさんが女に振られるわけないでしょ。テッとはちがうわよ」

紀香は学英にしなだれ、

「ねえ、ガクさん」

と冷やかすように言った。

「女は魔物だ。そうだろう?」

学英が紀香を抱き寄せたので、

「紀香とやりたかったら、やってもいいぜ。どのみち、おまえとおれは穴兄弟だからよ」

と鉄治は面白がって言った。

「そんなこと言っていいの。わたし本気にしちゃうわよ」

二十三歳の紀香は可愛い顔をしているが、どこか中年女っぽいところがある。だが、鉄治と紀香の

関係は二年続いているのだ。いつもは一、二回しか関係の続かない鉄治にしては稀有《けう》なことだった。

「けっ！　おれはおまえと穴兄弟になった覚えはないぜ。おまえとおれとでは女の好みが天と地ほどの開きがある」

学英は抱き寄せていた紀香を突き放し、ビールを飲んだ。突き放された紀香は鉄治の横に移動し、もう一人のホステスの知美《ともみ》が学英の横に匹った。

「わかったぞ。おまえはあのジャズのねえちゃんに振られたんだろう」

長いつき合いの中で学英の性格を見抜いている鉄治は、

「図星だろう」

とほくそえんだ。

「冗談じゃねえ。おれは女に振られたことはねえんだ」

学英はむきになって否定した。

「ジャズのねえちゃんて、誰なの？」

紀香が興味を示して訊いた。

「新宿通りの、なんとかビルの三階にある『紳士協定』というクラブでジャズを歌ってる女だよ」

鉄治が言うと、

「あー、あのクラブね。わたしお客さんと一緒に一度行ったことがある。いい女じゃない。ガクさんが惚れるのも無理ないわよ」

とママは、目尻に皺をよせて不快そうな表情をしている学英の機嫌を取った。

するとと学英は開き直るように、

「テッ、おれは今夜から、『龍門』の三階の部屋に泊る。あの部屋で女と一緒に暮らす」

と言った。

「なんだって、冗談だろう。あのジャズのねえちゃんと暮らすと言うのか。頭がおかしいんじゃねえのか」

鉄治はあきれはてたように言った。

「そのかわり、店の権利は全部おまえにやる。それで文句ねえだろう」

「店の権利をもらって、おれが喜ぶとでも思ってるのか。そんなことはどうでもいいことだ。それより頭を冷やせ。あれは男を喰い亡ぼす女だ。あの女の体からはオマンコの匂いがぷんぷんしているぜ」

「よく言うぜ、てめえのことを棚に上げて、そんなことを言える柄か。おれは決めたんだ」

いつも冷静なはずの学英が、何かに憑かれたように鉄治の忠告を頑として聞き入れようとしなかった。ママと紀香と知美とカウンターの中にいるバーテンが、それまで見たこともない学英の態度に驚いている。

「一つ訊くけどよ、ジャズのねえちゃんとは寝たのか」

その点が曖昧だったので鉄治は確認した。

「そんなことはどっちだっていいだろう。聞くだけやぼだ」

学英は答えなかった。

「聞いたか。どっちでもいいんだってよ。わけがわからねえ。タマゴと同じだ。タマゴはある日、突然、宗教にとり憑かれて頭がおかしくなってよ、ガクは突然、女にとり憑かれて頭がおかしくなった。いったいどうなってるんだ。おれまで頭がおかしくなりそうだ」

側にいた紀香が、

「タマゴはテツの子供を産みたいそうだけど、絶対に無理よ。テツの子供にわたしが産むの」

とタマゴを揶揄《やゆ》した。

「おまえは黙ってろ！　よけいなこと言うな」

鉄治は紀香を叱責《しっせき》した。

「だってタマゴはテツの子供なんか産めやしないわよ。男だもん」

紀香の声と目は嫉妬に燃えていた。

「よけいなことを言うなと言っただろう。出しゃばり女め！」

鉄治が平手で紀香の頬を打擲した。

あっ、と小さな悲鳴をあげて紀香はボックスに倒れた。険悪な雰囲気に他の者は唖然としている。

紀香が「ごめんね」と謝って泣きだした。

「おれのことは放っといてくれ。とにかくおれは今夜から、『龍門』の三階に泊る」

学英は忸怩《じくじ》たる思いで店を出た。

14

学英はクラブ「紳士協定」へ行くのをしばらくひかえることにした。今西沙織に会いたいが、ここは我慢して、しばらく様子を見ることにしたのだ。頭を冷やして気持を整理し、今西沙織が「龍門」にくるのを待つことにした。今西沙織が「龍門」に訪ねてくるという確信はない。だが、「紳士協定」へ行けば、今西沙織と恋人がいちゃついているのを見せつけられることになるのだ。その屈辱を二度と味わいたくないと思った。

しかし、一週間もすると、学英はじっとしていられなくなった。「紳士協定」の前で待ち伏せ、仕事を終えて店を出てくる今西沙織をかっさらいたい気持になるのだった。

学英は悶々《もんもん》としていた。いつまでたっても今西沙織が「龍門」にやってくる気配はない。改装中の店はほぼ完成しつつあった。山上が集めてきたホステスと面接し、二十人のホステスが決定して、あとは今西沙織を引き抜き、タマゴをママにすえるだけとなったが、タマゴは毎日のように教会や台湾の道教のお寺や、マンションの一室にあるイスラム教の礼拝所などを巡礼していて、ママになるつもりはないようだった。開店まであと十日くらいしかない。ママがいなければクラブは開店できない。特別な業を煮やした学英は昼間、鉄治のマンションを訪ねた。チャイムを鳴らしたが応答がない。特別な用事がない限り、鉄治はたいがい二日酔いで寝ており、昼間から外出することはない。三回目のチャイムでようやく応答の声が聞こえた。

「おれだ」

学英の声に鍵をはずす音がしてドアが開いた。

白いガウンを着たタマゴが不機嫌そうに、

「こんな時間に、どうしたのよ」

とロをとがらせた。

タマゴは興奮冷めやらぬ顔をしている。どうやらセックスの最中だったらしい。

「邪魔してすまん。おまえに話があってきたんだ。おまえとはなかなか会えないからさ」

不機嫌面のタマゴは、

「電話くれたらいいでしょ。そしたら『龍門』まで行くのに」

と不満たらたらである。

部屋にあがると、鉄治は紺のガウンを着てベッドの上に座り、煙草に火を点けていた。熊がベッドに腰掛けている感じで、どこかげんなりした様子だった。

椅子に座った学英も煙草に火を点け、一服ふかすと、

「クラブはあと十日くらいで開店する。タマゴはママをやってくれるのか、やってくれないのか、はっきりさせてくれ。そうでないと間に合わない。募集していた二十人のホステスは決まった。しかし、ママがいないとクラブは開店できない」

学英はいらだちをつのらせ、タマゴに返事を迫った。

「いやだったらいやと、はっきり返事してやれ。ガクに遠慮することはない。そうだろう、ガク」

脚を組んで貧乏ゆすりをしながら鉄治がタマゴに返事をうながした。

「やるわよ。でも一つだけ条件があるの」

条件とはなんだろう？　学英には見当もつかなかったが、

「いいだろう、言ってくれ」

とタマゴの条件を訊いた。

「クラブの事務所に神様の写真を貼らせてほしいの」

タマゴは真剣な眼差しで言った。

「またかよ。『龍門』の事務所の壁にも貼ってるだろう」

学英がうんざりしながら部屋の壁を見回すと、いろんな神様の写真がべたべた貼ってあった。

貧乏ゆすりをしていた鉄治が、どうする？　といった調子で両手をひろげた。クラブの事務所は更衣室をもかねている。その部屋の壁にいろんな神様の写真を貼ると他のホステスたちはどう思うだろうか。しかし、新しいクラブにはタマゴのような異色のママが必要だった。女以上の女であり、男の心理を知りつくしているタマゴには集客力があると学英は思っていた。いささかクレイジーなところもあるが、それが魅力でもあった。

「わかった。三枚にしてくれ」

学英は写真の枚数を制限した。

「七枚」

すかさずタマゴが主張した。

「五枚だ。それ以上は無理だ」

学英は間を取った。

「いいわ、五枚にしとく」

タマゴはしぶしぶ妥協した。

「これで決まりだ。さっそく明日から新大久保の店にきてくれ。明日の午後六時に、ホステスやボーイやチーフ、マネージャーも出勤してくる。忙しくなるぞ」

学英は急に張りきりだした。

「お店の名前は?」

とタマゴが訊いた。

「まだ決めてない」

「えっ、まだ決めてないの。お店の名前は一番最初に決めとくものよ。あきれた。それで本当にお店をやっていけるの。看板も作らなきゃならないし、チラシや開店の引き出物も作らなきゃならないし、十日後の開店は無理よ」

タマゴにくそみそに言われて学英は返す言葉を失った。

「お店の名前は『女王蜂』がいいわ。どうお?」

「『女王蜂』か、悪くないぜ」

他人ごとのように聞いていた鉄治が言うと、その横に座っていたタマゴが熊みたいな恰好の鉄治の首に腕を回して抱き寄せ、頬にキスして、

「『女王蜂』って、わたしのことよ。そうでしょ」

と鉄治に同意を求めた。

鉄治はまた肩をすぼめてみせた。「女王蜂」とは要するに多産系を意味しており、タマゴの願望なのである。

学英はクラブをやりたいという思いだけが先行して、店の名前のことをすっかり忘れていたのだ。

「まあ、いいだろう」

学英は同意した。

「ところでよ、ジャズのねえちゃんは引き抜いたのか」

高みの見物をきめ込んでいる鉄治が言った。

「まだだ。しかし、必ず引き抜いてみせる」

考えてみれば、クラブを経営しようと決めたのも今西沙織に歌わせたいと思ったのが動機の一つだった。

「無理しない方がいいんじゃねえのか」

鉄治はからかうように言う。

「そうよ。他にいくらでもいるわよ」

タマゴが相槌《あいづち》を打つ。

鉄治とタマゴは見た目にはまるっきりちがうタイプに思われがちだが、似た者同士なのである。その準備はしてある。

「もし今西沙織が間に合わないようだったら、他のシンガーで当分、埋め合わせる。じゃあな。邪魔して悪かった」

鉄治の部屋を出た学英は、今西沙織が、昼間は池袋のSデパートの化粧品売り場に勤めていると言っていたのを思い出した。そのうち「龍門」に訪ねてくるだろうとひそかに待ち望んでいたのだが、一週間を過ぎても訪ねてくる気配はない。クラブ「紳士協定」に行けば今夜にでも会えるが、今西沙織の恋人と鉢合わせするのがいやだった。しかし、今西沙織に会いたいという思いは強まるばかりで、学英は発作的にタクシーに乗ってSデパートをめざした。そしてSデパートの前でタクシーを降りた学英は、西武池袋線の一階の改札口の隣にある入口から中に入り、買い物客にまぎれて化粧品売り場を遠くから眺めた。だが、今西沙織らしい女子店員は見当らなかった。代休日だろうか？　欠勤してるのだろうか？　学英はゆっくりと化粧品売り場を一周したが、今西沙織はいなかった。念のため化粧品売り場を三周したがやはりいなかった。

学英は思いきって化粧品売り場の女子店員の一人に、

「今西沙織さんは休みですか」

と訊いた。

「今西沙織……」

女子店員は記憶をたぐるように売り場を見回して、

「この売り場に、そういう人はいませんが、ちょっとお待ち下さい」

と他の売り場に行って確かめているらしかったが、もどってきて、

「他の売り場にも、そういう人はおりません」

と言った。

「いないんですか。働いてないんですか」

学英は狐につままれたような気持ちで女子店員に訊き返した。

「今西沙織という人は働いておりません」

女子店員は何かの間違いではないかという表情をした。

「そんなはずはない。このデパートの化粧品売り場で働いてると言ってた」

学英は女子店員が見落としているのではないかと思い、再確認してくれと頼んだ。

学英の強い要望に女子店員は迷惑そうな顔をして、化粧品売り場の管理職の男性を連れてきた。

その男性は名簿を持っていた。

ページをめくりながら名前を目で追い、

「今西沙織という人は化粧品売り場にはおりません。他の店舗ではないでしょうか」

と言った。

管理職の男に言われて、学英はデパートの全階を見て回ったが、今西沙織はいなかった。彼女が嘘をついていたことがやっとわかった。

「龍門」の三階の部屋にもどった学英は落ち込んだ。「紳士協定」に行って今西沙織をひっぱたいてやりたいと思った。なぜ嘘をつくのか、それがわからなかった。

その日の夜、学英は「龍門」にクラブ「女王蜂」のマネージャーやフロア・チーフ、カウンター・チーフ、厨房チーフなどを集めて打ち合わせをした。打ち合わせが終ろうとしていた午後十時半過ぎ、今西沙織が店に入ってきた。誰かを捜しているようだった。学英が席を立って今西沙織に近づくと、今西沙織の熱い眼差しが学英にそそがれた。学英の不信感や怒りを灼《や》きつくさんばかりの熱い眼差しであった。

学英は黙って今西沙織の手を取って引きずるように階段を昇り、三階の部屋に入るとベッドの上に今西沙織を倒しておおいかぶさった。二人は激しく求め合い、嵐のような愛欲に溺れた。

「わたしを許して。わたしはあなたに嘘をついていたの。Sデパートに勤めていると言ったけど、勤めていないの」

学英は今西沙織に先手を打たれたような気がした。しかし、今西沙織が嘘を自ら認めた以上、詮索するつもりはなかった。

「男と別れて、この部屋で一緒に暮らそう」

学英が言った。

「いますぐは無理だわ」

今西沙織は思い詰めた表情で言った。

「どうしてだ」

「だって、あまりにも急だもの」

確かに急であり、強引すぎると思ったが、学英は今西沙織を男の元へ帰したくなかったのだ。

「おまえはあの男を愛してるのか」

と学英は訊いた。

「わからない。たぶん愛してないと思う」

「だったらどうして一緒に暮らしてるんだ。話はおれがつけてやる」

学英はいますぐにでも男と会ってケリをつけようと勢いづいていた。

「もう少し待って。お願い。わたしから話すから」

今西沙織は引き止めるように学英の体にしがみついた。

「わかった。そのかわり、今度、新大久保でオープンするクラブ『女王蜂』で歌ってくれ。おまえが『紳士協定』を辞めてもマネージャーは何も言わないはずだ」

「でも、すぐには辞められないわ。当分、かけ持ちでもいいでしょ」

「かけ持ちは忙しすぎる」

「月・水・金は『女王蜂』で歌って、火・木は『紳士協定』で歌うわ。それだったら問題ないと思うけど」

月・水・金は「紳士協定」で歌う日だったが、「女王蜂」を優先させるというのである。

腕の中で甘えるように言う今西沙織に学英は譲歩した。とりあえず今西沙織は確保できた。

翌日の午後六時、新大久保のクラブ「女王蜂」に二十人のホステス、マネージャー、チーフ、ボーイ、そしてタマゴと今西沙織が集まった。マネージャーと三人のチーフは数日前から内装工事に立ち会い、テーブルや調度品の位置を決めたり、照明の色や角度を調整していたが、他の者は店を見るのははじめてだった。

　ピアノが設置してある贅沢な広い空間に今西沙織は思わず、

「素敵！」

　と感激した。

「女王蜂」にくるとは思っていなかった美しい容姿の今西沙織をタマゴは嫉妬するような目で見た。

内装工事はほぼ終っていたが、調度品がまだそろっていなかった。しかし、調度品の一部を見ただけで学英の凝りようがわかった。モダンだが重厚な内装にみんなは感嘆した。

　マネージャーがみんなを案内して回り、そのあと学英が挨拶した。

「十日後に開店しようと思ったが、準備日数が足りないので二週間後にする。みんなはそれぞれお客さまに招待状を発送してくれ。店のシステムはマネージャーが説明する。ここは新大久保だが、クラブ『女王蜂』は超一流のクラブだ。どこにも負けやしねえ。みんな自信を持って働いてくれ。おれは出し惜しみをしない。しかし、店のプライドを傷つけるような行為は許さねえ。お互いに稼ぐんだ。それがおれの方針だ」

　かなり過激な挨拶だったが、学英の心意気は伝わったようだった。

　マネージャーがママのタマゴと歌手の今西沙織をみんなに紹介した。

　グリーンに銀色のモザイク模様がちりばめられたドレスを着ているタマゴのしなやかな肢体はホステスたちを圧倒した。濃いアイシャドーで縁どった目と金色の眉毛が異様だった。まるで古代のどこかの国の王女のような神秘的な雰囲気をかもしていた。

「わたしは友人たちからタマゴと呼ばれてるけど、タマゴっていうのは、雄だか雌だかわかんないでしょ。わたしも自分が男だか女だかわかんないじゃん。だからタマゴってあだなされてんのよ。ヒヨコなんかになりたくない。いつまでもタマゴでいたいのよ」

まったくピントのはずれたわけのわからない挨拶である。みんながげらげら笑った。学英は渋い顔をした。

「でも、わたしはうるさいわよ。店で着る衣装や接客態度や言葉遣いや会話の内容や歩き方や、要するにプロとしての意識を厳しくチェックします。わたしのやり方が気に入らない人は辞めて下さい。この店はあなた方に貸しているだけ。あなた方は自分の収入は自分で稼ぐのよ。自分で稼がないと誰も稼いでくれないわよ。そうでしょ」

タマゴは側にいた今西沙織をちらと見た。だが、今西沙織はわれ関せずといったふうに悠然としていた。

「明日から店で歩き方を練習します。衣装もチェックします。自分の個性に合った衣装を着てもらいます。衣装はすくなくとも十着が必要ですから、そのつもりで」

ホステスの間からえーっというざわめきが起こった。

ホステスの一人から、

「そんなに持ってません」

と声があがった。

「衣装の足りない人には衣装代を前貸しします。衣装は大事ですから。衣装に合わせて靴も買って下さい」

ホステスに対するタマゴの要求はひろがっていくのだった。しかも学英の了承なしに衣装代や靴代の前借をさせるというのである。学英はあっけにとられた。

タマゴはホステスたちを両側に分けて中央を空けさせ、しゃなりしゃなりと歩きだした。

「右足を踏み出したときは左の腰をひねるの。左足を踏み出したときは右の腰をひねるの。そのとき首の位置と踏み出した足の爪先が一直線で結ばれないと駄目なの。わかる?」

四、五歩、歩いたタマゴは踵《きびす》を返してくるりと向きを変え、またしゃなりしゃなりと歩いた。首から腰にかけて真っ直ぐに伸びている線がお尻で美しい曲線を描き、その線が脚の爪先にまで伸びている。歩くと魅力的な線が残像となって、セクシーな印象を与えるのである。

「あなた、ちょっと歩いてみて」

タマゴはホステスの一人に言った。

指名されたホステスが歩くと、

「駄目よ。畑仕事から帰ってきたお百姓さんみたいじゃない。健康的だけど、色気がないじゃない。色気って、体の中からにじみ出てくるものなのよ。わたしは女よって意識が足りないのよ。女は女だから女は当り前と思ってるらしいけど、そうじゃないのよ。男に抱かれたとき、わたしは女って意識を強くするでしょ。そういう気持が必要なの。フランスの女流作家ボーボワールが言ってるでしょ。人は、女に生れるのではなく、女になるのだって。いつもエキサイトな気持で男を意識しないと駄目なの。わかる?」

とタマゴは独自の論を説くのだった。

「目線が大事なの。俗にロン・パリと言うでしょ。ロンドンとパリのことなんだけど、同時に二人の男を見ているような目線のことを言うの。そうすると男は単純だから、自分に気があるのかなって思うのよ。男を競わせ気をもませるのよ。セクシーな女はロン・パリが多いの。わかる?」

タマゴは今西沙織と学英をちらと見た。今西沙織は興味津々の面もちで聞いていたが、学英はしらけていた。

タマゴがドレスを脱いだ。ドレスの中は裸だった。学英は止めさせようとしたが遅かった。みんなは唖然としている。手入れの行き届いた、無駄な脂肪のない、均整のとれた裸体は美しかった。

自己陶酔していたタマゴが、

「ちょっと、おトイレ」

と言って脱いだドレスを拾ってトイレに駆けて行った。

みんなはあっけにとられると同時に拍子抜けして、戸惑っている。

マネージャーが今西沙織を紹介した。

「よろしくお願いします」

今西沙織は普段着だったが清楚で美しかった。

続いてマネージャーはチーフやボーイや二十人のホステスを一人ひとり紹介した。

クラブ「紳士協定」で今西沙織の伴奏をしていたジャズ・ピアニストの浅井繁が遅れてやってきた。浅井繁も「紳士協定」と「女王蜂」をかけ持ちすることになったのだ。

浅井繁はドラマーとベーシストを連れてきていた。学英の要望だった。舞台にはドラムも設置してある。

浅井はグランドピアノを見て、

「素晴らしいピアノですね。こんな素晴らしいピアノを弾けるなんて、最高ですよ」

と目を輝かせ、蓋を開けてピアノの前に座り、キーを叩いた。

それからジャズの曲を軽く弾きはじめた。ドラムの出井勝治とベースの荒牧弘が演奏に加わった。ジャズの軽快なリズムが流れ、タマゴの独断専行に戸惑いを覚えていたみんなの表情がやわらいだ。

「沙織、歌ってくれ。マイクのテストだ」

学英は沙織に頼んだ。

少しためらっていたが、ジャズのリズムに自然に体が動きはじめた沙織は、マイクの前に立って歌った。

トイレから出てきたタマゴは雰囲気が一変しているのに驚いたようだったが、もともと音楽好きの彼女は一人で踊りだした。毎晩「愛の炎」で踊っているタマゴの踊りはさまになっていた。

チーフとボーイが厨房からワインをついだグラスをトレーに載せて運んできてみんなに配った。まるでパーティのような雰囲気になってきた。

「彼女いかすじゃない。いい女ね。彼女には男がいるんでしょ。早く独り占めしないと駄目よ」

タマゴは学英をけしかけた。

「そのうち男とケリをつける」

「どうやってケリをつけるの」

「話し合ってケリをつけるさ」

「話し合いでケリがつけられるかしら」

「お金でケリがつかないときは、金でケリをつけるさ」

「そのときは叩きのめすしかねえ」

「はじめから叩きのめした方がてっとり早いんじゃない」

タマゴは学英をしきりに煽るのだった。

「そうだな、考えとくよ」

学英はワインの入ったグラスをかかげ、歌っている沙織ににっこりほほえんだ。そして学英は沙織と男を別れさせる方法をあれこれ考えた。できれば自然に別れさせ、手荒な真似はしたくなかった。だが、「紳士協定」のカウンターの隅で沙織とキスしながらいちゃついていた痩身《そうしん》のひ弱そうに見える男の目の奥に凝縮している黒い光から、ひと筋縄ではいかないだろう、と学英は感じていた。極道ではないが、凶暴な感情を内に秘めているような気がするのだった。沙織がもう少し待って、と言うのも、男をおそれているからではないのか。たぶん男は沙織の浮気に気づいているにちがいない。そのうち何かが起こるのではないか、と学英は不吉な予感がしていた。その前にケリをつけねばならない。

「あんたも馬鹿ね。ひとの女に惚れちゃって」

とタマゴが言った。

「しょうがねえだろう。はじめての恋なんだ」

学英は澄ました顔で言った。

「よく言うわね。女殺しのガクが。聞いてるわたしが恥かしくなっちゃう」

タマゴは歌っている沙織をねたましげに見つめた。

翌日からホステスたちの特訓がはじまった。メイク、衣装合わせ、歩き方、しゃべり方、目線、座り方、などなど、とにかく微に入り細を穿《うが》ってタマゴは自分の経験と知識を総動員してホステスたちを仕込んだ。むろん銀座や赤坂に勤めていたホステスたちの中にはタマゴのうるさい注文に反発を覚える者もいたが、タマゴの強烈な個性に学ぶことも多かったのである。

学英は沙織を有名なデザイナーが経営している青山のブティックに連れて行き、一着百万円ほどの舞台衣装を五着作らせ、さらに五着を追加注文した。

「こんなに高い衣装は、わたしには似合わないわ」

沙織は抵抗したが、

「おまえには最高の衣装を着せたいんだ。それがおれの愛の証《あか》しだ」

と学英は照れることなく言った。

15

いよいよ開店の日がきた。学英は韓国からの女子留学生三人をアルバイトに雇ってチラシを配らせた。ところが大久保通りでチラシを配っていた女子留学生が一人の中年女に大声で怒鳴られたという。

「どうしてこんなところでチラシを配るの！　あんたはどこの店の者なの！　あんたの店を教えなさい！」

中年女は凄い剣幕でアルバイトの女子留学生に無理やり「女王蜂」まで案内させたのだった。そして開店の準備に追われてごった返している店に入ってきた中年女は、

「どうして通りでチラシを配るの！」

と事務所にいた学英に喰ってかかった。

わけのわからない学英は、

「誰なんだ、おまえは！」

と怒鳴り返した。

案内してきた女子留学生は泣きべそをかいている。

「通りでチラシを配っていたら、警察にしょっぴかれるでしょ。二、三日前も、通りでチラシを配っ

ていた中国人留学生が警察にしょっぴかれたのよ」

と中年女は言った。

中年女の話によると、通りでチラシを配っていた在日外国人が不法就労者とみなされて何人も警察に連行されているとのことだった。その結果、周辺の在日外国人の店がなんらかの影響を受けるのである。つまり中年女が経営している焼肉店には滞在期限の切れている韓国人留学生が働いており、通りでチラシを配っている不法就労者が逮捕されれば、その煽りを受けるおそれがあると言うのだった。

「冗談じゃねえ。チラシを配ってる女の子は韓国からきた留学生だけど、ビザの期限は切れてねえんだ。てめえの店の都合で、おれの店のチラシを配るなっていうのか。おまえにそんな権利があんのかよ。人の店にまで乗り込んできやがって、図々しいババアだ。さっさと出て行きやがれ！」

怒り心頭に発した学英は中年女を怒鳴りつけた。

「ババアとは何よ、ババアとは！　極道のくせに！」

中年女も簡単に引き下がらず喰ってかかった。

「ババアだからババアと言ってるんだ。てめえの顔を鏡でよく見ろ。人の店に、断りもなく勝手に入ってくるんじゃねえ！　くそババア！」

学英はなおもババアを強調して中年女の神経を逆撫でした。

「韓国人を差別する気！　このチョッパリ（日本人奴《め》）！」

学英を日本人と思ったらしく、中年女は、目をむいて、韓国語訛りの日本語で最後の切り札である差別という言葉を口にした。

「おれは日本人じゃねえ。在日韓国人だ。くそったれ！」
「あんたは同胞を差別するの！　この裏切り者！」
「おれがいつ誰を裏切ったと言うんだ。手前勝手な理屈をぬかすな。マネージャー！　このくそババアを店から追い出せ！」

このままでは中年女の腕を摑んで外へ引きずり出すような事態になりかねないと思った学英は、武田マネージャーにこの場を預けた。

「開店の準備をしているところですので、どうぞお引き取り下さい」

武田マネージャーは、まるで因縁をふっかけてくる客をあつかうように腰を低くして鄭重に頼んだ。

「女だと思って馬鹿にして。わたしには主人がいるんだから」

何の関係もない「主人」まで引き合いに出して、中年女はなかなか引き下がろうとしない。

マネージャーが中年女をあつかいかねている様子を見ていたタマゴが近づいてきて、

「おばさん、帰った方がいいわよ。ここはおばさんのくるとこじゃないの。わかる」

と艶っぽい声で迫ると、腰をくねらせてドレスを脱ぎ、裸身を晒した。

びっくり仰天した中年女は、

「この店は何なの。警察に訴えてやる！」

と叫んだ。

「どうぞ訴えてちょうだい。あんたの店も訴えてやるから」

タマゴはくるりと反転して、引きしまったお尻を中年女に突き出した。

すると周りにいたホステスたちがいっせいに拍手したので、さすがの中年女も赤面して店を出て行った。

店は六時から開店したが、八時頃にはほぼ満席になった。銀座や赤坂に勤めていたホステスたちが従来の客を呼び寄せたのである。ママのタマゴがニューハーフということもあって客に珍しがられ、人気があった。そして当然のことながら今西沙織のファンもきていた。

九時過ぎに鉄治が「龍門」の池沢部長を伴って現れた。

満席に近い店内を見て、

「流行ってるじゃないか」

と目を見張った。

「いらっしゃいませ」

武田マネージャーが鉄治と池沢部長を空いてる席に案内した。そしてすぐに二人のホステスをはべらせた。

しかめっ面をしていた鉄治は相好を崩し、

「いい女だな」

と鼻の下を長くして、助平ったらしい顔になるのだった。

運ばれてきたビールを鉄治と池沢部長についだ二人のホステスは、

「よろしくお願いします」

と名刺を出して挨拶した。

そこへタマゴがやってきて鉄治の横に座り、

「この店の女の子に手を出しちゃ駄目よ。わたしが見張ってんだから」

といきなり釘をさした。

「手を出すわけねえだろう。おまえがいるのによ」

と言いながら鉄治の目はホステスたちの姿を追っていた。

「あんたたちに言っとくけど、この男はね、一晩百万円出すからつき合えとか言うから、気をつけなくちゃ駄目よ」

タマゴはあからさまに鉄治の手の内を暴露した。

「百万円くれるんですか。考えちゃうわ」

まだ二十歳の愛らしい真帆《まほ》が半信半疑の面もちで鉄治を見た。

「ほらね、百万円くれるって言われたら、ついその気になるでしょ。それがこの男の手なのよ」

そう言うとタマゴはさっさと立ちあがって別の席へ行った。

「参ったな。おまえたちが可愛いから、ママは嫉妬してんだよ。だけど今夜おれとつき合ってくれたら、二百万円出してもいいぜ」

タマゴが席を立つとすぐ鉄治は真顔で口説きはじめた。二人のホステスは笑ってしまった。

学英がきた。離れていても図体の大きい鉄治はひと目でわかるのだ。

「流行ってるじゃねえか」

と鉄治が言った。

「おれの狙いが当ったんだ」

学英は自慢するように言った。

「しかし、二、三ヶ月たってみないとわからないぜ。開店当初は流行っていても、二、三ヶ月後には閑古鳥が鳴いてるかもしれねえ」

鉄治は二、三ヶ月後を楽しみにしているようだった。

「そのときは『龍門』の稼ぎを、この店に全部つぎ込んでやる。『龍門』とこの店は運命共同体なんだ」

「運命共同体？　冗談じゃねえ。『龍門』は絶対潰さねえからな」

しかし、「女王蜂」の経営がうまくいかないときは、「龍門」の利益をつぎ込むにちがいないと鉄治は思った。「女王蜂」の経営には反対していた鉄治も重い荷を背負わされたのだ。タマゴを「女王蜂」のママにしたことにも、学英の遠謀深慮が隠されていたのである。思い込みの強いタマゴの性格を学英はよく知っていたのだ。

ショータイムがはじまった。店内の照明が落とされ、ピアノの演奏とともに華麗な衣装をまとった今西沙織がステージに現れた。スポットライトを浴びた今西沙織の容姿は一段と美しかった。

「みなさん今晩は。ようこそ『女王蜂』においで下さいました。わたしは月・水・金の週三回を『女王蜂』で歌わせてもらうことになっております。どうぞよろしくお願いします」

今西沙織が挨拶すると、

「沙織ちゃん！」

と鉄治が素頓狂《すっとんきょう》な声を掛けた。

その掛け声につられて拍手が起こった。

今西沙織がハスキーな声で歌いだした。

「いい女だろう。この店は、あの女のために造ったようなもんなんだ」

鉄治が声をひそめて、前に座っている二人のホステスに耳打ちするように言った。

「本当ですか」

真帆が信じられないという顔をしていた。

「くだらんことを言うな」

学英は渋い顔をしたが、まんざらでもなさそうであった。

歌っている今西沙織を見つめている学英は、信じられないほど間抜けに見えた。冷徹で女たらしの学英が一人の女に入れ込み、骨抜きになっているのが鉄治には信じられなかった。

ショータイムが終ると学英はゆっくり腰をあげ、カウンターの隅に移って、今西沙織が着替えて出てくるのを待った。しばらくして更衣室から出てきた今西沙織は学英の隣に座って飲み物を注文した。

「素晴らしかった」

学英は手放しで賞賛した。

「あなたは女を褒めるのが上手なのね。女は褒められると嬉しいわ、嘘でも」

今西沙織は恥じらうように言った。

「おれは嘘は言わない。本当の気持を言ってるんだ」

本当の気持とは愛しているということである。

「わかってる」

憂いを含んだ今西沙織の瞳が濡れているようだった。

「帰るのか」

と学英が言った。

「ええ、帰らないと……」

学英は今西沙織を帰したくなかった。

帰ると今西沙織は男に抱かれるにちがいなかった。それを思うと学英は嫉妬で眠れないのだった。嫉妬に狂う男を見ると馬鹿じゃないかと軽蔑していたが、いまや学英が、その軽蔑すべき馬鹿になっていた。女を性器としか思っていない無神経な鉄治が羨しくなるのだった。

三十分ほど学英と話して今西沙織は腰を上げた。ドアの外まで送って行った学英は今西沙織を抱きしめてキスした。そして階段を降りて行く今西沙織を見つめて、このまま店にこないのではないかと不安にかられるのだった。

店にもどって席に着いた学英に鉄治は、

「見ちゃあ、いられないぜ。早撃ちの三連発とか捨てる美学とか言われてたおまえがよ、いまじゃ捨てられる美学になっちまって、女の尻にすがりつくとは」

ちょっと目を離していた隙に鉄治は真帆を横にはべらせて肩を抱き寄せ、手を真帆の膝に乗せて愛撫していた。たぶん大金を握らせて、今夜は真帆としけ込むつもりでいるのだ。タマゴの監視などなんのその、気に入った女には猪突《ちょとつ》猛進あるのみである。その鉄治の目に、いまの学英は女々しく映るのだった。

終電の時間が近づくと大半のホステスは帰って行ったが、店は午前一時までやっていた。鉄治が最後まで残っている。どうやら真帆に断られたらしい。

「まだ残って飲む気？　店は終ったのよ」

帰り仕度をしたタマゴに言われて、

「おまえと一緒に帰ろうと思ってよ、待ってたんだ」

と鉄治は言った。

「嘘おっしゃい。真帆に断られたんでしょ。『吉野』へ行って紀香と寝てきたら。テッとつき合ってくれるのは、あの女くらいよ」

そう言い残してタマゴは三人のホステスたちと焼肉店へくりだした。

とにかく開店日が盛況に終ったので学英はほっとした。大久保界隈で高級クラブが存続できるのか、この先、長い闘いが待っているのだ。

学英は今西沙織がショーに出る月・水・金だけ「女王蜂」に顔を出していたが、今西沙織はショーが終るとカウンターで飲み物を一杯だけ飲んで帰るのだった。したがって学英が今西沙織と会話を交わせるのは三十分程度であった。どこかよそよそしい今西沙織の態度は、こころ変りしたとしか思えなかった。女のあつかいには慣れているはずの学英が、今西沙織の気持を測りかねていた。同棲している男より学英を愛していると言っておきながら、学英を受け入れようとしないのである。かといって今西沙織を強引に誘うこともできなかった。学英はジレンマに陥っていた。

ある日、「女王蜂」の事務所にいた学英に電話が掛かってきた。

「もしもし、社長ですか」

かすれた陰気な声だった。

「そうだ」

電話に対して学英は非常に敏感になる。かつてある組織と熾烈《しれつ》な抗争をくり返していたとき、毎日のように脅迫電話が掛かってきて、それ以来、電話には敏感に反応する癖がついていた。声の質や抑揚から、どういう相手かを推測するのである。

「ちょっと話があるんですが、会ってもらえないですか」

見知らぬ相手と安易に会うのは危険であった。これまでにも見知らぬ男に呼び出されて刃物で刺されそうになったことがある。もちろんいまでは抗争相手はいない。だが、声の主は今西沙織の男ではないかと直感した。いつか今西沙織の男と会って話をつけたいと思っていた学英は、

「いいだろう」

と腕時計を見て、

「新大久保駅前の喫茶店『いこい』で九時に会おう」

と承諾した。

今西沙織と男との間に何かあったにちがいない。何があったのか、学英は想像をめぐらせた。そし

て今夜こそ、決着をつけてやると思った。

今日は「女王蜂」で今西沙織のショーはない。いまごろ今西沙織は「紳士協定」で歌っているだろうと思いながら、学英は店を出てすぐ近くにある喫茶店「いこい」に行った。

喫茶店に入って見回すと、電話を掛けてきたと思われる男が隅のテーブルにいた。近くから携帯電話を掛けてきたのだろう。やはり今西沙織の男だった。

瘦せぎすの男は上目を使って学英にこっくりと頭を下げた。

「お呼びたてしてすみません。沙織と一緒に暮らしてる与古田《よこた》といいます。沙織がいつもお世話になっております」

自分の女の浮気相手に与古田は妙にへりくだるのだった。卑屈な態度をとりながら、しかし抜け目のない目付きをしていた。

与古田の前に座った学英は、この得体の知れない男の魂胆を読みとろうとした。

「何の用だ」

学英は半身に構えて用心した。いきなり刃物で斬りつけられるかもしれないのだ。学英は煙草に火を点け、余裕を見せながら、与古田以外に連れがいないかと素早く見回した。

「沙織が社長と浮気してることは知ってます。このところ様子がおかしいんで問い詰めたら、社長との浮気をあっさり認めましたよ。おれを裏切った沙織を殺したいと思いました。それ以上にあんたが憎かった。沙織とあんたを殺そうと思って、いつも鞄に刃物を持ち歩いてましたよ。沙織があんたとホテルにしけ込んでいる間、『龍門』であんたに抱かれている間、おれは外でずっと待ってたんですよ。わかりますか、おれの気持。部屋に帰ってきた沙織とおれはひと晩やりまくり、沙織は絶頂に達したとき、わたしを殺してと叫びましたよ。女は貪欲《どんよく》です。魔物です。おれは沙織と別れたくない。沙織もおれと別れたくないと言ってる。その一方で、沙織はあんたに抱かれたいと思ってる。あんたの金の力と腕っぷしに引かれてるんですよ。だからおれはいつも沙織を見張ってるんです。しかし、こんな状態がいつまでも続くとは思えない。いつか何かが起こるような気がする。自分でも何をやるかわからないんです」

学英を責めているのか、沙織を責めているのか、それとも自分自身を責めているのか、与古田がいったい何を言いたいのかが判然としない。

学英は、

「いったい何を言いたいんだ。おれを殺したいのか、沙織を殺したいのか、なんなんだ」

と痺《しび》れをきらして言った。

「あんたは沙織に惚れてるはずだ。しかし、ひとの女と浮気した者は、それなりの代償を払うべきじゃないですか」

「代償？　慰謝料を払えって言うのか」

腕力のある学英を脅すことはできないので責任を問い詰め、自分自身の弱さを曝《さら》け出して一種の泣き落としを演じているのだった。

「決着をつけたいんですよ」

与古田の口から意外な言葉が出た。

決着をつけるのは学英の望むところであった。しかし、どういう形で決着をつけたいのか、それが問題だった。

「おれも決着をつけたいと思ってる。おまえの条件を聞こうじゃないか」

学英は多少無理な条件でも引き受けるつもりだった。

「五百万円で沙織と別れる」

与古田は自己卑下しながら言った。

やはり金か、と学英は思った。別れたくないと言っておきながら五百万円で沙織と別れるとは男の風上にもおけない見下げはてた奴だ、と学英は嫌悪を覚えたが、

「わかった。金は明日用意する。ただし、おれにも条件がある。一筆書いてもらう」

と言った。

二人は明日の午後九時に「いこい」で会うことにして別れた。

与古田と別れたあと、学英は胸の中がもやもやしていた。金でケリをつけようと思っていたが、先に与古田から金で決着をつけたいと言われ、逆手を取られたような気がしたのである。

翌日の午後九時に「いこい」に行くと、昨夜と同じテーブルに与古田が待っていた。学英に対してへりくだり、愛想笑いさえ浮かべている。

椅子に座った学英は五百万円の入っている紙袋をテーブルの上に置いた。そしてポケットから紙きれを出した。

「この文章を、この紙に書いて捺印《なついん》しろ」

と言った。

与古田は学英の要求にしたがって文章を筆記した。

「念書、一金五百万円也。右の金額を確かに受け取りました。私、与古田幹夫は今西沙織と別れ、今後一切、つき合いません。もし今西沙織に近づいたり、言葉をかけたり、つき合いを求めた場合は、いかなる処置をも受け入れます」

与古田は年月日を記入して署名し、拇印《ぼいん》を押した。

学英は念書と引き換えに紙袋に入っている五百万円を与古田に手渡した。

「このことを沙織には絶対に言うな。おまえは今夜、別れるというメモを残して、黙って部屋を出るんだ。今後二度と沙織の前に現れるな。もし約束を破ったときはただじゃおかねえ。おれは生涯で一度だけ譲歩したんだ、沙織のために」

学英ははらわたの煮えくり返る思いだった。本当は金でケリをつけたくなかった。沙織の方から学英の胸に飛び込んできてほしかったのだ。

16

店にもどるとステージで今西沙織が歌っていた。学英はカウンターのとまり木に座って今西沙織が歌い終るのを待っていた。はたして与古田は今西沙織が帰る前に部屋を出るだろうか。与古田の書き置きを読んで今西沙織はどう思うだろう。喜ぶだろうか、安堵《あんど》するだろうか、悲しむだろうか、そしておれの元へくるだろうか。与古田が部屋を出れば、今西沙織はおれの元へくるにちがいない、と学英は信じていた。

ステージを終えた今西沙織は、いつものように着替えてカウンターにくると学英の横に座り、歌い終った余韻に少し酔いしれているほてった顔でバーテンダーに、

「ビールを下さい」

と言った。

ビールをひと口飲んだ今西沙織は、

「少し声の調子が悪いの」

と言った。

「そんなことなかった。いつもよりハスキーだったよ」

「声の調子が悪いから、いつもよりハスキーなのよ」

「大丈夫、おまえは成熟してきたんだ」

「そうかしら、成熟してるとは思わないけど。いつまでたっても上達してないような気がする」

「そんなことはない。おれは一年前からおまえの歌を聴いてるけど、ずいぶん上手くなってる。自信を持つんだ。そのうち大きな舞台で、派手なジャズフェスティバルをやろう。もちろんメインはおまえだ」

「そんなの、まだ早いわ。独り立ちするためには、ニューヨークに行って、二、三年勉強しないと駄目なのよ。本場の空気を吸って、英語のニュアンスを体で覚えなきゃ、本当のジャズは歌えないのよ」

寝耳に水である。学英は動揺した。

「でも、当分は行けそうもないわ。お金がないし、自信もないから」

今西沙織は諦めるように言った。

諦めるなと言いたかったが、今西沙織がニューヨークへ行くと学英との関係は切れてしまうだろう。学英は今西沙織を手放したくなかった。

「『龍門』で食事でもするか」

と学英は誘ったが、

「寝る前には食べないことにしてるの」

とていのいい返事をして、「帰ります」と今西沙織は席を立った。

学英は今西沙織を階段まで送ってキスをして別れた。

部屋に帰って書き置きを読んだ今西沙織はどうするだろう。学英は店の事務所で今西沙織からの電話を待つことにした。必ず電話を掛けてくるにちがいないと思った。吉と出るか、凶と出るか、賭けをしている気分だった。

一時間後、思った通り電話が掛かってきた。

学英が受話器を耳にあてるなり、今西沙織の陰《いん》にこもった声が聞えた。

「わたしをあいつから買ったのね、五百万円で」

いきなり言われて学英は狼狽《ろうばい》した。

「馬鹿なことを言うな。おれはおまえを買った覚えはない」

学英は否定した。

だが、今西沙織は怒りのこもった涙声になっていた。

「あいつが言ってた。おまえを李に五百万円で売ったんだって。李はおまえを五百万円で買ったんだって。わたしを物みたいに売ったり、買ったりして、許せない。わたしは犬なの、猫なの、なんなのよ」

今西沙織の激しい感情が学英の弁明を拒絶していた。

「あいつが何を言ったか知らないが、誤解だ。冷静になるんだ。おれは早くケリをつけたかった。おまえがあいつに抱かれてると思うと、胸が張り裂けそうだった。おまえをあいつから力ずくで奪うことも考えた。しかし、そんなことをすると、必ずどちらかに傷がつく。へたすると殺し合いになるかもしれない。そんなことは、おまえも望まないはずだ。

昨日、あいつから電話があって、金でケリをつけたいと言われた。要求額は五百万円だった。ことを穏便にとりはからうために、おれは五百万円を渡したんだ。おまえを売ったり、買ったりしたわけじゃねえ」

学英は今西沙織に対する心情を吐露した。しかし、今西沙織は受けつけなかった。

「お金ではなく、力ずくでわたしを奪ってほしかった。わたしはそれを望んでたのよ。あなたなら、あいつから力ずくで奪ってくれると思ってた。お金で売り買いされるなんて、絶対にいや！」

今西沙織はヒステリックな声をあげた。

「そこに与古田はいるのか」

学英は部屋に与古田がいるような気がしたので確かめた。

「いるわけないでしょ。出て行ったわ」

「これから、おまえの部屋にすぐ行く。話し合おう。会って話し合えば、わかるはずだ」

「こないで。わたしはいまから部屋を出ます」

そう言って今西沙織は電話を切った。

予想もしていなかった事態に学英はあわてふためいた。五百万円の件は絶対言わないよう釘をさしておいたのに、与古田は学英と今西沙織の間を引き裂くように最後の楔《くさび》を打ったのだ。

『あの野郎……おれをコケにしやがって……ただじゃおかねえ……』

学英は机の引出しからごつい指輪を取り出し、左手の指に二個、右手の指に三個をはめて店を出ると大久保通りでタクシーに乗り、中野の今西沙織のマンションに向かった。

学英の勘では、電話をしている今西沙織の側に与古田がいるような気がしたのだ。

マンションの前でタクシーから降りた学英は、今西沙織の住んでいる三階の角部屋を見上げた。だが、部屋の灯りは消えていた。念のため三階に上がり、今西沙織の部屋のドアの把手《とって》を回してみると、鍵が掛かっていた。仕方なく学英は店に帰ってきた。

閉店時間がきて従業員たちが帰って行ったが、学英は一人事務所に残って考え込んでいた。

「どうしたのよ、ふさぎ込んだりして」

衣装を着替えたタマゴが、考えごとをしている学英に言った。

「どうもわからねえ」

指に挟んでいる煙草の灰が落ちそうになっている。

「何がわからないのよ」

タマゴが灰皿を学英の前に差し出した。

「女という生きものがわからねえんだよ」

タマゴはあきれて、

「何寝惚《ねぼ》けたこと言ってんのよ、いまごろ。女はね、魔物なの。わかるぅ。これから『龍門』に行って食事をしようと思うんだけど、一緒に行かない?」

と言った。

「寝る前には食べない」

今西沙織と同じことを言って学英は煙草の灰を落とした。

「じゃあ先に出るわ。お疲れさま」

タマゴがそっけなく言って事務所を出ると、入れちがいにマネージャーがきて、

「店を閉めますが」

と言った。

「店はおれが閉めとく」

学英はもう少し残って考えごとをしたかった。

「そうですか。それではこれで失礼します」

マネージャーはホールの灯りを点けたまま帰っていった。

学英は疑念をいだいていた。与古田に口止めしておいたが、考えてみると与古田が五百万円の件を今西沙織にしゃべらないはずがないのだ。そして今西沙織から電話が掛かってきた。タイミングがよすぎるのだった。今西沙織はどこへ行ったのか。ホテルだろうか、それとも友達の部屋だろうか。学英は今西沙織の友達を知らなかった。あえていえば、バンドの仲間だが、みな男である。バンド仲間の男の部屋に行ったとは思えない。とすると与古田と行動を共にしている可能性がある。はめられたのか……。だが、学英は愛する女にはめられたとは考えたくなかった。

翌日、目を覚ましたのは正午頃だった。二日酔いで吐きそうになってトイレに駆け込んだが、唇の端から胃液が垂れてくるだけで何も出なかった。胸がむかむかして、全身の力が抜けていた。

昨夜、店を出たあと一人で大久保から新宿にかけて飲み歩いたのは覚えているが、どの店を飲み歩

き、何時に帰ってきたのかは覚えていなかった。左腕が痛むので見てみると、長さ六センチほどの傷を負っていた。傷口の血は止まっているが、シャツは血だらけになっている。喧嘩した記憶はない。おそらく何かに引っかけたか、足をもつれさせてころんだのだろう、と思った。それにしても飲み歩いた店を覚えていないというのははじめてのことである。

学英はシャワーを浴び、服を着て外出すると、まず腹ごしらえをした。二日酔いには腹ごしらえをして体力をつけることだった。

腹ごしらえを終え、大久保の店に向かっているとタマゴにばったり出くわした。夜遅くまで仕事をしている水商売関係の人間はたいがい昼過ぎまで寝ているものだが、タマゴは先を急ぐように歩いていた。

「どこ行くんだ」

と学英は訊いた。

「教会に行くのよ。そのあと『百玄宮』にもお参りしなきゃならないし」

「ふーん、ご苦労なこった」

神様のご託宣を信じて、毎日、教会やモスクや道教のお寺や運勢を占ってくれるムーダンを訪ね歩いているタマゴの切実な願いはかなうのだろうか、と思いながら、

「それじゃ、あとで」

と学英はまた店の方に歩きはじめた。

学英はふと立ち止まり、振り返ってタマゴの後ろ姿を見た。鮮やかなカーキ色のシャツとグリーン

のパンツをはいて、しなやかな肢体をくねらせながら歩いているタマゴの姿が、なんとなくわびしく映った。鉄治を愛している証しとして子供を欲しがっているのだが、それだけではない。タマゴは本物の女になりたがっているのだ。つい最近、ある雑誌で、男でも子宮が造れるという記事を読んだタマゴは、その手術を受けたいと本気で言っていた。それが鉄治の頭痛の種だった。タマゴならやりかねないからである。

クラブ「女王蜂」に着くと学英は事務所から今西沙織に電話を掛けてみた。しかし、誰も出なかった。

今西沙織は店を辞めるつもりなのか。もし今西沙織が辞めるとショータイムをとりやめなければならない。あるいは今西沙織の代りを早急に見つけなければならない。だが、今西沙織に代る歌手は考えられなかった。いずれにしても学英は一日待つことにした。

明日は今西沙織の出番である。それまでに今西沙織と連絡をとる方法を考えねばならない。

「女王蜂」の開店時間がきて従業員が出勤してきたが、学英は事務所の椅子に座って、身動《みじろ》ぎもせずに今西沙織からの電話を待っていた。

出勤してきたタマゴが憂鬱な顔をしている学英を見て、

「どうしたの？　怖い顔して」

と言った。

「沙織が部屋を出ちまったんだ」

「引っ越したの？」

「そうじゃない。消えちまったんだ」

「どうして?」

「わからん」

学英は怒ったような声で言った。

「あんたも病気ね。可哀相に」

タマゴは冷たくあしらって更衣室に入った。

しばらくして衣装を着替えて更衣室から出てきたタマゴが、

「店へくる途中、ピアニストの浅井さんに会ったけど、沙織は『紳士協定』を辞めたらしいわよ」

と言った。

「本当か」

学英は驚いた。

「いつ辞めたんだ」

と学英は訊いた。

「昨日、辞めたんだって。わたしも驚いたけど、ガクは知ってると思ってた」

学英の頭が混乱してきた。

昨夜、電話を掛けてきた今西沙織は、わたしを買ったのね、と涙声で学英を激しく非難しておきながら、その同じ日に「紳士協定」を辞めていたのだ。それはいったいどういうことなのか。

学英はピアニストの浅井から事情を聞くため「紳士協定」に行った。

「紳士協定」のショータイムは七時、八時、九時の三回である。学英はとりあえずいつものカウンターの席に座ってショーがはじまるのを待った。ショーがはじまるまでに学英はブランデーを六杯も飲んだが、顔は蒼白く殺気だっていた。触ると切れそうなほど全身が鋭利な刃物のようになっている。

ショータイムがはじまった。ピアノ、ドラム、ベースはいつものメンバーだったが、ボーカルは黒人男性だった。今西沙織が辞めたのは間違いなかった。昨夜、電話を掛けてきて学英を激しく非難したのは口実にすぎなかったのだ。それでも学英は今西沙織に裏切られたとは思いたくなかった。

ショータイムが終ると、学英は楽屋に行った。学英の姿を見て演奏していたメンバーは驚いた。

「ちょっと訊きたいことがある」

学英は浅井を楽屋から連れ出してカウンターのとまり木に座らせ、

「沙織は辞めたのか」

と訊いた。

「ええ、昨日、わたしに電話があって、辞めると言いました。突然だったので、つぎのボーカリストが見つかるまで待てないのか、と言ったんですが、急にニューヨークへ行くことになったと言うんですよ。ニューヨークには前から行きたいと言ってました。社長の了解は取ってあるのかと訊くと、取ってあると言ってました。だから社長は知っているものと思ってました。今夜、仕事が終ってから『女王蜂』に行って、社長と相談しようと思ってたんです」

浅井の話を聞いていると、今西沙織はまだ日本を出発していないように思われた。

「沙織は一人でニューヨークに行くのか」

「一人じゃないと思います。沙織の彼氏と一緒に行くと思います」

「沙織の彼氏は与古田という男か」

「そうです。よく知ってますね。与古田はわれわれのジャズ仲間で、ギタリストですよ。腕はいいんですが、ヤク中で、仕事の日程や時間を守らなかったり、仲間とよく喧嘩するので誰も相手にしなくなったんですよ。沙織が生活を支えていたんですが、ときどき暴力を振るわれてたらしいです。別れた方がいいんじゃないかと忠告してたんですがね、別れられないんですね。別れると与古田の才能が駄目になると言うんです。わたしとしては、それ以上、何も言えませんから。『女王蜂』で歌うことになったので、社長の力でなんとかなるのではないかと期待してたんですがね。なんせ沙織は美人ですし、それなりのファンもいましたから」

浅井は暗に学英と今西沙織の関係をほのめかした。

「沙織がいないとショーはできなくなる。どうする」

今西沙織のいないショーは意味がないと言わんばかりに学英は浅井に迫った。

「困りました。沙織に代るボーカリストはなかなか見つかりません」

浅井は匙《さじ》を投げているようだった。

「ショーは当分、中止するしかない」

ショータイムの中止は店にとって打撃だが、それ以上に、今西沙織の背信行為は学英にとって打撃だった。

二回目のショータイムの時間がきたので、

「それでは、また……」

と浅井はステージにもどった。

「紳士協定」を出た学英は、おのれの馬鹿さ加減に笑いがこみあげた。与古田と今西沙織を憎む気にもなれなかった。女を知りつくしているつもりでいたが、女をまったく知らなかったのだ。学英はいまさらのように女の不可解さを思い知らされたのだった。

17

ミイラとりがミイラになるとは、このことだ。女というのは、男が入れ込めば入れ込むほどつけあがり、逆に突き放すとしがみついてくる生き物なのだ。今西沙織の希望を何でもかなえてやろうと思っていたが、それは結局のところ《愛》の証しにはならないのだった。背が高く、ハンサムで、腕っぷしの強い学英は、女にもてる自負心があった。ところが今西沙織に振られてみると、その自負心には何の根拠もないことがわかった。今西沙織はヤク中で、暴力を振るう与古田となぜ別れられないのか。なぜ与古田のような男について行くのか。ギタリストとしての才能に惚れているのは確かだが、その才能を開花させるために自己犠牲をもいとわないというのは愛しているからではないのか。

今西沙織がいなくなってからショータイムは演奏だけになった。浅井はボーカリストを使いましょうとすすめたが、学英は使わなかった。そして学英は一日に一度、店に顔を出すだけで、あとはタマゴにまかせた。奇抜なスタイルと不思議な魅力でタマゴの人気は高かった。しかも従業員に対する統率力があった。タマゴは評判を呼び、新宿はむろんのこと赤坂、六本木あたりからも客が流れてきて、店は繁盛していた。店の経営は順調に見えたが、しかしタマゴには異変が起きていたのである。

ある日、タマゴは店が終ってから、いつものように三、四人のホステスを連れて「龍門」で夜食をとったあと、マンションに帰ってシャワーを浴び、寝室に置いてある大鏡の前で裸身をチェックした。タマゴは毎日、入浴のあと大鏡の前で体をチェックするのが習慣になっている。特に腰からヒップにかけての曲線には神経を使っていた。そのひきしまった腰の曲線が少したるんでいるように見えたのだ。注意深く観察するとお腹も少し張っている感じがした。

『夜食をとっているからだろうか?』

タマゴは翌日から夜食をやめた。美しい容姿を維持しようとする意志はなみなみならぬものがあった。三日に一度通っていた水泳を二日に一度の割合に増やし、月に一度だったエステも週に一度通うことにした。ニューハーフのタマゴにとって美しい容姿こそが自らの存在を誇示できる武器であった。しかし、いっこうに効果がない。

大鏡の前で裸身をチェックしていたタマゴは、ベッドに寝そべっている鉄治に、

「どうお、わたしの体。どこか変ったと思わない?」

と言った。

「別に……ナイスボディだ。おまえの体を見てると、すぐにやりたくなる」

鉄治はにやけた顔で言ったが、そのじつ、毎日鏡の前でボディをチェックしているタマゴにうんざりしていた。

「嬉しい! 今夜もわたしを愛して!」

そう言うとタマゴは鉄治のパンツを引きずりおろし、ふにゃけたペニスを口に含んで巧みな舌技で

勃起させると、騎乗位になって攻めたてるのだった。

「テツのものがわたしの中に入ってくるのよ。わたしとテツは強い絆《きずな》で結ばれてるのよ。わかる？」

酒に酔い、疲れきってその気のない鉄治だったが、タマゴの技巧に翻弄《ほんろう》され、あっけなく果てた。

疲れているときなど、たまに断ると、

「なによ、紀香とさんざんやりまくって疲れてるって言うの！　あの女に絞り取られて、わたしの分はないって言うの！」

と凄い剣幕で喰ってかかり、それから泣くのだった。その泣き声の奇妙な旋律が鉄治の欲望を刺激するのである。

日ごとに微妙に変化してくる体形にタマゴは畏れをいだいた。病気だろうか？　だが、自覚症状はまったくない。念のため、タマゴは半日の人間ドックに入って検査してもらったが、どこも悪くなかった。ひと安心したものの体形の微妙な変化は続いていた。

そして二ケ月もした頃、お腹が少し膨らんでいるのに気付いた。タマゴはいつものように鏡の前でお腹を撫でた。どうしてお腹が膨らんでいるのか？　この二ケ月、二日に一度の割合で水泳に通い、週に一度エステに通い、夜食をやめてダイエット食に徹していたのだ。お腹が出るはずがないのだった。

『もしかして……わたしは……妊娠したのでは……』

驚きと畏れと喜びの交錯した複雑な感情がよぎった。

この数ケ月、神々に祈ってきたが、願いがかなったのだろうか？

タマゴは壁に飾ってある神々の写真やポスターの前にひざまずき、両手を合わせて、

『神様、わたしは妊娠したのでしょうか？』

と問うた。だが、神々は沈黙していた。

深夜に酩酊して帰ってきた鉄治は、服を脱ぎ捨て、ベッドに横臥《おうが》したかと思うとすぐに大きな鼾《いびき》をかきはじめた。豚のように太った鉄治の太鼓腹が、呼吸をするたびにうねっている。何も知らずに口を開けて眠っている鉄治の寝顔が子供のようだった。生まれてくる子供は鉄治に似ているだろうか、とタマゴはぼんやり想像した。

いまの時点で鉄治に話すことはできなかった。しかし、誰かに話さずにはいられなかった。深夜にもかかわらず、タマゴは友人の朴美順に電話を掛けた。何回かベルを鳴らすと、やっと朴美順が電話口に出た。

眠っているところを起こされた朴美順は、

「どなたですか……？」

と迷惑そうな声で言った。

「わたしよ、タマゴ」

「タマゴ……こんな夜中にどうしたのよ」

抗議でもするように不機嫌そうな声だった。

「寝ているところを起こしてごめん。どうしてもあなたに話したいことがあるの。明日の午前中に四谷の教会で会ってくれない」

いつもとはちがうタマゴの切実な声に、

「急にどうしたの。何かあったの？　テツと別れたの？」

と朴美順は先走って言った。

「そうじゃないのよ。わたしとテツが別れるわけないでしょ。わたしたちは愛し合ってるのよ。テツは酔っぱらってベッドに寝てるけど、その寝顔が子供にそっくりなのよ」

「子供にそっくりって、誰の子供なの。テツに隠し子でもいたの」

「ちがうの。誰の子供でもないの。わたしたちの子供なの」

「テツとあなたの子供？　嘘でしょ。そんなことあり得ない」

「でも本当なの」

「わかった。明日の午前十一時に教会の前に行くわ。そのとき話を聞かせて」

眠そうな、困ったような声で、朴美順は教会で落ち合うことを約束して電話を切った。

タマゴは興奮して眠れなかった。お腹をさすりながら、

「マリア様、キリスト様、アラーの神様、仏様、関羽様、弁天様、三頭のお犬様、巫女様、わたしの願いを聞き届けて下さったのでしょうか」

と涙を流しながらお祈りを捧げた。

翌日、タマゴは四谷の教会の前で朴美順と落ち合った。平日の午前中は信者もまばらで静かだった。いつもは派手な恰好をしているタマゴだが、今日は黒のシャツに黒のパンツをはき、クロコダイルのバッグにサングラスと、黒ずくめだった。だが、金色とグリーンの髪がひときわ目だつ。

「ごめんね、夜中に電話を掛けたりして」

タマゴは昨夜のことを謝った。

「いいのよ。それより、何かあったの？」

と朴美順は訊いた。

「教会の中に入って話すわ」

タマゴと朴美順は教会に入って隅の席に座った。教会内には四、五人の信者しかいなかった。タマゴは敬虔な信者のように正面のキリスト像に向かって十字を切った。

それからタマゴは、

「わたしのお腹を触ってみて」

と朴美順の手を取ってお腹を触らせた。

「わからない？」

とタマゴが言った。

「別に……」

朴美順は不審そうな表情をしている。

「少し膨らんでるのよ。パンツのチャックが上まで閉まらないの。ほら」

タマゴは立ちあがって腰の部分を見せた。

「少し太ったんじゃない？」

と朴美順が言った。

「太るわけないでしょ。わたしは二日に一度、水泳に通い、週に一度、エステに通ってダイエット食に気をつかってるのよ。痩せこそすれ、太るわけないでしょ」

タマゴは無神経な朴美順に反発した。

「じゃあ、どうしてチャックが閉まらないの？」

「だから、それが問題なのよ」

薄暗い教会の中で、サングラスを掛けた黒ずくめのタマゴの容姿はミステリーじみていた。

「何が問題なの？」

と朴美順は訊いた。

タマゴは声をひそめて、

「妊娠しているかもしれないの」

と言って自分で驚き、手で口をふさいであたりを見回した。

「なんですって……」

驚きはしたが朴美順も声を落としていた。

「お腹が膨らんでるのよ。だからパンツがはけなくなってるの。わかる」

タマゴはまた朴美順の手を取って自分のお腹を触らせた。

「そんなこと、あり得ない」

「でも、あり得たのよ。神のご意志なの」

タマゴは真剣な声で言った。朴美順は、それ以上何も言わなかった。タマゴを傷つけることをおそれたようであった。

「このことはあなたにしか話してないの。テッにも話してないわ。だってテッに話したら、テッは心臓発作を起こすかもしれない。わたしは誰かに話さずにはいられなかったの。だからあなたに話したの。あなたに聞いてもらいたかったの。神々のところへ導いてくれたのはあなたでしょ。韓国の巫女さんの予言は当ったのよ。奇跡が起こったのよ」

興奮してタマゴの声がしだいに大きくなる。

朴美順は口に指をあて、「シーッ」と注意した。タマゴも口に指をあて、「シーッ」と自重して口をつぐむと誰かに盗み聞きされていないか、あたりを見回した。そして正面のキリスト像を見上げた。まるで祝福されているようだった。タマゴの頬に一筋の涙が流れた。

タマゴの思いが以心伝心したのか、朴美順もいつしか興奮して、

「信じる者は救われると言うけど、あなたは救われたのかもしれない。でも、まだ誰にも言わない方がいいわ。あたしも誰にも言わないから」

と秘密を守ることを約束をした。

二人は教会を出て、ホテルニューオータニで食事をした。

「不思議な気持。急に母性愛に目覚めたというか、子供を見ると愛《いと》しくて仕方ないの。自分の子供をこの腕に抱けたら、どんなに幸せだろうと思う」

タマゴは食後のコーヒーを飲みながらうっとりしていた。

「これからは酒も煙草もやめる。店はわたしがママだから当分辞められないけど、夜ふかしもやめ

る」

　タマゴの表情に強い意志がみなぎっていた。

「あなたが羨しい。あたしもあなたのようになりたい。子供を産みたいわけではないの。あなたのように自分を信じたいの」

「あなたも自分を信じるのよ。信じる者は救われるのよ」

　タマゴが言うと妙に実感がこもっていた。

「そうね。でもあたしの場合、自分ほどたよりないものはないのよ。あたしの人生は結局、中途半端なままで終るのね」

「そんなこと言わないで。わたしはあなたに救われたのよ。あなたがわたしを救ってくれたの。そんなこと言われると、わたしはどうすればいいの。わたしだって不安なのよ。でも妊娠したのよ。わたしは何度も、これは夢ではない、現実なんだって、自分に言い聞かせた。人はきっとわたしを好奇の目で見ると思うわ。子供はニューハーフから生まれたと言われて晒し者になるかもしれない。それでもわたしは産みたいの。テツを愛してるから産みたいの。子供はテツとわたしの愛の結晶なのよ。そうでしょ」

　タマゴは子供を産んだ先のことをいろいろ考えていた。ニューハーフの子供として差別されるのではないか。十五歳のとき女に目覚め、それ以来、好奇の目に晒され、親兄弟にまで差別されてきたことを思うと生まれてくる子供が可哀相だった。けれどもこれからの社会は、きっとそんな子供でも受け入れてくれるにちがいないと信じていた。信じなければ生きていくことができないからだ。

「ねえ、美順、ちょっと買い物につき合ってくれない」

タマゴが遠慮がちに言った。

「どこ行くの」

「新宿伊勢丹」

「いいわよ」

タマゴが会計をすませて二人はホテル前に待機しているタクシーに乗り、新宿伊勢丹前で降りた。交差点には人が蟻《あり》のように群がっている。信号が青に変ると人々はいっせいに横断歩道を渡りだした。赤信号にもかかわらず突っ込んできた自家用車が横断歩道の真ん中に停まって歩行者の横断を妨げていた。歩行者の一人が自家用車の後部を蹴飛ばした。

車から出てきた三十歳くらいの男がタマゴを睨みつけて、

「車を蹴ったのはおまえか！　このオカマ野郎！」

と蔑《さげす》んだ。

「なんだって、もう一度言ってみろ！」

と言うや否やタマゴの拳が相手の顎をとらえた。タイミングのよさもあったが、パンチの切れもよかった。顎に一撃を喰らった男はのけぞってよろめき、体勢を立て直そうとするところを今度はタマゴの左の拳が相手のこめかみをとらえた。相手の男はたまらず膝をついてタマゴを見上げるような姿勢になった。タマゴはすかさず足で男の顔面を蹴りあげた。その間わずか五秒ほどであった。横断歩道を渡っていた群衆は何が起こったのか、ほとんど知らなかった。

鼻血を流し、男はみじめな顔をしていた。ニューハーフをあなどったのが間違いだったのだ。もとをただせば男なのである。タマゴは群衆にまぎれて、その場を悠々と去った。

「凄い！　強いのね。胸がすーっとしたわ」

朴美順は感嘆した。

「先手必勝よ。怯《ひる》むと駄目なのよ。テツがいたら、肋骨の二、三本は折られてるわね。ガクがいたら、顔の形が崩れてたわよ」

タマゴは澄ました顔をしている。

「あなたって度胸があるのね」

朴美順は羨望《せんぼう》の眼差しでタマゴを見た。

「テツとガクが大勢の男を相手に喧嘩してるのを何度も見てるから、わたしも自然に喧嘩のやり方を覚えたのよ」

伊勢丹に入った二人は化粧品売り場を丹念に見て回り、何点か買うと、エスカレーターで子供服売り場に行った。

タマゴは小さなベビー服を手に取って見ながら、

「可愛いわね」

と相好を崩した。

「ベビー服を買うつもり？」

朴美順が訊くと、

「そうよ、生まれてくる赤ちゃんの服を買おうと思って。ねえ、どれがいいかしら」

とタマゴは朴美順の意見を求めた。

「服を買うのは、まだ早いんじゃない」

しかしタマゴは楽しそうにベビー服を選んでいる。朴美順は仕方なく、

「そうね、これなんか可愛いわね、ふりふりのレースがついていて」

と胸に白いレースのついているピンクの服を選んだ。

「可愛いけど、もし男の子だったらピンクは似合わないし、どうしよう……」

「じゃあ、水色のこれなんかどうお」

朴美順は男の子の服を取りあげた。

「迷うわね。あなたはどっちがいいと思う?」

タマゴは女子店員に訊いた。

「そうですね。男の子か女の子かわからないときは、白がいいと思います。白ならどちらにも合いますから」

女子店員のアドバイスに、

「そうよね。白ならどちらにも合うわよね」

タマゴは合点して白の服を買った。

レジに並んでいる間タマゴは浮きうきしていた。

会計をすますと婦人服売り場に行き、妊婦に似合いそうな服を探した。二階から四階までの婦人服

売り場を何回も行ったりきたりしながら一時間以上かけてやっと一着買った。

そしてデパートを出たとたん、

「やっぱり駄目ね、この服」

と婦人服売り場にもどって返品し、今度はブランド品の売り場を見て回り、結局、婦人服は買わなかった。

タマゴに振り回されて朴美順は疲れた表情をしてた。

時刻は五時にさしかかっている。

「もうこんな時間なの。ごめんね、何時間もつき合わせて。わたしが妊娠してるってことは誰にも言わないでね」

タマゴは念を押して朴美順と別れたが、一人になると朴美順に打ち明けるのではなかったと急に後悔した。タマゴ自身、実際に妊娠しているのかどうか判然としないのだ。

タマゴはベビー服が入っているデパートの紙袋を提げてとぼとぼと歩き、道教の「百玄宮」にきた。出勤前の台湾人ホステスが祭壇に向かって線香をかかげて拝跪している。タマゴも入口で線香をかかげて祭壇から拝跪し、三頭の犬と関羽と弁天様に自らの運命を託した。

そこへ宮主の羅祝英さんが現れた。

「宮主様、わたしの運勢を占ってもらえないでしょうか」

タマゴはすがる思いで頼んだ。

「何か心配ごとがあるのですか」

と宮主は訊いた。

「はい、誰にも言えない悩みがあります」

タマゴは妊娠しているとは言えなかった。

それを言うと否定されそうな気がしたのである。タマゴは宮主にこころの不安を払拭してもらいたかった。

宮主はさっそく忍者のように指を二本立て、瞑目《めいもく》すると呼吸を整え、気を集めてはーっと息を吐いた。瞼を閉じて正座していたタマゴは一瞬、宙に浮いたように感じた。全身がだるくなり、虚脱状態に陥った。そして胸に痛みを覚えた。肉体的な痛みと精神的な痛みが張り合い、引き裂かれていくようだった。タマゴは苦痛に耐えきれず呻き声をもらした。

「エイッ！」という宮主の気合で、タマゴは真っ暗闇から突然、眩《まぶ》しい光の中に出た。瞼を開けると宮主がほほえんでいた。

「あなたの中から邪気を追い払いました」

そう言われてタマゴは不思議な安堵感を覚えた。

一瞬の出来事と思っていたが、三十分が過ぎていた。その間、眠っていたのだろうか？　あの胸の痛みは何だったのか？　耐えきれない痛みに思わず呻き声をあげたとき、暗闇から突然、時を超え、光の中に出て不思議な解放感を味わったのだった。

タマゴはいったんマンションの部屋に帰り、整理タンスの隅にベビー服を隠した。鉄治は整理タンスを開けることはないが、ことの真偽が明確になるまで、つまり妊娠がはっきりするまでベビー服に希望を託そうと思った。

タマゴは服を脱ぎ、鏡に裸の姿を映した。そしてふっくらと膨らんでいるお腹の中に新しい生命が躍動しているにちがいないと信じた。タマゴは独りほくそえみ、洋服タンスから真っ赤なドレスを取り出して身に着けた。鏡の中には、いつもの華やかなタマゴの姿があった。

18

タマゴが出勤すると、店の中がぱっと華やいだ雰囲気になる。真っ赤なドレスを着たタマゴは、これ見よがしにテーブルの間を行ったりきたりしていた。美しい容姿を見せびらかすためではなく、少し膨らんでいるお腹に気付いてほしいからであった。だが、誰も気付いてくれなかった。タマゴのスタイルの素晴らしさは自他ともに認めるところであり、かりに少し膨らんでいるお腹に気付いたとしても、そのことを口にできる者はいない。もし口にすると、タマゴの逆鱗《げきりん》に触れるからである。しかし、いまのタマゴは誰かに気付いてほしいと思っていた。

テーブルに着いたタマゴは、客からつがれたアルコール類を飲まなかった。アルコールに強いタマゴは客からつがれるがままに浴びるほど飲んでいたが、数日前から断酒していた。ひっきりなしにふかしていた煙草もぴたっとやめた。店が終ったあと、ホステスを何人か誘って「龍門」をはじめレストランで食事をとっていたが、それもやめたので、ホステスの間では体調が悪いのではないかと囁かれていた。しかしホステスたちも、少し膨らんでいるお腹には気付かなかったのである。

誰かが気付くまで黙っているつもりだったが、タマゴはみんなに告白したくてうずうずしていた。そしてやはり、今夜鉄治に告白しようと決めた。周囲の誰かが気付いてくれるまで黙っているのはタマゴの性格上、耐え難い苦痛だった。

店が終って事務所をのぞいて見ると、学英がしょんぼりしていた。

「元気出しなさいよ。女の一人や二人、どうってことないじゃない。女は星の数ほどいるんだから。ガクがその気になれば、寝てくれる女はいくらでもいるでしょ」

一人の女のために、こんなにうじうじしている学英を見るのははじめてだった。タマゴは歯がゆくて仕方なかった。

「どう考えても、沙織が男とニューヨークへ行ったとは思えない。東京のどこかにいるはずだ」

学英は出口の見つからない迷宮の中で同じ回廊をめぐっていた。

「東京にいようと、ニューヨークへ行こうと、もういいじゃない。所詮、それだけの女だったのよ」

タマゴは今西沙織を蔑むように言って、

「沙織を捜してどうするの?」

と訊いた。

「沙織に訊きたいことがある」

「訊きたいことって、何よ?」

「おれを愛していたのか、愛していなかったのか」

「あきれた、馬鹿じゃないの。愛してないに決まってるじゃない。愛してたら、男と逃げたりしないわよ」

恋の病いに効く薬はないというが、まったくその通りだと思いながら、タマゴは事務所をあとにした。そして大久保通りでタクシーに乗って自宅マンションに帰り鍵を差し込んでみると、ドアに鍵は掛かっていなかった。鉄治が鍵を掛け忘れたのだろうと思い、『あの野郎、注意しなくちゃ……』と思いながら部屋に入ったタマゴは息を呑んだ。ソファとベッドが切り裂かれて中の素材が引きずり出され、ポリウレタンや綿や羽毛が部屋に飛び散り、壁に飾ってあった神々の写真やポスターも引きちぎられていた。ベッドの上に敷いてあった鉄治お気に入りの虎の皮も鋭利な刃物で切り裂かれ、虎の頭は無残に割られていた。

タマゴは動転した。泥棒に入られたのは明らかであった。タマゴはすぐさま警察に通報しようと一一〇番をプッシュしかけたが思い直した。警察に通報する前に鉄治と学英に知らせるべきだと思った。直感的にただの物盗《ものと》りではないと思ったのだ。

タマゴは「龍門」の事務所に電話したが誰も出なかった。鉄治はどこかで飲んでいるにちがいなかった。そこで鉄治の携帯電話に掛けてみたが、「ただいま電話に出ることができません。ピーという発信音のあとに、お名前とご用件をお話し下さい」というアナウンスが返ってきた。いつもこうだ。携帯電話が鳴っても鉄治はまったく気付かない。なんのために携帯電話を持っているのか意味がないのだった。

タマゴは学英の携帯電話に掛けた。二、三回コール音が鳴って学英が出た。

「もしもし、ガク、わたし……」

タマゴの切迫した声に、

「どうしたんだ?」

と学英が訊いた。

「部屋の中が荒らされてるのよ。テツの携帯に掛けたんだけど、出ないのよ。たぶんどこかの飲み屋にいると思うから捜してくれない。早くしてね」

「警察に連絡したのか？」

「してない」

「警察には連絡するな。おれとテツが行ってから判断する」

電話を切った学英は不吉な予感を覚えた。

学英はバー「吉野」に直行した。

ドアを開けると、

「いらっしゃい」

とママが言った。

「テツはきてないのか」

と学英は訊いた。

「きてたけど出掛けたわ」

ママの返事が曖昧だったので、カウンターの中のバーテンを見ると、頭を掻いている。

ホステスの紀香がいない。

「どこのホテルに行った」

学英はバーテンに詰め寄った。

バーテンの吉本は言っていいものかどうか迷っているようだ。

「急用があるんだ。どこのホテルにしけ込んでるんだ」

店にいる三人の客が迷惑そうな顔をしている。

ママが学英の耳元で、

「オリエントよ」

と低い声で教えた。

ホテル「オリエント」はバー「吉野」の目と鼻の先である。もう少し離れたホテルに行けばいいのに無神経な奴だと思いながら、五十メートルしか離れていないホテル「オリエント」に行って受付で鉄治のことを尋ねると、受付の女が部屋に電話を入れた。そして学英と電話を代った。

「おれだ。お楽しみのところを邪魔して悪いが、タマゴから電話があって、部屋の中が荒らされているそうだ。おまえとおれが行くまで警察には連絡するなと言ってある。どうする。もう少し楽しんでるか、それともすぐに行くか、返事してくれ」

「すぐ行く」と言って鉄治は二分後に部屋から一人で出てきた。

手で髪の毛を整えながらネクタイとベルトを締め直している。

「おれがホテルにいたことをタマゴには言うなよ」

大きな図体に似合わず鉄治はタマゴのヒステリックな非難を畏れているのだ。

「おれが言わなくても、タマゴは先刻お見透しだよ」

「『たまり場』にいたことにしてくれ」

「『たまり場』なんかには、めったに行かないくせに、かえって疑われるぜ」

「めったに行かないからタマゴにはわかんないんだよ」

あれこれ言い訳を考えながらマンションに帰ってきた鉄治は、部屋を見て茫然とした。

「ひどいな、こんなに荒らされてるとは……」

足の踏み場もないほど荒らされている部屋に学英も立ちつくした。

「どこ行ってたのよ。あちこち捜したのに」

タマゴの目は疑惑の色に染まっている。

「久しぶりによ、『たまり場』で飲んでたんだ」

「あら、そう。『たまり場』に電話を入れたけど、きていません、と言ってたわよ。どうせ紀香としけ込んでたんでしょ」

「ちがうってば。ガクに訊いてみろ。ガクが証明してくれるよ」

鉄治は学英の応援を求めたが、すでにお見透しのタマゴに弁明するのは火に油をそそぐようなものだ。学英は、

「そんなことより、どうする。警察に通報するのか」

と話題を変えた。

「いや、ちょっと待て。ソファやベッドを切り裂き、虎の頭まで割ってるのはおかしい。単なる物盗りとは思えない」

切り裂かれ、頭が割られている虎の皮にふたたび目を移し、鉄治は激しい憤りを口にした。

「なんで頭まで割りやがるんだ」

鉄治が割られた虎の頭をいとおしそうに抱きかかえて頰ずりをしたとき、手に白いものが附着した。それを舌先で舐めた鉄治の顔色が変わった。

「ヤクだ」

割られた頭の部分にほんの少し附着している白い粉のようなものを今度は学英が指先につけて舌先で舐めた。

「間違いねえ。ヤクだ」

学英も顔色を変えた。

何者かが麻薬を捜すために部屋を荒らし、虎の頭の中に隠してあった麻薬を見つけて持ち去ったのだろう。

劉周達に誘われて高田馬場の長屋に連れて行かれ、そこで大量の漢方薬を売りつけられそうになったが、結局、鉄治は虎の皮を買って帰ってきた。おそらく鉄治に虎の皮を売った男は、虎の頭の中に麻薬が隠されていたことを知らなかったのだろう。そして後日、虎の頭の中に麻薬が隠してあるのを知り、取り返しにきたにちがいない。そう解釈すれば辻つまが合う。

「警察には知らせない方がいい。警察に知らせると、おれたちが犯人にされちまう」

学英は警戒心を高めた。

「これだけですむとは思えない。奴らはまたくるんじゃないのか」

鉄治が言った。

「ヤクを見つけて持って行ったのに、またくるって言うの?」

タマゴは怯えていた。

「そういう連中だ。まだどこかに隠してると思ってるんだ」

「だってわたしたちにはヤクなんか関係ないじゃん。どうしてこうなるの」

タマゴは引きちぎられた神々のポスターや写真を拾い集めながら泣きだしそうに言った。これで神々のご利益がなくなるのではないかと心配しているにちがいない。

「ここにはもうこないと思うが、『龍門』にくるかもしれねえ」

鉄治が不隠なことを言う。

「『龍門』に? どうしてだ」

「龍門」の三階に寝泊りしている学英は、あり得ないことではないと思った。

「どうして『龍門』が襲われるの?」

鉄治の言っている意味がわからないタマゴは問い質した。

「劉周達が殺されたのは、どこかにヤクを隠していたからだ。そのヤクを別の組織に転売しようとして殺されたんだ。そのヤクは、『龍門』のどこかに隠されていると思う。だから奴らは『龍門』をよこせとおれたちを脅迫してるんだ」

鉄治はまるでヤクの隠し場所を知っているかのように言った。

「どうしてそんなことがわかる。『龍門』にヤクを隠してるとは思えない。いったい『龍門』のどこに隠せる場所がある。天井裏か、床下か、それとも壁の中か。おまえは考えすぎだ」

「そうかな。部屋を荒らされたのは警告だと思う。そのうち奴らから連絡があるはずだ。せいぜい気をつけようぜ」

見えない敵にどう対処すればいいのか。学英は不気味さを覚えた。

「『龍門』の設計図があるはずだ。その設計図を見れば、『龍門』の構造がわかる。おそらくどこかに隠し部屋があると思う」

鉄治が突飛なことを言いだした。

「おれは『龍門』の隅から隅まで知ってる。しかし、隠し部屋がありそうなところはない」

学英はあくまで否定した。実際、「龍門」は完璧なまでに無駄のない建物なのである。隠し部屋があるとは考えられなかった。

「隠し部屋がすぐに見つかるようでは隠し部屋とはいえない。見つからないから隠し部屋なんだ。おれの勘に狂いはねえ」

何かにつけて、おれの勘に狂いはねえ、というのが鉄治の口癖である。

「だけど、テツの勘は当ったためしがないじゃない」

タマゴは床にへたり込み、怨めしそうに言った。

「とにかく今夜はホテルに泊ろう。ガクも『龍門』の三階の部屋を引き払った方がいいんじゃねえのか。あの三階の部屋はどうも落ち着かねえ」

「龍門」にもどった学英は、閉店した店の中に一人佇《たたず》み、耳を澄ました。この広い店のどこかに隠し部屋があるのだろうか？　と周囲を見回した。玄関を入ると二階の天井まで吹き抜けになっているが、その中央に太い柱が屹立《きつりつ》している。そしてその柱には皇帝の象徴である昇り龍の彫刻がほどこされ、天井には碧玉《へきぎょく》を握った龍が彫られ鋭い眼光であたりを睥睨《へいげい》していた。

学英は三階の部屋にあがり灯りを点けると、ソファに腰掛けて煙草に火を点けた。そして考えた。もし「龍門」に隠し部屋があり、そこに麻薬が隠されているとしたら、奴らは必ず侵入してくるだろう。その前に手を打たねばならない。

翌日の午前十時頃、鉄治が「龍門」にきて、池沢と金正信に何者かに荒らされたマンションの部屋を片づけるよう命じ、学英を叩き起こした。

「こんなに朝早くくるとは、珍しいな」

叩き起こされた学英は歯を磨き、シャワーを浴びた。

「ひとを待たせて、歯を磨いたり、シャワーを浴びたり、よくできるな」

悠長な学英にいらだったように鉄治が言った。

「おれは起きたら、歯を磨き、シャワーを浴びないと気持悪くて何もする気になれないんだ」

それから電気カミソリで髭を剃り、クリームを塗って髪をとかした。

「女みたいだな、おまえは」

「男のたしなみだよ。おまえみたいに二、三日歯も磨かず、風呂にも入らない奴とタマゴはよくつき合ってられるよ。おれが女だったら、一日ともたない」

「あいにくタマゴは男だ」

「まったく、世の中はうまくできてる。おまえみたいに不潔な男でも、女に不自由しないのが不思議だ。もっとも女は不思議な生きものだけどよ」

二人はひとしきり、挨拶がわりに皮肉を述べ合った。

「これから設計図を探すんだ。どこかにあるはずだ」

思い込みの強い鉄治は、店の設計図がどこかにあると信じて疑わなかった。

仕方なく学英も探すことにした。まず部屋の中を徹底的に探した。天井裏や床下や壁の内側にいたるまで探したが、設計図は出てこなかった。つぎは事務所を探したが、やはり見つからなかった。ランチタイムの用意に追われている従業員に手伝わせて店の中と厨房も探したが、何も出てこなかった。

「おかしいな……」

事務所で社長の椅子に座った鉄治は脚を机に投げ出し、自分の思い込みを訂正しようとはしなかった。

「劉周達が持っていたにちがいない」

なんの根拠もないのに、鉄治はあくまで隠し部屋があると確信していた。

しかし、劉周達の住んでいたマンションの部屋は他人に渡っていた。

「この店を建築した会社にならば設計図があるはずだ」

鉄治の思い込みはますますエスカレートしていく。

鉄治はさっそく権利証を調べて建設会社に電話を入れた。そして、荒らされた鉄治の部屋を片づけて帰ってきた池沢にベンツを運転させて、自由が丘にある建設会社に赴いた。

応対に出てきた五十歳くらいの社長が、

「一週間ほど前、劉周達さんの甥ごさんが設計図を持って行きました」

と言った。

「なんだって！」

鉄治は愕然とした。鉄治の思い込みは当っていたのだ。

劉周達の甥といえば前の料理長の劉光源である。その劉光源が、いったい何のために設計図を持って行ったのか。「龍門」はおれのものだと叫び、中華包丁を振りかざして鉄治に斬りかかった男である。「龍門」にもどった鉄治と学英は思わぬ結果に考え込んでしまった。

「光源はマフィアとつながりがあるんじゃないか」

沈思黙考していた学英が言った。

「おれもそう思う。だとすると、劉周達を殺ったのはあいつかもしれない」

劉周達が殺害されたとき、鉄治は劉光源を犯人だと決めつけていたが、いまになってみると、その可能性は否定できなかった。

「おれの勘が当るときはヤバイんだ。光源の野郎は近々、必ず店に現れる。そのときはドンパチがはじまるぜ」

鉄治の言葉に、いやな予感が学英の脳裏をかすめた。かつて縄張り争いが終息しそうに思えたとき、闇討ちに遭い、鉄治はどてっ腹を刺され、学英も刺されそうになった。幸い鉄治は一命をとりとめたものの、それは始まりにすぎなかったのである。そのときの悪夢が学英の脳裏をよぎったのだ。

「早いとこ、この店を売っちまうことだ」

と学英が言った。

「もう手遅れだ。奴らはヤクを手に入れるまで、おれたちを狙ってくる」

「ヤクはいったいどこにあるんだ。ヤクは隠し部屋にあるのか？　その隠し部屋はどこにあるんだ。おれたちにはまったく関係ねえんだよ」

冷静な学英が焦っていた。

「しかし、それを証明しない限り、奴らは追ってくる」

「どうやって証明するんだ？」

「だから隠し部屋を見つけるしかねえんだよ」

二人の話は堂々めぐりしていた。

結局、闘うしかなかった。

「おれにもチャカをくれ」

鉄治も拳銃を持つことにした。

学英は三階の部屋から拳銃を取ってきて鉄治に渡した。拳銃を握った鉄治は腕を伸ばし、狙いを定めて引き金を引いた。「カチッ！」という冷たい撃鉄の音が空《むな》しく響いた。鉄治と学英は恐ろしい予兆に体をこわばらせた。

19

数日後の午後七時頃、大久保通りの路肩に五台の覆面パトカーと三台の護送車が停車し、続いてテレビ局や新聞社の数台の車が停まった。そして覆面パトカーの中から十数人の私服刑事が降りてくると、テレビ局と新聞社の人間も車から降りてあとを追った。四方に散った刑事たちは、大久保界隈にある韓国美容院に踏み込み、不法就労者の一斉摘発を行った。

クラブ「女王蜂」の隣にも韓国美容院がある。黄色い点滅電球に縁どられた派手な看板をかかげて二十四時間営業していた。料金はカット千円が売りだった。安い、早い、丁寧の理髪店でも千五百円だが、韓国美容院は、それより安いので利用客が多かった。クラブ「女王蜂」のホステスたちも急ぎのときは、隣の韓国美容院を利用していた。その美容院に刑事が踏み込み、従業員にパスポートとビザと美容師の資格免許証の提示を求めた。しかし、従業員のビザは全員期限が切れており、美容師の資格免許証も持っていなかったので、全員が逮捕され、護送車に乗せられた。その光景をテレビカメラと新聞記者が追っていた。

大久保界隈はものものしい雰囲気に包まれ、騒然としていた。出勤の途中、それらの光景を見たタマゴは胸騒ぎを覚えて足早にクラブ「女王蜂」にくると事務所に入り、「龍門」に電話を掛けた。

電話に出た鉄治に、

「大久保の美容院で働いてる韓国人がみんな逮捕されてる。『龍門』は大丈夫?」

と言った。

「なんだって、韓国人が逮捕されてる? どうしてだ?」

能天気な鉄治にタマゴの言葉の意味が理解できないようだ。

「『龍門』で働いてる従業員は台湾人が多いでしょ。みんなビザの期限は大丈夫なの」

「龍門」の従業員の三分の二は台湾人である。「龍門」を劉周達から買い取った鉄治は、従業員のパスポートやビザの期限を調べずに使っていたのだ。

「そう言われると、調べたことねえな」

鉄治は呑ん気なことを言う。

「すぐ調べなさいよ。誰かに密告されたら、おしまいよ」

「密告」という言葉に鉄治は反応した。

「誰が密告するんだ?」

「誰がするかわからないから『密告』っていうのよ。たとえば店を乗っ取ろうとしている連中とか
……」

「店を乗っ取ろうとしている連中……? そうか、そこまでは気がつかなかった。これからすぐ調べる」

鉄治は電話を切るとさっそく池沢部長を事務所に呼んだ。

「いまからすぐ、従業員のパスポートとビザの期限を調べろ。大久保で韓国美容院が警察の手入れを受けて、みんなしょっぴかれたらしい。この店を乗っ取ろうとしてる連中に密告されるかもしれない」

「誰が店を乗っ取ろうとしてるんですか?」

と池沢部長は訊いた。

「誰だかわからないから『密告』っていうんだ」

鉄治はタマゴの言葉を受け売りして池沢部長を急かせた。

夕食どきの店は満席だった。九時過ぎになると夕食の客が減り、店は落ち着いてくる。それまで待つことにした。厨房には台湾人が五人、日本人が二人、ホールには台湾人が四人、日本人と在日韓国人が合わせて五人いる。

十時から台湾人の従業員を一人ずつ事務所に呼び、大久保で警察の手入れがあったことを説明して、パスポートとビザの提出を求めた。

更衣室からパスポートとビザを持ってきた九人の台湾人のうち二人が期限切れで、四人があと一、二ケ月しかなかった。

「おまえたち二人は明日から店にくるんじゃねえ。すぐに台湾に帰って、もう一度、出直してこい。旅費は出してやる」

鉄治はビザの期限が切れている二人の台湾人を追い出しにかかった。

「でも、期限が切れていると逮捕されます」

二十代の調理師見習い、孫東雲が不安そうに言った。

「ビザの期限が切れても働いてる人は大勢います」

三十代の調理師は、突然、店を追い出すのは理不尽であると言うのだった。

「どうすりゃあいいんだ。警察の手入れを受けるまで働かせろって言うのか。おまえたちをこのまま働かせて警察の手入れを受けたら、店は営業停止になっちまう。それでもいいのか」

二人の台湾人はうつむいたまま黙っていた。

「遅かれ早かれ、警察に目をつけられて手入れされる。その前に手を打たないと、おれも逮捕されるんだ」

鉄治は危機感をつのらせて言ったが、二人の台湾人は不服そうだった。

「こうしよう。四人はあと一、二ヶ月でビザの期限が切れる。それまでに順次台湾に帰り、入れ代りに、おまえたち二人が店にもどってくる。そうすれば問題はない。外国人を雇ってる店は、みんなそうしてるんだ」

鉄治は説得したが、二人の台湾人は納得していないようだった。

「台湾に帰って、また日本にくるまで仕事がないです」

三十代の調理師が言った。

「その間、給料を保証しろって言うのか。冗談じゃねえ。そんなことしたら店は赤字だ。それだったら、日本人を雇ってる方がまだましだ。そうだろう。日本人を雇ってれば、何の心配もねえんだからよ」

鉄治がつい本音を口にしてしまったので、二人以外の台湾人の間にも動揺がひろがった。

翌日、二人の台湾人は出勤しなかった。どうやら帰国する意思はなく、他の店に勤めて、不法滞在を続けるつもりらしい。在日台湾人の間には相互扶助の組織がある。その組織に頼ったのだろう。問題は動揺している他の台湾人従業員たちである。

「だからはじめから、ちゃんと調べておけばよかったんだ。いまごろあわてたってしょうがねえだろう。おまえは呑ん気すぎるんだよ。状況をまったく把握してない」

タマゴと一緒に「龍門」にやってきた学英が、ソファにふんぞり返って鼻糞をほじくりながらテレビニュースを観ている鉄治を責めた。

テレビには、昨夜、不法就労で逮捕され護送車に乗せられている韓国人女性たちが映っていた。

二人が責任のなすり合いをはじめたので

「言い争ってもしょうがないじゃん。それより、これからどうすんのよ。台湾人の従業員は、みんな辞めちまうよ」

なにかにつけてすぐに口論をはじめる二人にうんざりしたようにタマゴは先行きを懸念する言葉をぶつけた。

「辞めたかったら、辞めりゃいいんだ。どこへ行ったって、デカに睨まれるんだから」

鉄治は貧乏ゆすりをしながら言った。

「貧乏ゆすりはやめてよ。貧乏ゆすりすると、お金が逃げていくって言うから」

とタマゴが言った。

気持が落ち着かないとき、鉄治はやたら貧乏ゆすりをするのだ。

「貧乏ゆすりをしてんじゃねえ。運動してんだ」

鉄治は強弁して、貧乏ゆすりをやめようとしない。

「今夜にでも、店が終ったらみんなを集めて、今後の対策を練ることだ」

と学英が言った。

「そうよ、学英の言う通りよ。テツはすぐ捨て鉢になるんだから」

「悪かったな。いちいち説得するのが面倒臭いんだよ。あとはガクが適当にやってくれ」

鉄治は投げやりな台詞を吐くと、事務所を出ていった。

「気楽なもんだぜ。あとは適当にやってくれと言うんだったら、この店を売っちまうのが一番てっとり早いんだ。ところがテツは店を絶対に手放そうとしない。見栄っぱりなんだ、あいつは」

「ガクだって見栄っぱりでしょ。あんなクラブなんか造ってさ。沙織は男と逃げてしまうし、クラブをやってもしょうがないでしょ」

タマゴは皮肉をこめて言った。

「沙織はいつか帰ってくる」

「まだそんなこと言ってるの。あきれた。沙織が帰ってくるわけないでしょ。裏切った女を受け入れるつもりなの」

タマゴはまるで恋敵《こいがたき》を糾弾するかのように言った。

「沙織はおれのとこ以外、行くとこがねえんだ」

「あら、そう。何も言うことないわね。わたしは店に行くけど、ガクはどうするの？」

タマゴはまるで妊婦のようにお腹にそっと手をあて、ゆっくり立って学英の返事を待った。

「おれはもう少し、ここにいる」

「どうせ飲みに行くんでしょ」

そう言ってタマゴは事務所をあとにした。


鉄治は電話で紀香を呼び出し、ホテルにしけ込んでいた。

鉄治に抱かれたあと、紀香は、

「ねえ、聞いてくれる……」

と言いにくそうに切りだした。

「なんなんだよ。言いたいことがあったら言えよ」

鉄治の胸に寄りそいながら紀香は躊躇していた。

「実は、前から話そうと思ってたんだけど、つい言いそびれて……」

紀香のまどろっこしい話し方に、

「だからなんなんだよ。はっきり言えよ」

と鉄治はいらだった。

「妊娠してるの」

紀香はやっと言った。

「なんだって、妊娠してる?」

青天の霹靂《へきれき》である。

「六ヶ月なの」

「六ヶ月!」

鉄治は飛び起き、紀香の腹部を見つめるとおもむろに触った。紀香の白い柔らかな腹部は弾力があり、すべすべしていた。

「全然、膨らんでねえじゃねえか」

実際、紀香の腹部はいつもと変らないように思えた。

「そうなの、あまり目だたなかったの。だから、テッに言えなかったのよ。でも最近は目だつようになってきたわ。ママに言われたのよ、妊娠してるんでしょって。わたしは妊娠してるって答えたわ」

「まじかよ。六ヶ月? それで、どうすんだ」

まるで厄介ごとをかかえ込んでしまったかのような言い方に、

「産むわよ、当然」

と紀香は反発するように答えた。

「産んでどうすんだ」

鉄治は他人ごとのように言った。

「なんて無責任な言い方なの。産んで育てるのよ。テッとわたしの子供なのよ。わかってるの?」

紀香は泣きだしそうな声で鉄治を非難した。

しかし、まったく実感のない鉄治は、

「タマゴにわかると、殺されるぜ」

と言うのだった。

タマゴにわかると、ひと悶着起こるのは間違いなかった。場合によっては血を見るかもしれない。だが、鉄治は六ヶ月にもなる胎児を堕《お》ろせとは言えなかった。これまでにも鉄治は二回、紀香に堕胎させていた。それで紀香は、今回は妊娠六ヶ月まで鉄治に黙っていたにちがいない。

「どうすっぺ」

鉄治は溜息をついて煙草に火を点けた。

「どうすっぺって、まさか、また堕ろせと言うんじゃないでしょうね。六ヶ月なのよ。六ヶ月の胎児を堕ろすのは殺人なんだからね。子殺しになるのよ」

紀香は、子殺しというもっとも陰惨な言葉を強調して、鉄治の倫理観の希薄さを責めた。

「なにも堕ろせとは言ってねえだろう」

「でも、いままで二回も堕ろさせられたのよ。わたしの気持わかる? わたしは二人の子供を殺したのよ。産んでいたら、いまごろ二歳と三歳の可愛いさかりだったのに。夢の中に出てくるのよ、テツによく似た子供が」

涙ぐんでいた紀香は表情を引きしめて、

「今度は絶対に産むからね。タマゴに殺されようが、産んでみせる。子供はわたし一人で育てる。あんたに迷惑かけないから、それだったらいいでしょ」

と母性本能を剝き出しにして言った。

鉄治は返す言葉がなかった。

「わかった。ただし当分はひとに言うな。タマゴにわかるとひと悶着起こる。おまえは店を辞めろ」

「店を辞めて、わたしはどうすんの？　子供を産むまで、じっとしてろって言うの？」

「そんな体で店に出ていると、そのうちみんなにわかるだろう。おれが方法を考える」

「方法を考える？　どんな方法があるのよ。あるとしたら、一つしかないわ」

「一つしかない？　どんな方法だ」

鉄治は逆に問い質した。

「タマゴと別れることよ」

紀香の本心だった。この機会に鉄治がタマゴと別れてくれるのを紀香は望んでいるのだ。

「タマゴと別れる？　それは難しい話だ。おれとタマゴは愛し合ってるんだ」

「じゃあ、わたしは愛してないって言うの？」

「おまえも愛してる。おれはタマゴとおまえを愛してんだ。二人を愛していけねえって言うのか」

鉄治は自《じ》家撞着《かどうちゃく》の深みにはまって身動きがとれない状態だった。

「タマゴは男なのよ。子供を産むことができないのよ。テツの子供を産めるのはわたしなの」

紀香は鉄治に引導を渡すように言った。

ホテルから出た鉄治は複雑な気持だった。紀香には過去二回にわたって堕胎させていたので、今回は堕ろせとは言えない。それに妊娠六ヶ月である。紀香からさんざん責められて、さすがの鉄治も良心の呵責を感じた。「子殺し」という言葉が鉄治の胸に突き刺さっていた。

だが、タマゴに打ち明けることはできなかった。タマゴに打ち明けると、半狂乱になって紀香の出産を妨害しようとするにちがいなかった。そしてとんでもない事件が起こるような気がした。

「龍門」の事務所にもどってみると、学英が一人でテレビ中継のボクシングを観戦していた。民族学校にいた頃、学英は全国高校ライト級チャンピオンになったことがある。その後、プロに進もうと考えていたが、左目を負傷し、プロの道を断念したのだった。果たせなかった夢への思いが、いまも学英の胸の中で疼いているのを鉄治は知っていた。

鉄治も椅子に腰掛けて、浮かぬ顔でぼんやりとテレビを観はじめた。

いつもなら、うるさいほど野次るのに、黙ってボクシングを観戦しているので、

「どうしたんだ。何かあったのか?」

と学英が訊いた。

「参ったよ、紀香が妊娠してんだ。それも六ヶ月だってよ」

鉄治は冷蔵庫から缶ビールを二本取り出し、一本を学英に渡すとプルタブを開けて飲んだ。

「六ヶ月だったら堕ろすわけにはいかないな」

紀香が二回、堕胎させられているのを学英は知っていた。堕胎して蛻の殻のようになって泣いていた紀香を学英は見ている。

「タマゴに知れたら、大変なことになる」

　鉄治は缶ビールをちびりちびり飲みながら言った。

「しかし、そのうちわかるさ。人の口に戸は立てられないからよ」

「どういう意味だ」

「噂はひろがるってことだ」

　鉄治はがくっと肩を落とした。

「紀香はタマゴと別れてくれとぬかすんだ」

「そう言うのは当然だろう。おまえの子供を産むんだからさ」

「タマゴと別れられるわけねえだろう。別れると誰かが死ぬことになる」

「だったらどうすんだ。紀香と入籍はしねえのか」

「そのつもりだ。三人はいままで通りの関係を続けるだけだ」

「可哀相に、子供はててなし子か」

「ててなし子じゃねえ。子供は認知する」

「認知？　便利な言葉だぜ。在日のおれたちと似てる。在日は本国から見捨てられ、日本ではいじめられ、何の権利もない」

「それとこれとは話がちがうだろう。おれは紀香の妊娠の話をしてんだ」

「自業自得だろう。あちこちに子供がいたっておかしくねえんだよ、おまえは。紀香が妊娠したからって、あわてふためくのは、みっともないぜ」

「人のことだと思って言いたい放題言うんじゃねえ。おまえはどうなんだ。沙織のような小娘に騙されて泣きが入ってるくせ、いまだに未練たらたらじゃねえか。おれにそんなことを言える立場か。みっともないのは、どっちなんだ」

いつものように口論したあと、二人は、しばらく黙ってテレビを観た。

「ところで、おまえがくる前に、おかしな電話が入った」

学英が思い出したように言った。

「おかしな電話？　相手は誰だ」

「誰だかわからん。しかし、中国人のような感じがする」

「中国人……。どんな電話なんだ」

「『龍門』の玄関を入ったホールの中央に立っている柱の中に、ヤクが入ってると言うんだ」

「なんだって、本当かよ」

鉄治は信じられなかったが、椅子から立ちあがって事務所を出ると、ホールの中央の龍の彫刻をほどこしてある太い柱を見上げた。この柱の中に麻薬が隠してあるのか？　もし麻薬が隠してあるとすれば、柱のどこかに仕掛けがあるはずだった。柱のどこに、そんな仕掛けがあるのか。鉄治と学英は柱を一周しながら観察したが、それらしいものは見つからなかった。

「いい加減なこと言って、おれたちを脅してんじゃねえのか」

鉄治は疑ったが、その柱の中というのが隠し部屋のことかもしれないと思うと、あながち出鱈目な話ではないように思えた。

「閉店してから、ゆっくり調べよう」

客がいる間は調べられない。学英は池沢部長に、天井まで届く折りたたみ式の長い梯子を買ってくるよう言いつけた。

そして店が終わると学英は、折りたたみ式の長い梯子を柱に掛けて登った。一歩一歩登りながら柱を注意深く観察していたが、梯子を降りてくると、

「別にどうってことはない」

と言った。

「やっぱり出鱈目だったんだ」

鉄治は期待を裏切られたように言った。

「しかし、隠し部屋を知らない奴が、ああいう電話を掛けてくるとは思えない」

と学英が言った。

「そこだよ。何も知らねえ野郎が、電話を掛けてくるのもおかしな話だ」

鉄治は腕組みをして柱の龍の彫刻を見上げていたが、炯々とした龍の眼光が睨みつけている先を見ると、もう一つの龍が天井の一隅を這うように彫られているのだった。二つの龍は、まるで勢力を争うかのように睨み合っていた。

「二つの龍が睨み合ってるぜ。はじめて気付いた」

鉄治が言うと、

「そう言えば、二つの龍の目の色がちがうぜ。柱の龍の目は黄色いが、天井の隅の龍は赤色をしてる」

学英が梯子を天井の隅に移動させて登り、龍の目を観察していると、

「玉の色もちがいますよ」

と池沢部長が言った。

そこで学英が碧玉を摑んで回してみると〝カチッ〟という音がして龍の赤い目から光線が発射され、対角線上に位置する柱の龍の目に当った。すると柱がせりあがり、まさに昇り龍そのものを思わせた。

「おお！　凄い！」

三人は異口同音に驚きの声を発した。

龍は一・五メートルほど上昇して停止した。

「すげえ仕掛けだ」

鉄治はど肝を抜かれ感嘆した。

梯子から降りてきた学英と鉄治と池沢部長はせりあがった部分を見た。柱の芯棒はステンレスでできており、ネジ式になっていて地面からはずせた。そして芯棒をはずして中をのぞいて見ると、ビニール袋に入った白い粉がぎっしり詰まっていた。三人は芯棒から麻薬を取り出して数えた。千五十袋あった。いったいいくらになるのか想像もつかなかった。ことの重大さに鉄治と学英は頭の中が真っ白になった。

「警察に連絡しよう」

と学英が言った。

「警察がおれたちを信用するか?」

「信用するもしないも、おれたちは正直に届け出るんだから、考えてくれるさ」

「考えてくれるさ、おれたちを刑務所へぶち込むことを」

「じゃあ、どうすんだ」

「元へもどすんだ。おれたちは何も知らないし、何も見なかったんだ」

鉄治はビニール袋に入った麻薬を芯棒にもどしはじめた。

「電話を掛けてきた男が、おれたちがヤクに手をつけないと思うわけねえだろう。こうしよう。ヤクを別の場所に移して、その場所を電話の男に教えるんだ。そうすれば、おれたちはヤクと関係なくなる」

「電話の男は何者だ。どこの誰だかまったくわからない相手にヤクを渡して、別の連中からヤクを渡せと言われたらどうする。それこそヤバイぜ」

鉄治も学英も混乱していた。

20

とりあえずヤクは芯棒の中にもどして様子を見ることにした。そのうちまた電話を掛けてくるにちがいない。問題は柱の中のヤクを見つけたかどうかを問われることであった。鉄治と学英は、柱の中を調べる方法がわからないと、あくまでしらをきることにした。相手も柱の仕掛けを知っているとは思えない。知っていれば、なんらかの方法で、ヤクを強奪しにきているはずであった。

「国夫、チャカを手配しろ。今夜から当分、店に泊れ」

学英はこれまで拳銃を使ったことがない。どんなときでも拳銃を使うのは学英の性に合わないからであった。しかし、今度はいままでとはちがう。見えない凶暴な相手と闘うためには、こちらも武器が必要だと思った。冷酷な敵は容赦のない攻撃を仕掛けてくるだろう。風林会館の喫茶店で、話し合っていた目の前の二人の人間を射殺して平然と店を出て行った、あの冷酷な残忍さには慄然とする。あのときの中国人が目に見えない相手なのかどうかはいまのところわからないが、敵が誰であろうと、一瞬の撃ち合いも想定しておかねばならない。

翌日、店が終ったあと、池沢国夫は極道から拳銃と二百発の弾丸を調達してきた。

「ついでにこれも手に入れました」

池沢国夫は五個の手榴弾《しゅりゅうだん》を持っていた。

学英はあきれたが、

「相手が誰だかわかんないですから、万全の準備をしておかないと、安心できないですよ」

と池沢国夫は言うのだった。

学英も先日、拳銃を二丁調達して、鉄治に一丁渡したばかりである。

しだいにエスカレートして歯止めがきかなくなるのを学英はおそれた。

そこへ鉄治が大きなボストンバッグを重そうに持って事務所に入ってくるとドアの鍵を掛けた。そしてボストンバッグをテーブルの上に置いてファスナーを開け、

「これだけそろってりゃあ、怖いものなしだ」

と満足げな顔をして自動小銃を取り出した。さらにショットガンも入っている。

「テッ、戦争をやる気か」

さすがの学英も開いた口がふさがらなかった。

「おれたちをなめやがって！　くるならきてみろ。ぶっ殺してやる！」

鉄治は自動小銃に弾を装塡《そうてん》し、引き金に指を掛けて構えた。

「危ない！　やめろ！」

学英は思わず叫んだ。

「間違って引き金を引いたらどうなる。ドアが吹っ飛ぶぜ」

興奮している鉄治は引き金を引きかねない形相をしていた。

「おれはよ、こんなもの使いたくねえんだ。だけどよ、無防備だったらやられっぱなしだ。今度電話があったときは、はっきり言ってやる。くるならいつでもこい、ショットガンで体を蜂の巣にしてやるってな」

鉄治は今度はショットガンに弾丸を詰めた。

「はやまるな。武器はそろっている。ここは冷静になって武器を使わずに解決できれば、それにこしたことはない。そうだろう。撃ち合いになれば誰かが犠牲になる。生き残ったとしても刑務所行きだ。まだ解決の方法は残されている。今度電話があったときは、まず相手の条件を訊くんだ。忍耐強く交渉するんだ」

学英は鉄治を諭すように言った。

「奴らの条件はわかってる。『龍門』とヤクをよこせってことだ。さもなきゃ殺すと脅してんだ。そんな条件が呑めるかよ。そんな条件を受け入れてみろ、おれたちは二度と新宿を歩けなくなる。いつもおどおどして、びくつきながら、ひとの顔色ばかりをうかがうことになる。おれは奴らの条件を絶対に受け入れない。殺るか、殺られるかだ」

鉄治はプライドを賭けていた。新宿で極道と渡り合えるのもプライドを賭けているからであった。

「わかった。カタをつけよう」

鉄治が死ぬときは学英も死ぬときであり、学英が死ぬときは鉄治も死ぬときである。二人はいつも死線をともに越えてきたのだ。

電話のベルが鳴った。三人は顔を見合わせ、学英が受話器を取った。

「もしもし……」

学英は相手の呼吸を感じとろうとした。

「柱の中を調べたか」

低い陰険な声である。

学英は声の訛りから日本人なのか中国人なのかを特定しようとしたができなかった。ということは日本人の可能性が高い。

「柱の中を調べられるわけねえだろう。どうやって調べるんだ」

学英は白ばっくれた。

「柱の龍の目と天井の隅の龍の目が睨み合ってるはずだ。天井の隅の龍の手に握られている碧玉を回すと、その目から光線が発射されて柱の龍の目と合う。そうすると柱がせりあがって、ステンレスの筒が出てくる。そのステンレスの筒を渡せ」

相手は柱の仕掛けを知っていたのである。

「おまえはなぜ、そんなことを知ってる。おまえは誰なんだ」

相手はどこかで、こちらの動きを何もかも見ているようだった。

「つべこべ言わず、ヤクの入っているステンレスの筒を渡せ。明日の午前四時に新聞配達の男に渡せ」

それだけ言うと相手は電話を切った。

「何もかも知ってやがる。まるでどこかでおれたちを監視しているみたいだ」

受話器を置いた学英は部屋の中を隈なく見回した。そして観葉植物の小枝に巧妙に取りつけてある小さな監視カメラを発見した。

学英はその監視カメラを引きちぎり、

「いつの間に、誰がこんなものを取りつけやがったんだ」

と悔しがった。

「くそったれ！　監視カメラは、この部屋だけじゃないぞ。店の中や三階の部屋にも仕掛けてあるかもしれない」

三人が店の中を調べてみると、やはり天井の一隅に監視カメラが仕掛けてあった。続いて三階の部屋を調べると、そこにも観葉植物の小枝に監視カメラが仕掛けてあった。電話の相手が柱のカラクリを知っていたのも監視カメラで見ていたからなのだ。もしかすると沙織とのベッドシーンも見られていたのかもしれないと学英は思った。何もかも見られていたのだ。いつから監視カメラが取りつけられていたのか。犯人は外部の人間ではなく、内部の人間にちがいない。誰だろう？　考えられるのは従業員である。学英は「龍門」の三階の部屋に寝泊りしているが、帰ってくるのはいつも夜中である。閉店後から学英が帰ってくるまでの間に、監視カメラを取りつけるのに、それほど手間はかからないだろう。店と事務所と三階の部屋と厨房の裏口の合鍵を持っているのは学英、鉄治、池沢国夫の三人である。そして厨房の裏口の合鍵は料理長も持っている。料理長なら厨房の裏口から店に入ることはできる。だが、事務所と三階の部屋に入ることはできない。

疑心暗鬼の三人は消去法で疑わしい従業員を絞り込んでいったが、絞り込めなかった。逆に言えば、みんな疑わしいのだった。

「どうする？　この際、ヤクを渡してしまうか」

鉄治は面倒臭がって、この際、ヤクを渡してケリをつけたいらしかった。

「どうも電話の声が気になる。ヤクを要求している奴と、店を要求している奴は別人のような気がする」

安易にヤクを渡すと、あとでとり返しのつかないことになるかもしれないと学英は懸念した。

「別人とはどういう意味です」

池沢国夫が訊いた。

「劉周達の甥の劉光源は店を欲しがっているが、その背後にいるマフィアはヤクを欲しがってるんだ。そこで両者は手を組んだのだろうが、それとは別にヤクを狙ってる奴がいるってわけだ」

学英の推理に、

「別に？　そいつは誰なんだ」

と鉄治は難問を突きつけられたような顔をした。

「それがわかってりゃあ、苦労しねえよ」

学英の話はあくまで推理である。推理である以上、確証はない。

鉄治が思いついたように提案した。

「こうしよう。午前四時に新聞配達の男にヤクを渡せと言ってるから、店の前にヤクの入ったステンレスの筒を置いとくんだ。そして新聞配達の男がヤクを取りにきたら、とっ捕まえて黒幕を訊き出すんだ」

稚拙な案に学英は反対したが、池沢国夫がやってみようと言うので、試みることにした。そうやすやすと、こちらの陥穽《かんせい》にはまるとは思えなかったが、他に名案もなかった。とにかく相手が何者なのか知りたかった。

三人は柱からヤクの入ったステンレスの筒を取り出した。それから店のテーブルを囲んでビールを飲みはじめた。学英と池沢はベルトに拳銃を差し込んでいたが、鉄治は自動小銃とショットガンを持っていた。まるでハリウッド映画に出てくるギャングのようだった。

鉄治はビールをがぶ飲みしている。酩酊してきた鉄治の目がすわり店の入口を睨んでいる。いまにも自動小銃とショットガンを発砲しそうな感じである。

「テッ、あまり飲むな」

学英がかなり酔っている鉄治に注意したが、鉄治はジョッキにビールをついで飲み続けるのだった。

午前四時ともなると飲食店はほとんど閉店しており、歌舞伎町界隈は閑散としている。電話の相手が午前四時を指定したのは、人がいなくなるのを見越してのことだった。おそらく強硬手段に訴えてくる可能性もあった。

午前四時十分前に池沢国夫が立ち上がり、入口のシャッターを上げると、ヤクの入ったステンレスの筒を出してドアを閉めた。外はまだ薄暗かった。三人は緊張した面もちで、鉄格子のはまった嵌《は》め殺しの円窓から外の様子をうかがった。

やがて野球帽をかぶった新聞配達の男が自転車をこいで現れた。いったん停止してあたりの様子をうかがい、自転車から降りると歩いて店の前にきて、また様子をうかがい、おもむろにステンレスの筒を持ち上げようとした。そのとき、池沢国夫が素早くドアを開けて飛び出し、男の腕を摑んで店内に引きずり込もうとした。突然、店から十二、三メートル離れたところに駐車していた黒塗りの車から発砲された。驚いた池沢国夫は店内に避難した。ふたたび車の中から発砲された。新聞配達の男が地面に伏せ、なおもステンレスの筒を奪おうとする。鉄治がドアの隙間から自動小銃を車に向かって撃った。タン、タン、タン、タン……と、まるでキツツキが嘴《くちばし》で木をつっ突いているような音がして数発が車体に当ったようだった。自動小銃の攻撃に車はエンジンをかけるや猛スピードで走り去った。その隙に新聞配達の男も自転車に乗って、狭い道を遁走《とんそう》して行った。誰もいない通りに向かって、

「なめるんじゃねえ！」

と鉄治が雄叫《おたけ》びをあげた。

学英は鉄治を店内に引き入れ、池沢国夫がステンレスの筒をもどしてシャッターをおろした。極度に興奮している鉄治の目が真っ赤に充血している。

「このつぎはショットガンをぶち込んでやる！」

と鉄治がわめいた。

「落ち着け！　テツ、落ち着くんだ！」

学英は酔っぱらっている鉄治の頰を軽く二、三発はたいた。

鉄治はどさっと椅子に腰をおろして、テーブルの上のジョッキに残っているビールを一気に飲み干し、大きく息を吐いた。

誰かに銃声を聞かれたのではないかと学英は息をひそめて鉄格子のはまった嵌め殺しの円窓から外の様子を見ていたが、通りには人影もなく静かだった。学英と池沢国夫も興奮していた。駐車している車から突然、発砲されるとは思わなかったし、鉄治が自動小銃で反撃するとも思わなかった。死人が出てもおかしくない状況だった。いや、もしかすると、自動小銃で撃たれた車の中の誰かに弾が当っているかもしれない、と学英は不安にかられた。いずれにしても事態が深刻になったのは確かである。車の中から発砲してきた連中はチャイナ・マフィアなのか、それとも別の人間なのか、判然としない。

「国夫、厨房の裏口から外に出て様子を見てこい。ついでに薬莢《やっきょう》も捜してこい」

と学英は指示した。

「わかりました」

池沢国夫は厨房の裏口から外に出て通りをそっと見た。誰もいない。区役所通りを二、三台の空車のタクシーが走っていた。西武新宿駅寄りのホテルから一組の男女が出てきて職安通りの方へと歩いていくのが見えた。

池沢国夫は店の表に出て、黒塗りの車が駐車していた場所に行き、地面に視線を落として薬莢と弾を捜した。空車のタクシーが池沢国夫を乗客と思い、ゆっくりと近づいてくる。池沢国夫はそっぽを向いてタクシーをやり過ごした。タクシーが去って行くと池沢国夫はまた薬莢と弾を捜した。黒ずんだ鈍い光沢のある小石のような弾を発見した。弾を素早く拾ってさらに注意深く地面を見ると、半径四メートルほどの範囲に四発の弾と一個の薬莢があった。さらに店の前で四個の薬莢を見つけた。

店にもどってきた池沢国夫は拾ってきた薬莢と弾をテーブルの上に置いた。車が駐車していた場所で見つけたのは相手の弾の薬莢と思われるが、同じ場所で見つかった四発の弾は鉄治が撃った自動小銃の弾が車体に当ってはね返ったものと思われた。そして店の前で見つけた四個の薬莢は自動小銃のものと思われる。

「まだあるかもしれない。明るくなったら、表を掃除するふりをしながら捜せ」

学英は誰かに発見される前に回収したいと考えていた。

「警察には知られたくない。できればおれたちだけで解決したい」

学英は苦渋をにじませて言った。

「どうやっておれたちだけで解決できるんだ。奴らは容赦なく発砲してくる。殺るか、殺られるかだ」

厨房の冷蔵庫からビールを三本持ってきた鉄治は、ジョッキについで飲み続けている。

「よくそんなにビールが飲めるな。いったいどこに、それだけのビールが入るんだ」

学英は膨張している鉄治の太鼓腹を見てうんざりしながら言った。

ビールの空き瓶は十五本になっている。そのうち十本は鉄治が飲んでいた。

「おまえのどてっ腹に弾が当ると血ではなくビールが噴き出すぜ」

酔眼朦朧としている鉄治に学英の皮肉は通じなかった。

事務所の電話が鳴った。三人は事務所にもどり、学英が受話器を取った。

「よくもやってくれたな。この礼は必ずするぜ。覚えてろ」

怨念のこもった声だった。

「いつでもやってこい！　このつぎはショットガンでおまえの体を粉々にしてやる！　なめるんじゃ

ねえ！」

　電話の声の調子から推察して、どうやら相手の仲間に犠牲者が出ている感じがした。

　学英は電話を切った。相手の執念深い気迫に押されたのだ。

「これからどうする。表もおちおち歩けねえぜ」

　学英は正直、臆していた。

「問題はヤクだ。おれたちには何の関係もねえヤクが、疫病神《やくびょうがみ》なんだ」

　左手に自動小銃を握り、右手でジョッキのビールを飲みながら鉄治は筒の中の麻薬の処分に頭を悩ませている。

「さっき、くれてやればよかったんですよ」

　と池沢国夫が言った。

「馬鹿野郎、弱味を見せてみろ、今度は店を差し出せと脅迫してくるにきまってる。骨の髄までしゃぶられることになる。おれたちが歌舞伎町で生きていけるのは、体を張って一歩も譲らねえからだ。一歩譲ると百歩踏み込んでくる。それが奴らの手なんだ」

　これまで学英と鉄治は、歌舞伎町の闇にうごめいている正体不明の人間を数多く見てきたが、それでもまだわからない闇がある。俗に「ブラックホール」と呼ばれているが、ブラックホールに呑み込まれて生きている者はいなかった。ある日、突然、いなくなるのである。生きているのか死んでいるのか、わからないのだ。突然いなくなった人間を学英と鉄治は七、八人知っている。その七、八人は、山中に埋められていたり、ビル建設の柱の中にコンクリート詰めにされていたりする。かりに犯人が逮捕されたとしても、それで何かが終るわけではないのだ。ブラックホールは依然として歌舞伎町の闇にとぐろを巻いているのだった。


鉄治は専用のベンツを一千万円かけて防弾車に改造した。そして外出のときは池沢国夫に運転させ、金正信にガードさせた。車に乗るときも降りるときも、金正信と池沢国夫が周囲を注意深く警戒し、安全を確かめてから鉄治は動くのである。レストランで食事をとるときも、バー「吉野」で飲むときも、金正信と池沢国夫が少し離れた位置から鉄治の周囲を警戒していた。

「たまんねえよ。こんな状態で飯喰っても、酒飲んでもうまくねえよ。かといって部屋に閉じこもってるわけにもいかねえしよ」

鉄治は精神的にかなり参っていた。自由気ままな生活を送ってきた鉄治は、急に行動半径をせばめられ、身動きがとれなくなったのでしきりにぼやいていた。

「もしテツが殺られたら、生まれてくる赤ちゃんはどうなるの？」

紀香が心配そうな顔で訊いた。

「おまえはそんなことを考えてんのか。おれが殺られることより、おれが殺られたあとのことを考えてんのか。おれが死んだら、おれにあとのことなんかわかるわけねえだろう。馬鹿女が！」

鉄治に馬鹿女呼ばわりされた紀香はめそめそして、

「だって生まれてくる赤ちゃんはテツの子供なのよ」

と暗に鉄治の死後、子供の養育をどうするのかを問うた。

「テツの子供、テツの子供って言うんじゃねえ。本当におれの子供なのか?」

ついロをすべらせたとはいえ、紀香にとって許せない発言だった。

「ひどい！　ひどすぎる！　そこまで言うんだったら、明日病院に行ってＤＮＡ鑑定をしてもらうわ。あんたなんか、さっさと死ねばいいのよ」

紀香はとうとう泣きだした。

「テツさん、いまの言い方はひどいわよ。テツさんの子供にきまってるじゃない。他に誰がいるって言うのよ。このわたしが一番よく知ってます」

見かねたママが鉄治に反省を求めた。

「あんまりしつこく言うから、おれもつい口がすべっちまったんだ」

鉄治は弁明した。

「だってテツさんは、この前、銃撃戦をやったんでしょ。紀香が心配するのも当然よ」

「銃撃戦？　誰から聞いたんだ。誰がそんなこと言ったんだ」

鉄治は泣いている紀香がしゃべったのかと思って睨んだ。

「三日前、テツさんが自分で言ったじゃない。自動小銃を撃ちまくってやったんだって。おれには怖いものなんかねえんだって」

三日前の夜、泥酔していた鉄治は、欲求不満がたまっていた反動もあって、なぜ池沢国夫と金正信が毎日ガードしているかを説明したとき、その原因である銃撃戦の話を得々としゃべったのである。

池沢国夫と金正信が黙らせようとしたが、いったんしゃべりだした鉄治の口をふさぐことはできなかった。だからママはむろんのこと、バーテンも紀香以外の二人のホステスもみんな知っていた。

「そんな話、冗談にきまってるだろう。まさかおまえたち、そんな話を真に受けてんじゃねえだろうな。いまどき自動小銃でドンパチやる奴なんかいるわけねえだろう。ハリウッド映画じゃあるまいし」

普段から大言壮語の性癖があって、話を聞かされる側のママやホステスたちはほとんど真に受けないのだが、なぜか銃撃戦の話は真に受けていたのである。鉄治が否定すればするほど、弁明すればするほど銃撃戦の話は真実味をおびてくるのだった。

口は禍《わざわい》のもとと言うが、鉄治は自分の軽薄さに嫌悪感を覚えてふさぎ込んでしまった。

「この話は二度とするな。何もなかったんだ。わかったな」

鉄治はみんなに口止めをして帰って行った。

数日間、何ごともなく過ぎた。鉄治は池沢国夫と金正信にガードされながら「龍門」に顔を出していた。

学英は店の三階の部屋に閉じこもり、クラブ「女王蜂」はタマゴにまかせっきりだった。あれ以来一本の電話もない。それがかえって不気味であった。従業員は何ごともなかったかのように仕事をしているが、彼らの中に監視カメラを設置した犯人がいるのではないかという疑念は消えなかった。学英と鉄治は監視カメラを設置した犯人を特定しようと何度も調べたが、特定できなかった。厨房で働いている台湾人の中には、料理長だった劉光源とつながっている者がいるかもしれないと思いながら、それも特定できなかった。いっそ従業員を総入れ替えしたいのだが、それもできないのだった。

21

タマゴは毎日欠かさず、クラブ「女王蜂」に出勤する前には「百玄宮」にお参りしていた。タマゴのお腹はかなり膨らんでいるので、それまで体の線を強調するために着ていたドレスをやめて、可愛いらしいワンピースを着ていた。

その日もタマゴが午後八時頃、奥まった路地にある「百玄宮」に赴き、入口の三頭の犬に拝跪していたときである。数人の警官と私服刑事が向かいの古い二階家を包囲した。何が起こるのだろうと「百玄宮」の中にいたタマゴと三人の信者が見守っていると、私服刑事から、

「ここからしばらく出ないように」

と注意された。

私服刑事は拳銃を手に握りしめて様子をうかがっている。

タマゴは胸がどきどきした。少し前、「龍門」で銃撃戦があったばかりである。その銃撃戦と何か関係があるのだろうか。もしかして向かいの古い二階家の中に学英と鉄治がいて、何かが起こっているのではないか。タマゴは叫び声をあげたい衝動にかられて胸が痛みだした。どうやら私服刑事が家の中へ踏み込もうとしているらしかった。

表のドアが破壊され、ガラスの割れる音と物が散乱する音がした。と同時に、家全体がゆさぶられている感じがした。

「警察だ！　動くな！」

という大声が聞えた。

入り乱れた足音と格闘しているような物音やわめき声が響き、家全体がゆさぶられていた。

二階の窓から数人の男が裏の路地に飛び降りた。下で待ち構えていた警官たちが飛び降りてきた男たちを逮捕しようとする。だが、男たちは抵抗し、暴れる。警官たちは警棒を容赦なく打ちおろした。その中に痩せぎすの、髪の長い男がいた。見覚えのある顔だった。どこで見たのだろう……とタマゴは思い出そうとしたが、男は手錠を掛けられて連行された。タマゴは男の顔を再確認しようとあとをついて行ったが、表通りはパトカーと救急車を囲繞《いじょう》している野次馬でごったがえしていた。男はパトカーに押し込められた。続いて家の中から担架に乗せられた人が救急隊員に運び出されようとしていた。警察が踏み込み、乱闘になってケガ人が出たらしいのだ。タマゴは背伸びして野次馬の間から顔をのぞかせ、救急車に乗せられようとしているケガ人を見た。そして驚愕した。そのケガ人は今西沙織だった。

「沙織！　沙織！　どうしたの！」

タマゴは大声で呼んだが、青白い顔の沙織は反応を示さなかった。そのときタマゴは髪の長い男の名前を思い出した。今西沙織の恋人の与古田幹夫だった。

いったいどうなってるんだろう……。タマゴはわけがわからず、学英の携帯に電話を入れた。

「どうしたんだ、タマゴ」

興奮しているタマゴの声に学英は異変を感じた。

「沙織が救急車で運ばれたのよ」

「沙織が？　沙織がどうして救急車で運ばれたんだ」

「与古田を見たわ」

「与古田を見た？　どこで見たんだ」

「大久保よ」

「大久保？　何があったんだ」

タマゴは混乱していた。

「警察が踏み込んで、大捕物になって、家の二階から飛び降りた与古田が逮捕された。そのあと家の中から沙織が担架で運び出されて救急車に乗せられたわ。いったいどうなってるのかしら」

タマゴの話には一貫性がなかった。

「おまえの言ってることがよくわからない。いまどこにいるんだ」

「『百玄宮』の前あたり」

「わかった。すぐ行く。そこで待ってろ」

学英が「百玄宮」に来てみると、タマゴは火を点けた線香を持ったまうろたえていた。まだ大勢の野次馬が群がっている。二台のパトカーが赤色灯を点滅させて停まっていて、数人の警官が野次馬を追い払っていた。

「沙織が救急車で運ばれたというが、本当に沙織だったのか」

浅井から与古田と沙織はニューヨークに逃げたと聞かされていた学英は、タマゴの話がにわかには信じられなかった。

「本当よ、沙織に間違いないわ。この目で見たのよ」

「ケガをしたのか」

「そうだと思う。沙織に声を掛けたんだけど、意識不明みたいだった。なにしろ家の中からドタンバタンという音やガラスの割れる音がして、裏の二階から数人の男が地面に飛び降りてきて警官や私服刑事ともみ合いになって逮捕されたけど、その中に髪の長い与古田がいたのよ。はじめは思い出せなかったけど、沙織が救急車で運ばれるのを見て思い出したの。沙織は警官と男たちの乱闘に巻き込まれてケガをしたのだと思うわ」

学英の感情は千々に乱れた。与古田に騙され、愛していた沙織に裏切られて憎しみと復讐に燃えていたが、与古田は逮捕され、沙織はケガをして救急車で運ばれたと聞かされた学英は、

「沙織が運ばれた病院はどこだ」

とタマゴに訊いた。

「わからない」

タマゴは頭を振った。そして、

「病院に行くの？　行ってもたぶん会えないと思う」

と言った。

「なぜだ?」

「『百玄宮』の宮主さんの話によると、向かいの家は以前から麻薬取引の巣窟《そうくつ》だったそうよ。中国人や暴力団員らが出入りしていて、長い間、警察が見張ってたんですって。そして今日、踏み込んだのよ。与古田と沙織は麻薬取引に関係していたと思うわ。沙織が麻薬取引に関係してるなんて、信じられない」

学英も信じられなかった。しかし、麻薬取引の巣窟といわれている家に与古田と沙織はいたのだ。

学英は黄色のテープが張られた現場の前で、監視している警官に近づき、

「あの、ケガをした女性が救急車で運ばれたそうですが、どこの病院に運ばれたんでしょうか」

と鄭重な言葉で訊いた。

「君は誰かね」

警官は学英の身なりを点検しながら言った。

「友達です」

警官は二、三秒考えていたが、

「東京医大病院だ」

と教えてくれた。

学英は踵を返し、大久保通りに出ると走行してきた空車のタクシーを停めた。ドアが開き、乗り込むとあとを追ってきたタマゴも乗った。

「沙織と会ってどうするの?」

タマゴは興味津々の面もちだった。

「どうもしないさ。入院費の面倒を見てやるだけだ」

「そう、まだ愛してるのね」

「わからん。腹の中は煮えたぎってるが、ケガをして入院してる女を責めたところで気持は晴れないさ」

学英はこれまで見せたことのない寂しげな表情をしていた。

タマゴは同情するように、

「因果なものね。よりによって与古田のような男の女を愛してしまうなんて」

と言った。

「おれは与古田から沙織を奪おうとしたんだ。しかし、沙織は与古田を選んだ。どうしようもない。そうだろう」

「そうね、どうしようもないわね」

タクシーは東京医科大学病院の玄関に着いた。パトカーが一台停まっている。

二人は受付に行き、救急車で運ばれてきた今西沙織の部屋を訊いた。

「廊下の突き当りを左に曲がった奥の部屋です」

と受付係は教えてくれた。

教えられた通りに行くと、ドアの前に二人の警官が立っていた。

「あの、今西沙織を見舞いにきたのですが……」

と学英が言った。

やけに静かだった。警官が、

「遺族の方ですか」

と言った。

「遺族？　いえ、友達です」

学英の胸がざわざわと風にゆらぐ竹藪《たけやぶ》のように音をたて、耳鳴りがした。

「今西沙織は亡くなったのですか？」

学英はやっとの思いで訊いた。

「ええ、いましがた亡くなりました」

学英は茫然とした。

「そんな……」

タマゴは絶句した。

「死因は何ですか？」

と学英が訊いた。

「胸部と腹部の被弾です」

「被弾？　拳銃で撃たれたのですか」

とタマゴが訊いた。

「そうです」

警官が冷たく言った。

「そんな馬鹿な……」

学英は愕然とした。

あの銃撃戦のとき、沙織は黒い車に乗っていたのだろうか。黒い車から銃を撃ってきたのが与古田だとすれば、沙織が車に乗っていた可能性はある。そして鉄治が撃ちまくった自動小銃の弾が当ったのだ。そう考えると辻つまが合うような気がする。

学英とタマゴは黙って二人の警官に一礼して、立ち去った。

二人はタクシーに乗って「龍門」にきた。タクシーから降りた学英は足早に歩き、事務所のドアを開けた。

ソファに寝そべって煙草をふかしながらテレビを観ていた鉄治が、血の気の引いた青白い顔の学英を見て、

「どうしたんだ？　怖い顔をして」

と言った。

「てめえ、沙織を殺しやがって！」

学英はいきなり寝そべっている鉄治の襟首を摑まえて体を起こし、顔面を殴った。

鉄治は体をのけぞらせてソファに倒れた。

「何しやがる！　気でもちがったのか！」

殴られた鉄治の口から血が流れた。

「やめてよ、ガク！　テツは何も知らないんだから」

怒りに震えている学英の前にタマゴが立ちふさがり、

「もとをただせば、ガクが悪いのよ！」

と鉄治をかばった。

その言葉に学英はわれに返ったように全身の力を抜いてうなだれた。

「どうかしてるぜ、いきなり殴りかかってきてよ」

わけのわからない鉄治は口もとの血をぬぐいながら起きあがり、冷蔵庫からビールを出した。栓を抜き、ラッパ飲みすると嗽《うがい》をしてそのまま飲み込んだ。

タマゴが一部始終を鉄治に説明した。説明を聞いた鉄治は「ふーっ」と息をついた。

「だからおれは何度も言っただろう。あの女はヤバイって」

気持のやり場がないのは鉄治も同じなのだ。

「沙織の体に残ってる弾が問題よ。警察は必ず弾を分析して銃を特定すると思う。それに逮捕された与古田が自白すれば銃撃戦のことが発覚するわ。テツは殺人犯として逮捕されるかもしれない。いますぐ銃を処分するのよ」

タマゴは危機感をつのらせていた。学英と鉄治がいがみ合っている場合ではなかった。

学英はホールにいる池沢国夫と金正信を事務所に呼んだ。

「今夜、銃を買った相手に銃を引き取ってもらい、鋳物工場で溶かしてしまえ。最後まで立ち会って見届けるんだ。そうしないと連中は銃を転売する。費用は払え」

池沢国夫と金正信は銃の処分にとりかかった。

「銃を処分しても安心はできない。与古田が自白する。問題はヤクだ」

学英は頭をかかえた。

二人にとってヤクの処分がもっとも頭痛の種だった。ヤクを処分すること自体は簡単だったが、そうするわけにはいかないのである。ヤクを奪おうとやってきて銃撃戦になった相手が与古田だったことは判明したが、いま一人正体不明の相手がいる。この相手との交渉次第でヤクの処分は決まるのだ。それまではヤクを保管しておかねばならなかった。


沙織が死んでから学英は以前にも増してアルコールを飲むようになった。「女王蜂」のカウンターの隅で開店から閉店まで一人で飲み続け、酔い潰れていることもあった。

「情けないわね。一人の女のためにアルコールに溺れて酔い潰れるなんて、みっともないったら、ありゃしない。昔のガクはどこ行っちまったのさ。男前で腕っぷしが強くて、颯爽《さっそう》と街を闊歩して女を撫で斬りしていた、早撃ちの三連発といわれていたガクのなれの果てがアル中だなんて、泣けてくるわ。テツはテツで警察に逮捕されるんじゃないかとびくびくしてる。『吉野』に入りびたりで、紀香とやりまくってるのよ。わたしが大目に見ているのをいいことに、紀香は妊娠したらしいじゃない。許せない。他の女に子供を産ませようとするなんて」

タマゴは膨らんでいるお腹をそっと撫で、悲しそうな表情をした。

酔い潰れていた学英が頭をもたげ、

「おまえは妊娠してると思ってるらしいが、妊娠してるわけねえだろう。一度、産婦人科に行って診てもらえ」

といや味たっぷりに言った。

「わたしが妊娠していようといまいと、わたしの勝手でしょ。そのうち診てもらうわよ」

タマゴは誰かに、妊娠してるのね、と言ってもらいたかったが、誰も言ってくれなかった。それどころか、馬鹿にされ、陰口を叩かれ、笑い者にされているのが悔しかった。

「空しい夢だよ。みんな空しい夢なんだ。おれもテツもタマゴも空しい夢を追ってるんだ。沙織はなぜ、与古田のような糞野郎の言いなりになってヤクの売人なんかをやってたんだ。与古田を愛してたからか？　そうじゃない。この世に信じられるものがなかったんだ。そして二十六歳の若さで死んじまった。なんのために生きてたんだ。一つだけはっきりしてる。おれたちは死ぬために生きてるんだ。死は突然やってくる。なんの予告もなしに。ところがおれたちは絶対に死なないと思ってる。すくなくとも自分は死なないと思ってる。目の前で交通事故が起こってドライバーが死んでも、自分だけは交通事故に巻き込まれたりはしないと思い込んでるんだ。統計学的にいえば、交通事故に遭わないままでいる状態が長く続けば続くほど、交通事故に遭う確率は高くなるわけだ。沙織が死んだのは統計学的にいえば偶然だったのか？　それとも必然だったのか？　どっちにしても死んだことに変りはない。テツもおれも、そのうち目に見えない相手に殺られるさ。路上に血を流し、何一つ思い出せなくなる。死んでしまえば、すべては終りだ。あとのことなんか、おれの知ったことじゃない」

なんの脈絡もない学英の独白じみた話にタマゴはうんざりした。

「頭がおかしくなったんじゃない。ガクもヤキが回ってきたのね。気をつけた方がいいわよ。酔い潰れてると、頭をぶち抜かれるわよ」

タマゴは席を蹴ってその場を立ち去り、ホールに向かった。

「どうやらおれもヤキが回ってきたらしい。そう思うだろう?」

学英は酔眼朦朧としてバーテンダーに言った。グラスを磨いていたバーテンダーは困った顔をしていた。

「もう一杯くれ」

学英はグラスを突き出した。

「社長、もう飲まない方がいいと思いますが」

バーテンダーはおそるおそる言った。

「てめえ、おれに逆らう気か」

「いいえ、わたしは社長の体のことを思って……」

「おれの体はおれのものだ。つべこべ言わず、酒をつげ!」

その声がホールで接客しているタマゴにまで聞えた。

バーテンダーは仕方なくウイスキーをついだ。そのウイスキーをひと口あおったとき、二人の男が店に入ってきた。そして店内を見渡すと、二人の男は、カウンターの隅で飲んでいる学英に近づいてきた。接客していたタマゴが素早く応対した。

「何かご用でしょうか」

二人の男は懐から黒い警察手帳を出してタマゴに見せ、

「社長に用がある」

と白髪の交じっている立木刑事が言った。

「社長はおれだ」

かなり酔っているが、学英の意識ははっきりしていた。

「ちょっと話がある。車まできてくれないか」

立木刑事が言った。

「車？　なんで車まで行くんだ。訊きたいことがあれば、いまここで言ってくれ」

「車に金鉄治がいる」

もう一人の岩沼刑事が言った。

「テツが……」

タマゴは鉄治が逮捕されたと思って絶望的な気持になった。

「なんでテツが車にいるんだ」

学英は疑った。本当に刑事だろうか？　刑事を装ったマフィアではないのか、と。

「おまえと金鉄治にいろいろ訊きたいことがある」

と立木刑事が言った。

「逮捕状はあるのか」

「逮捕状はない。参考人として訊きたいことがある」

「だったら事務所で話せばいいだろう。車なんかに連れ込まず」

警戒している学英は拒否した。

二人の刑事は顔を見合わせ、

「わかった、事務所で話し合おう」

立木刑事が学英の主張を受け入れた。

車に引き返した二人の刑事は間もなく渋い顔をしている鉄治と一緒にもどってきた。タマゴは心配そうに見守っていたが、店内には音楽が流れ、二人の刑事に気付く者はいなかった。

事務所に入った四人は、それぞれ椅子に座った。鉄治が煙草に火を点けてふかした。

「一杯おごるぜ」

学英が二人の刑事に飲み物をすすめた。

「いや、いい。それより話を進めよう」

立木刑事は警察手帳を開いて話しはじめた。

「去る十月四日、午前四時頃、中華飯店『龍門』の前で、おまえたち二人は与古田幹夫と銃撃戦をやったらしいな。そのとき自動小銃の弾が与古田の車に数発当り、助手席に乗っていた今西沙織が胸部と腹部に被弾した。四日後、麻薬密売の隠れ家だった大久保のある人家を警察が手入れしたとき、今西沙織は瀕死の状態で発見された。そして救急車で近くの医大病院に搬送されたが、間もなく死亡した。司法解剖の結果、二発の被弾による内臓破損と出血多量が原因で死亡したと結論づけられた。与古田は自動小銃を撃ったのは金鉄治であると供述している。警察は与古田の車から五発の銃弾を見つけた。しかし、自動小銃とその他の拳銃は見つかっていない。おそらくおまえたち二人が処分したのだろう。だが、いずれわかる」

立木刑事は学英と鉄治の顔色を観察しながら話を続けた。

「いま一つ重要な問題は麻薬だ。与古田は麻薬は『龍門』の柱の中におまえたち二人が隠していると言ってる。もしそうだとすれば、警察が明日にでも家宅捜索をして麻薬を発見するのはたやすいことだが、そこで相談がある」

立木刑事は煙草に火を点け、狡猾《こうかつ》そうな目で学英と鉄治を睨むと、おもむろに言った。

「隠しているヤクをわれわれに渡すんだ」

立木刑事の鋭い目は、裏の世界を知りつくした目だった。

「汚ねえ野郎だ。マフィアのブツを横取りしようってわけだ」

鉄治はふかしていた煙草を灰皿に押し潰して火を消した。

「おまえたちは間違いなく殺人罪と銃刀法違反と麻薬の所持および売買で起訴される。おまえたちの選択肢は一つしかない。われわれにヤクを渡せば、われわれがおまえたちを守ってやる。悪くない話だと思うが」

立木刑事は唇を歪《ゆが》めて冷酷な笑みを浮かべた。

確かに選択の余地はなかったが、二人の刑事にヤクを渡したあと、守ってくれるという保証は何もないのだった。

「訊きたいことがある」

ついさっきまでかなり酔っていた学英が冷静になっていた。

「なんだ」

もう一人の岩沼刑事が言った。

「ヤクはおれたちとは何の関係もねえ。『龍門』の前の経営者だった劉周達が店の柱の中に隠したんだ。それがマフィアの怒りを買って殺られたんだ。その後、おれたちは何者かに脅迫され続けている。その中の一人が与古田だった。だが、他にもおれたちを脅迫している奴がいる。そいつの正体を知りたい。まさか刑事さんたちじゃないだろうな」

二人の刑事は顔を見合わせ、にやにやしている。

「それも知っている。だが、われわれではない」

「犯人を知っているのか」

と学英が訊いた。

「二人いる。ただし、いまは教えられない。われわれにヤクを渡したあと教えてやる」

立木刑事はじらした。

二人の刑事は何もかも知っているのだ。そのうえで機会を待っていたのだ。

学英と鉄治は即答できなかった。「龍門」の柱に隠してある麻薬は最後の切り札だからである。

「二、三日考える」

と鉄治が言った。

「駄目だ。いま返事するんだ」

立木刑事は時間の猶予を与えなかった。

「しばらく二人だけにしてくれ」

刑事の強引な取引に乗せられて、とり返しのつかない結果を招くことを学英はおそれた。

「いいだろう。三十分だけ待つ」

立木刑事は相棒と事務所を出てカウンターのとまり木に座り、ビールを注文した。

22

「とんでもない刑事だ。おれたちからヤクを奪い、マフィアと裏取引するつもりだ」

鉄治は歯ぎしりして憤りをあらわにした。

「問題は奴らの話がどこまで信用できるかだ」

と学英は言った。

「信用できるわけねえだろう。マフィアのうわ前をはねようって連中だ。もし自分たちの立場が悪くなった場合、おれたちを消そうとするかもしれない。それくらいのことは平気でやる連中だ」

だが、二人の刑事の提案を拒否することはできなかった。

「どうする」

学英は、腕組みをして拒絶反応を起こしている鉄治を見た。

「うーむ、おれたちの弱味につけ込みやがって、卑劣な奴らだ」

三十分で回答しなければならないが、名案は浮かばなかった。

「念書を書いてもらおう」

と学英が提案した。

「念書？　念書なんか、何の役にも立たない。極道と極道、政治家と極道の間で交わされた念書は何十枚もある。おれはそういう念書を何枚か見たことがあるが、結局、何の役にも立たなかった。それに麻薬関係の念書を公の場に提出しても信用されない。法的な根拠がないからだ」

「それはわかってる。しかし、何もないより念書があった方がましだ」

鉄治は念書一枚でみすみす二人の刑事の術策に陥るのが気に喰わなかった。だが、他に方法はない。

鉄治はしぶしぶ認めた。

学英はファックス用の紙に念書の下書きをした。

念書

一、麻薬十五キログラムを確かに受け取りました。
一、今後、金鉄治と李学英の身の安全を保障します。
一、金鉄治と李学英は麻薬に関する所持および売買に無関係であることを証言します。

右記の通り間違いありません。

二〇〇四年十月十三日

S警察署刑事二課
刑事　立木浩正
S警察署刑事二課
刑事　岩沼信二

金鉄治　殿
李学英　殿

念書の下書きを読んだ鉄治は不満だった。あまりにも抽象的すぎるし、何の意味もないと思った。

「ないよりましだと言うが、これじゃ、ない方がましだぜ」

鉄治は自嘲するように言った。

「他に方法があるのか」

空しい気持は学英も同じだった。

「いっそのことサツにみんなバラした方がすっきりするぜ」

「銃撃戦のことはどうなる。沙織は死んだんだ。おまえは殺人罪で起訴される。それでもいいのか」

「おれ一人に責任を押しつけるつもりか。車の中に沙織がいたなんて知るわけねえだろう。沙織が死んだから、おまえはおれを怨んでるのか。沙織の腐れ貝にうつつをぬかして騙され、裏切られたのは、どこのどいつだ。よく言うぜ」

「おまえが沙織を撃ったことに変りはない」

「病院ですぐに治療していれば沙織は助かったはずだ。三日も四日も治療せずに放っておいたから沙織は手遅れになったんだ。それもおれの責任なのか。どうしておまえは沙織をもっと早く治療してやらなかったんだ。知らなかったと言うのか。おれも知らなかったんだ」

「知ってるとか知らなかったとかの話をしてんじゃねえ。おれは事実を言ってるんだ。おまえは殺人罪で起訴されると言ってるんだ」

「そんな証拠がどこにある？　証拠なんかどこにもねえんだ。おまえがゲロしない限り、証拠はねえんだよ」

「おれがゲロするって言うのか。おれが信用できねえって言うのか！」

いきり立った学英が大声をあげて椅子を振りかざし、書類棚に投げつけた。書類棚のガラス戸が割れ、その音にカウンターでビールを飲んでいた二人の刑事が事務所に入ってきた。

鉄治は椅子に座って太鼓腹を突き出し、学英は息をはずませて立っていた。

「どうしたんだ？　話はついたのか」

白髪の交じった立木刑事が意地の悪い表情で言った。

「念書を書いてくれ」

椅子に座っている鉄治が言った。

「念書？　どういう念書を書くんだ」

立木刑事は、何か裏があるのではないかと疑っているようだ。

鉄治は学英が下書きした念書を見せた。それを読んだ立木刑事は相棒の岩沼刑事と顔を見合わせた。

「なるほど、面白い念書だ。わたしもいろんな念書を見ているが、十五キロの麻薬を受け取りましたという念書を見るのははじめてだ。この念書をどんなふうに使うつもりだ」

それまで黙っていた岩沼刑事が訊いた。

「おまえたちがおれたちをコケにしたときだ」

「コケにしたとき？　アハハハ……。コケにしたときねえ、つまり裏切ったときか？」

岩沼刑事は小馬鹿にしたように笑い続けた。

「何がおかしいんだ」

念書以外の方法を見出《みいだ》せない無能を笑われているようだったので、学英は念書の下書きを破った。

「わかった。念書を書こう。ただしブツをもらってからだ」

と立木刑事が言った。

「駄目だ。念書を先に書いてくれ」

岩沼刑事に笑われた学英は意地になって言った。

「こうしよう。念書とブツを同時に交換する。これなら文句ないだろう」

立木刑事は間を取って提案した。

「まあいいだろう。言っておくが、念書はおまえたちがわからない人間に預けておく。もしおれたちに何かあれば、念書を数百枚コピーしてマスコミや世間にばらまく。おれたちをしっかりガードしてくれ。さもないと、おまえたちも一蓮托生《いちれんたくしょう》だ」

鉄治は二人の刑事に警告したつもりだったが、二人の刑事は冷笑した。

「これで話は決まった。ブツは今夜にでも戴こう。時間は午前四時だ」

岩沼刑事が言った。

午前四時といえば新宿・歌舞伎町界隈の人通りがもっとも少なくなる時間帯ではある。しかし、与古田が指定した時間と同じなので、学英は気になったが、

「わかった。午前四時に『龍門』で待ってる」

と鉄治が承諾した。

「お互い、フェアにやろう」

脂ぎった顔の岩沼刑事が事務所のドアを開け、片手をあげて敬礼でもするような仕草をした。まるでバイバイしているかのようだった。

「ふざけやがって。なにがフェアにやろうだ。アンフェアなくせに。あの二人は信用できねえ。おれたちに敬礼なんかしやがって。あの敬礼は何を意味してんだ？　おれたちを消そうとしてんじゃねえのか？」

鉄治の猜疑心はつのるばかりだった。

「おれたちも万全の態勢を整えよう。もう一度チャカを四丁仕入れて、タマゴに取引現場を二階からこっそりビデオで撮らせるんだ」

学英はその場で池沢の携帯に電話を入れ、至急拳銃を四丁手配するよう命じた。

それからタマゴを事務所に呼び、事情を説明して、『龍門』の二階の観葉植物の陰から取引現場をビデオ撮影するように頼んだ。

「それはいいけど、あいつら信用できるの？　マフィアのうわ前をはねるようなワルよ。ヤクを渡してしまったあとはどうなるの？　守ってくれるって言うけど、どうやって守ってくれるのよ。守ってくれるわけないでしょ」

タマゴは反対した。警察は信用できないというのがタマゴの基本的な考えだった。

「あとは野となれ山となれだ。天命を待つだけだ」

鉄治は悟ったようなことを言う。

「なにが野となれ山となれよ。天命を待つだけだなんて馬鹿みたいなこと言わないで。テツはいつもそうなんだから。土壇場になってはじめて気付くのよ、おれは馬鹿だったたってことに。銃撃戦のときもそうでしょ。相手の出方も考えずに取引するから銃撃戦になったのよ。自動小銃をやみくもに撃つなんて信じられない。また銃撃戦になるんじゃない。相手は刑事よ。今度こそ逮捕されるか撃ち殺されるわ。撃ち殺されても警察は正当防衛だったと主張するにきまってる。それで終りだわ。死人に口なしよ」

タマゴは鉄治をくそみそに批判するのだった。もちろん学英に対する批判でもあった。沙織が鉄治の自動小銃で撃たれて死んだのは運命のいたずらとしかいいようがない。タマゴは学英に同情しながらも二の舞いを演じたくないと強く思っているのだ。

「じゃあ、どうすりゃあいいんだ。おれは殺人罪で起訴されるかもしれない。そうなってもいいのか」

鉄治は子供がだだをこねるように言った。

「テツを殺人罪で起訴させるもんですか。あれは事故だったのよ。沙織は事故で亡くなったのよ。そうでしょ」

タマゴは学英の反応を確かめた。

学英は黙っていた。事故といえばいえなくもないが、未必の故意であるともいえる。その責任の一端は学英にもあるのだった。

「ヤクをいつまでも持っているのは危険だ。ヤクは手放した方がいい。そのあと二人の刑事がどうでるかは状況次第だ。おれたちも腹をくくって様子を見るしかない」

あとへは引けない賭けだった。麻薬を分捕った二人の刑事が墓穴を掘るようなことはしないだろうと学英は考えていた。

「正体不明の電話の相手はどうすんのよ。一番気味が悪いわ」

タマゴは鳥肌がたっている腕をさすった。

「相手が現れるのを持つしかねえ」

鉄治は葉巻の先を噛み切ってぷっと吐き捨て、火を点けた。

「劉光源にきまってるわよ。あいつをとっ捕まえて絞めあげ、白状させたらどうお。その方がてっとり早いと思うけど」

タマゴは正体不明の電話の相手を劉光源と決めつけていた。

「証拠がない」

と学英が言った。

「警察みたいなことを言うのね。殺るか殺られるか、どっちかなのよ。相手が現れるのを待つしかねえだなんて、呑ん気なことを言ってると先に殺られるわよ」

タマゴはしきりに煽るのだった。

鉄治は葉巻をふかし、貧乏ゆすりをしている。混乱している頭を整理しようとしているのだ。

「二人とも情けないわね、青のテツとガクはどこへ行ったのよ。おじけづいちゃって。ヤクは警察に横取りされるし、店まで正体不明の相手に奪われてもいいの」

鉄治と学英を責めたてるタマゴに、

「うるさいんだよ。少しは黙ってろ！　おまえも男だろう！」

と鉄治が言った。

「あらそう。こういうときに、わたしのことを男って言うの。わたしは妊娠してるのよ。テツの子供がわたしのお腹の中にいるのよ。それがわからないの。それでもわたしのことを男って言うの。よくもそんなこと言えるわね。マンションのベランダから飛び降りて流産してやる！」

タマゴは泣きだしそうな声で鉄治を罵倒《ばとう》すると事務所を出て行った。

「どうしようもない奴だ。おれまで頭が変になりそうだ」

鉄治とタマゴの口論はいつものことだが、側で見ている学英はいい加減うんざりした。

「とにかく四時に『龍門』で会おう」

鉄治は席を立つと肩を落とし、大きな図体を引きずるようにして重い足どりで出て行った。

鉄治はバー「吉野」で午前四時近くまで飲んでいた。ママと従業員は先に帰り、大きなお腹をかかえた紀香が心配そうに見ていた。鉄治はすでにビールの中瓶を十三、四本飲んで、かなり酔っている。銃撃戦のときもそうだったが、鉄治は恐怖心をまぎらわせるためにビールを浴びるほど飲んで酔っぱらい、状況判断を誤って逸脱するのである。

「社長、そろそろ行きませんと……」

見張り役の池沢がうながした。

「わかってる。チャカを貸せ」

池沢は用意していた拳銃を鉄治に手渡した。鉄の黒い冷たい光沢に紀香が怯えたように目を見張った。

紀香は何かひとこと告げようとしたが言葉を呑み込んで、お腹をそっと撫でた。

「龍門」に行くと学英と金正信が待っていた。

かなり酔っている鉄治を見て、

「大丈夫か」

と学英が訊いた。

「大丈夫だ。この前のようなへまはしない」

と鉄治は答えた。

「この前のようなへまはしないとはどういう意味だ」

不安になった学英は、

「今日はヤクを渡すだけだ。チャカは使うな」

と念を押した。

「おまえは状況次第だと言っただろう。なめた真似をしやがると許さねえ」

言葉をとりちがえている鉄治は何かを契機に発砲しかねないのだった。

タマゴがやってきた。長い髪を後ろにまとめてゴムで結び、黒のセーターに黒いパンツとスニーカーをはき、小型のビデオカメラを持っていた。

そして金正信にいきなり、

「わたしに拳銃を貸してちょうだい」

と言った。

「えっ、拳銃ですか……」

金正信は戸惑っている。

「早く！」

手を差し出したタマゴに金正信はつい拳銃を渡してしまった。

拳銃を手にしたタマゴは、そのまま二階へ上がり、観葉植物の陰にひそんだ。店は緊迫した雰囲気に包まれた。

鉄格子のはまった嵌め殺しの円窓から外の様子をうかがっていた金正信が、

「きました……」

と低い声で告げた。

「龍門」の前に灰色のライトバンが停まり、車から立木刑事と岩沼刑事が降りてきた。二人はあたりを見渡し、人気《ひとけ》がないのを確認してから店のドアを開けて入ってきた。

「約束通りきた」

立木刑事が言った。

「待ってたぜ」

学英は懐から拳銃を出した。鉄治はテーブルの上に拳銃を置いている。

「ぶっそうな真似はやめろ。戦争にきたんじゃない。ブツを受け取りにきたんだ」

岩沼刑事がにやけた顔で言った。

「国夫、スイッチを入れるんだ」

脚立に登って天井の隅に横たわっている龍の側にいた池沢が碧玉を回した。すると龍の赤い目から光線が発射され、柱の昇り龍の目を一直線に照射した。柱がゆっくりとせりあがり、ステンレスの芯棒が現れた。その中にビニール袋に入っている大量の麻薬が入っていた。

「よくできている」

立木刑事は感嘆の声をもらした。

「念書を書いてくれ」

テーブルに向かって座っていた鉄治が三枚の用紙とボールペンを差し出した。その三枚の用紙に立木刑事は念書を書き、サインした。

「拇印を押してくれ」

と鉄治が言った。

「拇印？」

「そうだ。三文判じゃ証拠にならない」

鉄治はにんまりした。

立木刑事が拇印を押し、続いて岩沼刑事がサインして拇印を押した。

「これで取引は成立した。ブツをさっさと持って行きやがれ」

鉄治は右手に拳銃を握り、左手でビールをラッパ飲みしながら言った。

二人の刑事が麻薬を運び出している様子を二階の観葉植物の陰で撮影していたタマゴが、おもむろに階段を途中まで降りてきて、

「ビデオカメラで全部撮影したわ。約束を守らないときは、このビデオをいろんなところへ送りつけるわよ」

と腰をひねってしなをつくり挑発するように言った。

「手のこんだ芝居をするじゃないか。おれたちは刑事だ。約束は守る」

挑発的なタマゴの妖しい肢体を見上げながら岩沼刑事が言った。

「どうかしら。刑事が一番信用できないのよね」

「だったらどうして取引した」

岩沼刑事は鉄治が飲んでいたビールをもぎ取り、ラッパ飲みして唇をぬぐった。

「一度だけ信用したのよ。二度はないわ」

「それはどうも。期待にこたえたいね」

「正体不明の電話の男を殺るしかないのよ。わかるでしょ」

「なるほど、おれたちに後始末しろってえのか」

「わたしたちが始末してもいいのよ。そのかわり尻ぬぐいしてほしいの」

「恐ろしい男だ。いや、失礼、女だったかな」

タマゴはむっとして持っていた拳銃を岩沼刑事に向けて発砲した。店内に銃声が木魂し、銃弾は岩沼刑事の上に吊されている照明灯を砕いた。

「ありがとよ。せいぜい用心することだな」

岩沼刑事はせせら笑うように言って最後のビニール袋を運び出し、トランクに積み込むと振り返りもせずに車を発進させた。

23

「あれでよかったの?」

刑事を信用していないタマゴが懐疑的に言った。

「よかったもなにもねえだろう。ヤクを渡しちまったんだ」

鉄治は顎をさすりながら、いまさら何を言ってもはじまらないといった調子で学英を見た。

「おれはさっぱりした。いつかはヤクを手放すときがくるんだ、遅かれ早かれ」

だが、学英の表情にもどことなく不安が漂っていた。

「問題は正体不明の男よ。ヤクを持って行った二人の刑事は、たぶん暴力団関係にヤクを流すと思う。裏取引をしても蛇《じゃ》の道は蛇《へび》よ。噂がひろがり、正体不明の男の耳にも入ると思う。そのとき、正体不明の男は脅迫してくるにちがいないわ。テツもガクもわたしも無防備なのよ。いつどこで襲われるかわからない。それを考えると道も歩けないし、夜もおちおち眠れないわ。そうでしょ。やはりヤクは刑事に渡すべきじゃなかったのよ。ヤクは正体不明の男に渡すべきだったのよ」

タマゴはいまになって問題をむし返すのだった。

「いまさら何を言ってもはじまらないと言ってるだろう。デカにヤクを渡さなかったら、おれはしょっぴかれてムショ行きだ。それでもいいって言うのか」

鉄治は声を荒だてた。タマゴの言ってることがわかるからであった。

「とにかく用心しよう。そのうち正体不明の男から電話が掛かってくるにちがいねえ。男は条件として、この店を渡せと言うにきまってる。それをどうするかだ」

と学英が言った。

「冗談じゃねえ。『龍門』を渡してたまるか！　『龍門』を渡すくらいなら、いつでも受けて立ってやる！　正体不明の男は劉光源にきまってんだ！　奴を見つけだしてヤキを入れてやる。国夫、正信、劉光源の居場所を突きとめてこい」

鉄治の命令に池沢国夫と金正信は戸惑っている。

「劉光源の居場所は厨房にいる連中に訊けばわかるはずだ。しかし、劉光源をとっ捕まえてヤキを入れても解決はしねえ。劉光源は正体不明の男とちがうからだ。おそらく正体不明の男は、チャイナ・マフィアの一人だと思う。それも別動隊のな」

意味深長な学英の言葉に、

「別動隊？　なんだ、それは？」

と鉄治が訊き返した。

「殺しの専門だ。風林会館の喫茶店で、極道二人の頭を拳銃でぶち抜いて、平然としている奴だ。人を殺すくらい朝飯前なんだ」

「おまえはおれを脅してるのか。おれにプレッシャーをかけるのか」

学英にそう言われると、鉄治は自分の置かれている立場をあらためて考えないわけにはいかなかった。

「だからおれたちはデカにヤクを渡したんだ」

鉄治は思い出したように言った。

「馬鹿じゃないの。ヤクを持って行ったデカにとって、わたしたちはもう用ずみなのよ。それがわからないの。子供ができるっていうのに、馬鹿なことばっかし言って」

タマゴは急に腹痛を覚えてしゃがみ込んだ。

「子供はまだ六ヶ月なんだ。いま生まれるわけねえだろう」

鉄治は紀香の妊娠と勘ちがいして、つい口をすべらせた。

「六ヶ月？　わたしはまだ四ヶ月なのよ。誰のこと言ってるのよ。紀香のことでしょ。あの女に子供なんか産ませないから！」

嫉妬と腹痛でタマゴはヒステリックになった。

いつものことだが、鉄治とタマゴの口論に周囲の者はうんざりした。

「それじゃ、おれたちは帰ります」

二人の口論につき合っていられない池沢は金正信とともに玄関から出て行った。

タマゴは金正信から預かった拳銃をバッグに入れ、

「紀香が子供を産んだら、撃ち殺してやる！」

と息巻いて店を出た。

「好きなようにしろ！　おまえとは終りだ！」

タマゴの背中に向かって鉄治は吼《ほ》えた。

「タマゴはやりかねないぞ」

学英は面白がって鉄治の不安をかりたてる。

「じゃあ、どうすりゃいいんだ」

「拳銃を取り上げろ。あんな物騒なものを持ち歩いてると、いつ暴走するかわからんぜ」

「おれが取り上げるのか。そんなことしたら、おれが撃ち殺されるかもしれない。おまえが取り上げてくれ」

「いやだね。おれも撃ち殺されるかもしれない。夫婦喧嘩は犬も喰わぬと言うだろう」

「おれたちは夫婦じゃねえ」

「夫婦みたいなもんだろう」

正式な夫婦ではないが、夫婦のような関係ではあった。

「今日は事務所のソファで眠るよ。あいつも馬鹿じゃねえから、時間がたてば冷静になるさ」

鉄治は飲みかけのビールを持って、すごすごと事務所に消えた。


二人の刑事に麻薬を渡して身のまわりを整理したつもりだったが、すっきりしなかった。鉄治と学英は、いつも誰かに監視されているような気がした。タマゴはバッグに拳銃を入れて持ち歩いていた。警官に職務質問されるより、正体不明の男に狙われるのをおそれていた。

タマゴのお腹はさらに膨らんだ。気のせいか、ときどきお腹の中で何かが動いている気配がする。そして腹痛に見舞われるのだった。医者に診察してもらおうかしら、とタマゴは一人悩んでいた。

「あなたのお腹は前より大きくなってるわね」

たまたま「百玄宮」で久しぶりに会った朴美順に言われて、

「そう思うでしょ。赤ちゃんが成長してるのよ。ときどき動いたりする」

とタマゴは嬉しさと不安の混じった表情で言った。

「一度、お医者さんに診てもらいなさいよ」

同じニューハーフの朴美順はねたましげに言う。

「わたしも診てもらいたいと思ってる。でも一人で産婦人科に行く勇気がなくて……」

型破りの言動がトレードマークのタマゴだが、さすがに産婦人科に行くのは気が引けるのだった。

「一緒に行ってくれないかしら」

タマゴは朴美順に頼んだ。

「あたしと……そうね……」

朴美順は躊躇した。タマゴと朴美順はファッションセンスが抜群で、女性よりも女性らしく見えるが、よく見ると顔の輪郭や体の骨格がどことなく太いのである。産婦人科という女性だけの中に入ると、そのちがいははっきりするにちがいなかった。

「お願い。あなたにいろんな神様を紹介してもらったお陰で、わたしは妊娠できたのよ。奇跡が起こったの。でも、わたしは、本当の女じゃないから……不安なの……」

朴美順はタマゴの妊娠を信じているわけではなかった。だが、タマゴのお腹が膨らんでいるのを見ると、本当に妊娠しているのかもしれないと錯覚するのである。第三者が錯覚するくらいだから本人が真剣になるのも理解できるのだった。

「わかったわ。一緒に行ってあげる」

朴美順はこころよく引き受けてくれた。

「ありがとう……。来週の月曜日の午前中はどうかしら」

タマゴが朴美順の都合を訊いた。

「いいわ」

「じゃあ、午前十時にここで待ってる」

朴美順と別れたタマゴは急にどきどきしだした。本当のことを知るのが怖くなったのである。

月曜日の朝、タマゴは早く起床して入念に化粧をすると、何も知らずに眠っている鉄治の顔をのぞき、『行ってくるね』と呟いて部屋を出た。そして「百玄宮」の前で朴美順と落ち合った。

「どうしてそんな派手な服を着てくるの」

タマゴは普段から派手な服装をしているが、産婦人科に行くときくらいは、せめて普通の服を着ればいいものを、これからショーにでも出演するような恰好をしていた。朴美順にたしなめられたタマゴは、

「だって、こういう服しかないんだもん」

とすねた。

赤、青、黄、緑という配色のワンピースを着ている。長い睫毛をつけ、瞼に金粉を塗っていた。

「まるで熱帯魚みたい。目立ちすぎよ。恥かしくて一緒に行けないわ」

朴美順は拒絶した。

「わかったわ。わたし一人で行く」

タマゴはむくれて大久保通りに出るとタクシーを停めた。そして後部座席に座ると、あとからついてきた朴美順も乗り込んだ。

「あたしは病院の中には入らないからね」

と朴美順は言った。

「いいわよ。わたし一人で入るから」

二人は意地になっていた。

「荻窪まで行ってちょうだい」

荻窪にあるK産婦人科病院は豪華で設備も整っており、プライバシーを守ってくれると何かの雑誌に書いてあったので、タマゴはもし診察してもらうことになれば、K産婦人科病院に行こうと決めていたのだ。

K産婦人科病院の手前でタクシーを降りたタマゴと朴美順は、三階建ての病院を横目で眺めながら通り過ぎた。

「どうしよう……」

タマゴが躊躇している。

「どうしようって、一人で入りなさいよ」

朴美順が意地悪く言った。

「駄目だわ。一人では入れない」

二人は病院の前を行ったりきたりしながらためらっていた。

病院の前にレストランがあった。

「あたしはレストランの中で待ってるから、あなたは診察してもらってきなさいよ」

と言って朴美順はさっさとレストランに入り、窓際の席に座った。

「駄目、一人では入れない。一緒にきてちょうだい。お願い」

追いかけてきたタマゴは懇願した。

おしぼりとお冷やを運んできたウェイトレスが派手な恰好のタマゴを好奇の目でちらと見て、

「ご注文は……」

と訊いた。

「コーヒーを二つ」

と注文して、朴美順はバッグから煙草を出すと火を点けた。タマゴも脚を組み、病院の玄関を見つめ、人の出入りを観察していた。

二人はしばらく黙ってコーヒーを飲んでいたが、

「どうすんのよ」

朴美順は煮えきらないタマゴの態度にいらだっていた。

「今日は帰るわ。今度また出直す」

　ふんぎりのつかないタマゴは諦めたように言った。

「せっかくここまできて帰るの。このつぎは一緒にこないからね」

　朴美順は突き放すように言った。

　周囲の目に晒されるのもいやだったが、医師からどういう診断を下されるのか、それが怖かった。何もかも失うのではないか。希望が絶望に変るのではないか。鉄治の子供を産むことが、鉄治との愛の証しなのだ。その愛の証しが、崩れてしまうのではないのか。それが恐ろしかった。

　決断しかねているタマゴに、

「行きましょ。あたしもついて行くから」

　と朴美順が席を立ってうながした。

　タマゴはまだ迷っている。

「もう、じれったいわね。行くの、行かないの、はっきりしてよ」

「行くわ」

　タマゴは必死の思いで立ち上がった。

　レストランを出た二人は病院に近づいて行った。タマゴはためらいがちに、おずおずと病院の玄関を入った。広い待合室にいた七、八人の妊婦の視線が、いっせいにタマゴと朴美順に集中した。妊婦たちの視線に晒されるのを覚悟していたタマゴは意識的に堂々と振る舞い、受付に行った。

「あの、はじめてなんですけど……」

タマゴは女の声色を使ったつもりだったが、かえって男の低い声になってしまい、受付の女性職員に不審をいだかせた。しかし、職員は派手な服装と瞼に金粉をまぶした仮面のような化粧に圧倒されていた。広く開いた胸元から豊満な乳房がのぞいている。

「保険証をお持ちですか」

職員は保険証の提出を求めた。

「忘れました。このつぎ持ってきます」

国民保険証は持参していたが、本名がわかると男であることが発覚するので、あえて提出しなかった。

「今日は実費になりますけど……」

「ええ、実費で結構です」

「それでは、この書類に住所、氏名、年齢を記入して、呼ばれるまで、そちらの待合室でお待ち下さい」

タマゴは職員から渡された書類に住所、氏名、年齢を記入した。住所と年齢は事実を記入したが、氏名は偽名を使った。

タマゴと朴美順は待合室の一番後ろの隅の席に座って順番を待った。受付の職員がときどきタマゴと朴美順をちらと見ている。少し離れたところから見るとタマゴの容姿は実に美しかった。

一時間が過ぎても名前が呼ばれない。タマゴは針のむしろに座らされているようだった。

「遅いわね。何してるのかしら」

業を煮やしたタマゴは「早くしろ！」と注文をつけかねない様子だった。

「何かを調べてるんじゃない？」

と朴美順が言った。

「何を調べるって言うの。ここは警察じゃないのよ」

「男か女かを調べてるのよ」

「わたしの体を調べもしないで、そんなことわかるわけないでしょ」

「偽名を使ったでしょ」

「使ったわよ。仕方ないもん」

「それを調べてるのよ」

「実費を払うんだから、偽名を使おうと使うまいと問題ないはずだわ。病院はお金さえもらえればいいんだから」

タマゴの名前が呼ばれた。タマゴは一瞬、自分が呼ばれているのがわからず三回呼ばれて診察室に入った。

医師と二人の看護師はタマゴのサイケデリックな恰好に驚いていたが、四十歳くらいの男性の医師が柔和な表情で、

「そこにお座り下さい」

と椅子をすすめた。

タマゴはすすめられた椅子に座り、少し恥じらいながらうつむき加減になった。

「どうしました？」

と医師に訊かれた。

「妊娠してるんじゃないかと思って……」

タマゴは口ごもりながら言った。

「妊娠……？　生理はいつごろから止まりました」

もともと生理のないタマゴは答えられず、

「わかりません」

と言った。

「ちょっと聴診器をあてていいですか」

店のショーでは大胆に衣装を脱ぎ、全裸になっているのに、医師の前ではまるで処女のように恥じらいながらワンピースのボタンをはずした。

聴診器をあてて診察した医師が、

「ちょっと、横になってもらえますか」

と言った。

タマゴは医師の指示にしたがってワンピースを脱ぎ、診察台に仰向けになった。タマゴの白い豊かな乳房を看護師は眩しそうに見ている。看護師がＴバックをはいているタマゴの下半身に毛布を掛けてくれた。

タマゴのお腹に聴診器をあて、手で軽く押さえながら、

「いつごろからお腹が膨らんできましたか」

と医師が訊いた。

「四ヶ月ほど前からです」

「そんなに前からですか」

医師は診察を終えて座り直し、

「服を着て下さい」

と言って、カルテに何かを記入している。

服を着て医師の前に座ったタマゴは神妙な顔で診察の結果を待った。

「想像妊娠です」

医師はきっぱり言った。

「想像妊娠……」

まるで裁判官から予想もしていなかった判決を下されたようだった。

「まれに男性が想像妊娠になることがあります。たとえば奥さんが妊娠すると、その旦那さんが想像妊娠したり、子供が欲しいという強い願望が想像妊娠になったりします。あなたの場合は子供が欲しいという強い気持から想像妊娠になったと思われますよ。しかし、心配はいりません。時間がたてば、元通りになります」

医師は想像妊娠は病気ではないと言うのだった。

タマゴは落胆のあまり、その場に倒れそうになった。

「気を落とさないで下さい。よくあることですから。これも一つの試練です」

医師はタマゴを慰めるように言った。

試練？　試練とはどういう意味なのか。医師は何もわかっていない、わたしがどんなに苦しんでいるかを。

絶望の底へ突き落とされ、魂の抜けた人間のようになって、タマゴは診察室から出てきた。その哀れな姿を見て、

「大丈夫……」

と朴美順が声を掛けた。

「想像妊娠なんかじゃない。わたしは本当に妊娠してるのよ。藪《やぶ》医者め！」

タマゴは医者の診断を信じようとしなかった。

「想像妊娠だったのね。お医者さんにそう言われたのね。タマゴ、現実を受け入れるのよ。まだ苦しみ続けるつもりなの。想像妊娠だったんでしょ。どうして認めようとしないの」

朴美順には想像妊娠だということはわかっていた。しかし、タマゴがあまりにも真剣だったので、これまで言えなかったのである。

「あなたも想像妊娠だとわかってたんでしょ。わかっていながら、みんなと一緒にもの笑いの種にしてたんでしょ。どうせわたしは馬鹿よ。絶対に子供を産んでやる！　藪医者！」

タマゴは診察室に向かってわめいた。

「静かにして下さい。ここは産婦人科です。妊娠中の方々にご迷惑がかかります」

一人の看護師がタマゴに注意した。

待合室にいた妊婦たちも眉をひそめた。

「なによ！　大きなお腹を自慢げに晒して。ろくに子供を育てられないくせに、母親面《づら》して！」

タマゴは待合室にいる妊婦たちに見当ちがいの八つ当りをするのだった。

朴美順はタマゴを置いてけぼりにして病院を出た。タマゴが追ってきた。

「恥かしくて、あなたと一緒にいられないわ」

今度は朴美順がタマゴに八つ当りした。

「ごめん、つい、むかついたもんだから」

「なにがむかついたからよ。あたしたちニューハーフはレディなのよ。それなのに極道みたいな真似して。それこそ世間の笑い者よ」

朴美順にきつくたしなめられたタマゴの目から大粒の涙がこぼれてきた。

「可哀相なタマゴ……。あなたは素晴らしい女だわ。女以上の女よ。想像妊娠だろうとなんだろうと、いいじゃない。あなたは一度妊娠したんだから。その間、あなたは母親だったのよ。そうでしょ」

朴美順は大粒の涙をこぼしているタマゴを抱きすくめた。

「テツはどう思うかしら」

タマゴはハンカチで涙を拭きながら心配した。

「黙ってることよ。何ごともなかったかのように振る舞うことよ。みんなはあなたのことを理解してると思う」

朴美順に慰められて、タマゴは少し落ち着いた。涙でアイシャドーが溶けて目の縁が水墨画のようにぼやけている。

「帰りましょ。今日はゆっくり休むのね」

そう言って朴美順は走ってきたタクシーを停めた。

想像妊娠だったことが判明し、そのショックでタマゴは店を二日休んだ。

いつもとちがうタマゴの様子に、

「どうしたんだ。どこか具合が悪いのか」

といつになく鉄治が気づかってくれた。

「どこも悪くない。少し疲れたのよ」

タマゴは産婦人科に行ったことは言わなかった。

「顔色がよくない。医者に診てもらったらどうだ」

刑事に麻薬を渡して以来、鉄治は神経質になっており、タマゴも神経質になっているのではないかと思ったのだ。

「大丈夫、明日から仕事に出るから」

「あまり無理しない方がいいぜ。おれからガクに言っとくから」

「ありがとう。でも大丈夫」

タマゴはほほえんで見せた。

鉄治が外出して一時間が過ぎたとき、タマゴは腹痛でトイレに駆け込んだ。腹が張り、いまにも破裂しそうだった。そしてタマゴが便座に腰を下ろした瞬間、ボン！　とシャンパンの栓を抜いたときより大きな音がして、その風圧で水が跳ね、便器が揺れた。自分でも信じられないオナラの音だった。パンクしたタイヤのように肛門から空気がスーと抜け、腹痛が緩和された。そして膨らんでいたお腹が、みるみるへこんでいった。と同時に、タマゴの全身からも力が抜けていった。

24

タマゴはしばらく便座に座ってぐったりしていた。体の中が空っぽになった感じだった。大きなオナラの音とともに、お腹の赤ちゃんは消えてしまったのだ。空しさがこみあげ、目から涙がこぼれた。滑稽だと思った。だが、想像妊娠だったとしても、妊娠しているときの喜びと充実感は、他の何ものにも替えがたい幸せであった。

トイレから出たタマゴは裸で姿見の前に立った。お腹は完全にへこみ、少したるんでいるような気がした。鉄治が見たらどう思うだろう。鉄治にどう説明すればいいのか。想像妊娠だったと言えば、大笑いするかもしれないが、それですむ話ではない。妊娠している紀香に鉄治をとられるおそれがある。紀香が子供を出産すれば、鉄治は家族と一緒に暮らすようになるだろう。それが自然のなりゆきというものなのだ。そういう例をタマゴは二、三知っていた。流産したことにしようか。流産したことにすれば、この先、また妊娠する可能性はあるのだ。妊娠はタマゴ自身、本気で信じていたが、流産は嘘になる。嘘はいつか発覚する。やはり想像妊娠だったと、はっきり言って、鉄治の判断にゆだねるべきではないのか。

タマゴは思いきり派手な服を着、歌舞伎役者のような化粧をして部屋を出た。そして室内プールに赴いた。ハイレグの水着姿になったタマゴに室内プールにいた男どもの視線が集中した。若い女性たちもタマゴの見事な肢体に羨望の眼差しを向けていた。それは快感だった。わたしは他の誰でもないわたしになるのだ。タマゴはゆっくり泳ぎながら、そう思った。タマゴは自分の分身を得たと思っていたが、それは想像妊娠だった。わたしという人間は、この世界にわたし一人しか存在しないのだ。それは孤独だが、同時に素晴らしい存在なのだ。

三十分ほど泳いだタマゴは周囲の視線を意識しながら思いきり腰をひねり、自分の美しさをアピールして、更衣室でくるときとは別の服に着替えて表に出た。ひと泳ぎしたタマゴはすっきりしていた。それからタマゴは「女王蜂」に出勤した。誰もいないと思っていたが、事務所に学英がいた。

「いやに早いじゃないか」

事務所の壁掛け時計は四時半を指していた。

「ひと泳ぎしてきたのよ。今日から気合を入れて仕事をしようと思って」

「ほうー、殊勝なことを言うじゃないか」

学英はタマゴのお腹を見ていた。

「そんなにじろじろ見ないでよ」

タマゴは椅子に座ってお腹を隠すように脚を組み、煙草をふかした。

「腹がへこんでるからさ、子供を産んだのかと思った」

「流産したのよ」

「流産……？　本当かよ」

学英は笑い声をあげた。

「何がおかしいの？」

「流産するわけねえだろう」

「どうして？　流産することだってあるわよ」

タマゴはむくれて学英を睨みつけた。

「テツは知ってるのか」

「知らないわ。言ってないもの」

「言わない方がいいぜ。話がややこしくなるからよ」

「そうね、言わないことにするわ。でも、お腹がへこんだことを、どう説明すればいいの。教えてよ」

「おれに訊かれたってわかんねえよ。自分で考えることだ」

学英はタマゴと鉄治の問題に首を突っ込みたくなかった。

タマゴは三分の一ほど吸った煙草を灰皿に押し潰して、また新しい煙草に火を点けた。

「想像妊娠だったのよ」

タマゴの顔に悔しさがにじみ出ていた。

「想像妊娠？　なるほど、そうだったのか。そういうことだろうと思ってたけど、本当に妊娠したのかとも思ったぜ」

タマゴの目から涙がこぼれた。学英は厨房に行ってビールとグラスを二つ持ってきた。

「そう深刻に考えることはない。テツは能天気だから、すぐに忘れるさ」

学英は慰めるつもりで言ったのだが、

「紀香は妊娠六ヶ月なのよ。紀香に子供が生まれたら、テツは紀香と一緒に暮らすと思う。そうなれば、わたしは捨てられるのよ」

涙をこぼしていたタマゴが、みるみる般若《はんにゃ》のような顔になってきた。

「そうとは限らない。テツはおまえを捨てるようなことはしないと思う」

「どうしてそんなことが言えるの？」

「どうしてと言われても困るんだが、テツには他にも女がいるかもしれない」

「他に女がいるの？　そうなのね」

「いや、テツには他に女がいたっておかしくないと言ってるんだ。それはおまえもわかってるだろう」

学英はしどろもどろになって弁解したが、タマゴは何かヒントを得たように、

「そうね、他に女がいると、その女にも子供ができて、そうなるとテツはわたしと一緒にいるってことね」

と俄然、明るい表情になった。

我田引水の結論だった。タマゴは自分に都合のいい論理をつむぎ出し、

「テツにはたぶん他にも子供がいると思うわ。あいつはいろんな女に手を出してるから」

と納得した。

テツとタマゴはどこか似ていると学英は思った。似た者同士なのだ。

「結局、神様のご利益はなかったってわけか」

事務所の壁にべたべた貼ってあるキリストやマリアや仏様や道教の神様の写真を見回しながら学英が言った。

「あったわ。妊娠していると思ってる間は幸せだった。神様のご意志をひしひしと感じてた。希望に胸がときめき、世界がバラ色に見えた」

「いまはバラ色に見えないのか」

「そうね、夕暮れのような感じ。やがて夜がきて、わたしは夜行性動物になるわ。果てしない夜の闇が、わたしを優しく包んでくれる。わたしは夜が好きなの。月の光の中で、わたしは女になるから。神様はわたしの中にいるのよ。いろんな神様が、わたしの感情をつかさどってくれるの。教会でお祈りをしているとき、わたしはふと思った。聖母マリア様は処女懐胎したといわれてる。つまりヨセフとマリアはセックスもせずにイエス・キリストが生まれたのだから、キリストは種なし人間だったのよ。もしわたしが子供を産んでいれば、生まれた子供はイエス・キリストの再来になったのよ。そうでしょ。でも、それは無理な話ね。イエス・キリストの再来なんて、あり得ないもの。わたしは人生を楽しむわ。歌って、踊って、わたしの人生を生きるわ。だって、わたしはわたしですもの」

タマゴは何かにとり憑かれたように恍惚としていた。

店が始まった。タマゴはお尻の割れ目が見えそうなほど背中の開いた青い絹に銀色のスパンコールで刺繍《ししゅう》をほどこしたドレスを着て、ホールをしゃなりしゃなりと歩いていた。縞馬《しまうま》のような化粧をした顔が壁面の鏡の光を反射して異様な美しさに輝いていた。昨日まで膨らんでいたお腹はへこんでいたが、ホステスたちは何も言わなかった。タマゴの異様な美しさに圧倒されていたのだ。タマゴの奇抜な衣装や化粧、そして独特の言動は客の間で人気があり、店は盛況だった。

鉄治は何も言わなかった。意識的に素知らぬふりをしているのか、それとも鈍感なのでタマゴの体の変化に気付かないのか、いずれにしても鉄治とタマゴは以前と同じように愛し合っていた。タマゴはタマゴで想像妊娠だったことを言わなかった。学英も無関心をきめ込んでいた。

一ヶ月は何ごともなく過ぎた。鉄治は相変らずバー「吉野」をはじめ、新宿、赤坂界隈の韓国クラブを金正信を用心棒代りに連れて飲み歩いていたが、学英は「女王蜂」の事務所に引き込もり、ときどき店のカウンターの隅で飲んでいた。

「たまには外で飲めば……」

そんな学英にタマゴは言った。

「どこで飲んでも同じだよ」

「オヤジくさいことを言うのね。女と遊べばいいじゃない。気が晴れるわよ」

タマゴはけしかけた。

「女か……」

学英は吐息をついてビールを飲んだ。

「まだ沙織のことが忘れられないの」

「忘れたよ」

学英はつっけんどんに答えた。

「そんなふうには見えないけど」

「何もかも面倒臭いんだ。胸の中がもやもやして、すっきりしないんだ。おれには他にやることがあるんじゃないかって、思ったりする」

「オヤジみたいだと思ってたら、今度はガキみたいなこと言うのね。やってるじゃない。クラブを経営して、お金を稼いでるじゃない。もっと稼ぎたいの？　だったら、店を増やしてもっと稼ぎなさいよ。わたしも手伝うわよ」

「そうじゃねえんだ。この店が欲しかったら、おまえにくれてやる」

学英はまるでやけくそみたいに言った。

「くれるんだったら、もらってもいいけど、ガクはどうすんのよ。まさか一から出直したい、なんて言うんじゃないでしょうね。旅に出たいとか」

タマゴは茶化すように言った。

学英はバーテンダーにビールを注文した。

「いつまでもカウンターで飲まないでね。経営者がいつまでもカウンターで飲んでると、従業員は働きづらいから」

タマゴは学英を追い出すように言って客の席にもどった。

言われてみれば、経営者が店のカウンターでいつまでも飲んでいるのは、従業員にとっても客にとってもうっとうしい。学英は注文したビールをひと口飲んで「女王蜂」を出た。

久しぶりに夜の街へ出たような気がした。だが、行くあてがなかった。以前はひと晩に三、四ヶ所、梯子酒をしていたが、行く気になれなかった。タマゴに沙織のことを指摘されて、学英は内心どきっとしたのだ。うだつのあがらないジャズ・ギタリストで、沙織を利用するだけ利用していたヤク中の与古田のような男を、なぜ愛していたのか、それが理解できなかった。ある瞬間、沙織は学英を愛しているようにも思えたが、それは抱かれているときの擬態にすぎなかったのだ。喘ぎながら、哭きながらしがみついてきた、あのエクスタシーの表情が擬態だったとは思えない。いや、女はそういう生きものなのだ。これまでつき合ってきた女は、みなそうだった。沙織だけが特別な女ではない。タマゴには否定したが、学英の中では嫉妬心のような感情がわだかまっていた。学英を裏切ってまで与古田の言いなりになっていた沙織が許せなかった。それとも沙織が裏切ったのではなく、与古田に騙されたおれが馬鹿なのか。

大久保の細い路地を歩いていた学英は迷宮の中を堂々めぐりしているような錯覚に陥った。学英は職安通りを渡り、西武新宿線の駅前通りを歩いていた。どこでどう間違えたのか、普段はあまり通らない道である。人通りが少ないせいか、街灯も薄暗く感じられる。清涼飲料水の自動販売機の前に、韓国人のオカマたちが三、四人たむろしていた。

通り過ぎようとする学英に、

「お兄さん」

とオカマの一人が声を掛けてきた。

学英は通りを左に曲った。そして公園にさしかかったとき、誰かに尾行されているような気がして振り返った瞬間、銃声がした。学英は反射的に地面に伏せ、二、三回転して公園の茂みに隠れた。黒い影が走ってくる。学英は起きあがり、公園の暗闇を疾駆した。ふたたび銃声が鳴った。体の中を針で刺されたような痛みが貫いた。銃弾の痛みではなく、凝固した恐怖の痛みだった。

足には自信があった。高校時代、ボクシング部に入る前、学英は陸上部に誘われていた。百メートル十二秒を切っていたからだ。長年走っていないが、昔とった杵柄である。追ってくる黒い影を大きく引き離し、学英はコマ劇場の裏に出た。交番が目の前にある。交番に保護を求めようと思ったがしゃくだった。学英はそのまま走り続け、「龍門」に飛び込んだ。

血相を変えている学英を見て、

「どうしたんですか」

と池沢国夫が訊いた。

「拳銃で撃たれた」

「拳銃で？　どこを撃たれたんですか」

「当らなかった。拳銃を撃った男に追われている」

全速力で疾走してきた学英は、呼吸を整えようと深呼吸をしながら、

「テツに連絡しろ。兵隊を集めるんだ。おれを撃った奴に、必ず思い知らせてやる」

と怒りをこめて言った。

池沢国夫は素早く外の様子をうかがい、

「店を閉めますか」

と訊いた。

「いや、閉めなくていい。見張ってろ」

学英は階段を駆け昇り、三階の部屋に入ってベッドの下に隠している拳銃を手に取ると弾を確かめ、ベルトに差し込んだ。

そして一階にもどってきて、

「連絡はとれたか」

と池沢国夫に訊いた。

「いいえ、連絡はとれないです。どこか地下の店にいるんじゃないですか」

と池沢国夫は言った。

「地下の店？」

思い当る店はなかった。

学英は「女王蜂」に電話を入れてタマゴを呼んだ。

電話口に出たタマゴに、

「テツはどこにいる。狙われてるかもしれない」

と学英は恐怖と怒りに震える声で言った。

「どうしたの？　テツが狙われてるって、どういうこと？」

店内のざわめきでよく聞きとれないタマゴは受話器を耳に押しつけた。

「携帯電話がつながらないんだ。テッを早く捜さないとヤバイことになる」

興奮している学英の声も聞きとりにくかった。

「テッがどうしたって言うの?」

「撃たれたんだ。誰かに撃たれたんだ」

学英は自分が何者かに撃たれたことを、ただ撃たれたと言ったので、タマゴはてっきり鉄治が撃たれたと勘ちがいして、

「えっ、撃たれた……。いまどこにいるの」

と驚きの声をあげた。

「いま『龍門』にいる。テッを早く捜すんだ」

動転しているタマゴは学英の言葉を最後まで聞かず電話を切ると、ドレスの上にコートをはおり、バッグを持って「女王蜂」を飛び出し、タクシーに乗って「龍門」に向かった。

大久保界隈の細い路地を通って職安通りに出て区役所通りに入り、バッティング・センターの脇を抜けて「龍門」の前にきた。「龍門」の玄関には、池沢国夫が招集をかけていた後輩たちが見張りに立っていた。店に入ると池沢国夫がいた。

「テッが撃たれたって? テッはどこにいるの?」

顔面蒼白のタマゴは店を見回した。店に客はいなかった。殺気だっている店の雰囲気に客は帰ってしまったのだ。

「撃たれたのは学英さんです」

と池沢国夫が言った。

レジにいる女子従業員が緊張した面もちで売上げを計算していた。他の従業員も帰る仕度をしている。

「ガクが……。どこを撃たれたの」

「当りませんでした」

池沢国夫は冷静な表情で言った。

学英は奥のテーブルの椅子に座っていた。煙草をふかし、何かを待っているようだった。

「ガク、大丈夫なの……」

タマゴは椅子に座って煙草をふかしている学英をまじまじと見た。

「おれは大丈夫だ。テツが狙われているかもしれない。テツの携帯電話に掛けてみたが、出なかった。どこか地下の店にいるかもしれないと国夫が言ってる。こころ当りはないか」

思いめぐらせたが地下の店はわからなかった。

「わからない」

タマゴは当惑した。

タマゴは鉄治が行きそうな店につぎつぎ電話を掛けてみたが、鉄治はいなかった。

「正信も一緒にいるはずなんだが、正信の携帯にも掛からない。どこかにいるはずだが……」

鉄治は携帯電話を忘れたり、オンにしていなかったりしていることがよくある。

「足で捜すしかねえ」

そう言って学英は立ちあがった。

「どこへ行くんですか？」

と池沢国夫が訊いた。

「おまえたちはここにいろ。奴の狙いは、おれとテツだ。奴は今夜、決着をつけたいらしい」

学英の動物的な勘が相手を求めていた。相手は必ず学英をつけ狙っているにちがいないと学英は思ったのだ。肉を切らせて骨を断つ作戦である。

「わたしも行くわ」

タマゴが言った。

「おまえはおれから離れてろ」

学英はタマゴを巻き込みたくなかったが、鉄治を捜すためにはタマゴが必要だった。

「わかったわ。少し離れて歩く」

「龍門」を出た学英は、バー「吉野」に直行した。先ほど、バー「吉野」に電話を掛けたとき、ママの口調がおかしかった。ママは何かを隠していると直感したのだ。

バー「吉野」のドアを開けて中に入ると、ボックスで二人の客を相手にしていたママがつくり笑いを浮かべて、

「いらっしゃい。珍しいわね」

と言った。

「ママにちょっと話がある」

カウンターのとまり木に学英とタマゴは座った。

紀香はいなかった。

ボックスからカウンターに移ってきたママが、

「何かしら……」

と内面の動揺をとりつくろうように、

「わたしにもビールをちょうだい」

とバーテンの吉本に言った。

「テツを捜してるんだが、どこにもいないんだ。テツのいる場所を教えてくれないか」

「あら、さっきも電話で言ったけど、今夜はきてないのよ」

ママがとぼけているのは学英には一目瞭然だった。

「紀香がいないな」

「紀香はお休みですの」

「二人はどこかのホテルにしけ込んでるんじゃねえのか」

タマゴの前で、学英はずばり核心に迫った。

「そんなこと、わたしにはわかりませんわ」

つくり笑いを浮かべていたママがむっとした。

「紀香の住んでる家を教えてくれないか」

「履歴書の住所は知ってるけど、一年前に引っ越したから、いまの住所は知らないわ」

ママはあくまでしらを切るつもりらしい。鉄治から固く口止めされているのだろう。

「携帯電話の番号も知らないのか」

学英は執拗に訊いた。

「電話を掛けてみたけど、出なかったわ」

「念のため、おれが掛けてみる。電話番号を教えてくれ」

ママはしぶしぶメモ用紙に紀香の携帯電話番号を書いた。

「ついでに住所も書いてくれ」

学英の鋭い目で睨まれて、ママは住所も書いた。

学英はその場で紀香の携帯に電話を入れてみた。ママの言う通り、誰も出なかった。

「邪魔したな」

学英とタマゴは「吉野」を出ると区役所通りでタクシーに乗り、紀香のマンションをめざした。

「部屋にいるわけないでしょ。ホテルにしけ込んでるのよ」

タマゴは嫉妬でやきもきしていた。

「部屋にいると思う」

「どうしてわかるの?」

「ママの顔に書いてあった」

「あら、そう。ガクは刑事になればよかったのよ」

「犬になんかなりたくねえよ。どんな刑事も所詮は犬なんだ。立木とか岩沼を見ろ。ろくなもんじゃない」

タクシーはメモ用紙に記入してある住所のマンションの前で停まった。

二人はタクシーから降りて五階建てのマンションを見上げた。マンションの入口はロックされていた。学英は紀香の部屋の番号を押したが返答はなかった。マンションの住人の誰かが出てくるのを待つしかなかった。幸い二分くらいで一人の女性がドアを開けて出てきた。ドアが開いた隙に二人はマンションの中に入った。ドアを開けて出てきた女性は気にもとめていなかった。

「誰でも出入りできるぜ」

無関心な住人に学英は危惧を覚えた。

二人はエレベーターで三階に昇り、紀香の部屋、三〇六号室の前にきた。タマゴはエレベーターから出るとき、ハイヒールを脱いでいた。

学英がゆっくり回すとドアの把手は回転した。鍵が掛かっていないのだ。その時点で学英の緊張は高まった。ドアをそっと開け、玄関に一歩踏み込んだとき、廊下の奥から何者かが発砲した。学英とタマゴは壁にへばりつき、一気に玄関脇の部屋に逃げ込んだ。

「ヤバイぜ」

学英が呟いた。

「テツはどうなってるの?」

タマゴはうわずった声で言った。

「わからねえ」

学英はベルトに差し込んでいた拳銃を握り、腕だけを出して廊下の奥に向かってやみくもに発砲した。反撃してこなかった。耳鳴りのような銃声のあとの異様な静寂に学英とタマゴは耳を澄ました。何を思ったのか、タマゴは玄関のドアを開けて部屋の外へ逃げた。恐ろしくなって逃げ出したのだろうと学英は思った。一人とり残された学英は、姿の見えない相手と対峙《たいじ》することになった。うかつに動くことはできない。動くと狙い撃ちされるだろう。学英は息をひそめて相手との間合いを計っていた。

どこからともなく風が吹きつけてくる。部屋のどこかから風が吹いてくるのだ。学英は一瞬、顔をのぞかせて廊下の奥を見た。白いものがなびいていた。カーテンだった。相手は窓を開けてベランダから逃げたのか？ 学英は思いきって隣の部屋に移った。狙撃されなかった。テレビの音声が空虚に響いている。学英は金縛り状態になっていた。

そのとき外から三発の銃声が聞えた。

25

学英は決死の覚悟で、拳銃を構えて奥のリビングに突入した。ベランダの窓が開き、風が吹き込んでいる。テーブルの側に金正信が倒れ、ソファには鉄治がうつ伏せに倒れていて大量の血が床にまで流れていた。そして紀香はソファの肘掛けに頭をのけぞらせて目を剝き、天井の一隅に視線を託していた。あまりにも凄惨《せいさん》な状態に、学英は動転した。

「テツ！　テツ！」

学英は鉄治を揺り動かしたが反応はなかった。鉄治は背中を三発撃たれていた。おそらく紀香をかばおうとして背中を撃たれたのだろう。

「正信！　正信！」

学英は金正信を揺り動かして声を掛けたが反応はなかった。金正信は胸部と腹部を撃たれていた。

「紀香！　紀香！」

今度は紀香に声を掛けてみたがやはり反応はなかった。紀香は胸を撃たれていた。

部屋は血の海である。何をどうすればいいのかわからず、学英は茫然と立ちすくんでいたが、三発の銃声を思い出し、ベランダから下をのぞくと、一人の男が倒れていた。

そこへ逃げたはずのタマゴがもどってきた。そして部屋の凄惨な様子に愕然とし、ソファにうつ伏せに倒れている鉄治にしがみつくと、

「テッ！　テッ！　起きてよ！　死なないで！　死なないでちょうだい！　わたしを一人にしないで！　お願いだから……」

と号泣した。

タマゴの手には拳銃が握られていた。

うつ伏せになっている鉄治が、うっ、うっと苦しそうに呻いた。

「テッ、生きてるのね。生きてるのね。あんたは殺されたって死なない奴よ。そうでしょ。どんなことがあっても、死ぬわけないよね。いままでも殺されたって、死ななかったじゃない。すぐ救急車がくるから、頑張ってね。あんたを撃った犯人の脳味噌を吹き飛ばしてやった。あんたの敵《かたき》を取ってやったわ」

タマゴは逃げたふりをして階段を駆け降り、先回りして、ベランダから雨樋《あまどい》を伝って降りてくる犯人を拳銃で撃ったのだった。一発目は犯人の腰に当り、二発目は背中に当った。犯人はたまらず三メートルほどの高さから地面にどさっと落ち、顔を恐怖で引き攣らせ、あがいていたが、タマゴは犯人の頭を容赦なく撃ち抜いた。頭に開いた穴から血が噴水のように噴き出した。犯人は風林会館の喫茶店で、二人の暴力団員を拳銃で射殺した男だった。

やがて救急車がやってきた。学英とタマゴは拳銃を隠した。

マンションの住人や近所の人たちが怖いもの見たさで集まってきて、現場をとり巻いた。

救急隊員が凄惨な現場に驚きながら黙々と鉄治、金正信、紀香の順で運び出しているところへ、数人の制服警官と刑事がやってきた。その中に立木刑事と岩沼刑事がいた。

立木刑事が学英とタマゴを廊下の端に呼び、

「いったいどうなってんだ」

と表情を曇らせた。

「一時間ほど前、おれは西武新宿駅近くの公園にさしかかったとき、突然、撃たれたんだ。おれは素早く公園の茂みに隠れ、一目散に『龍門』に逃げ込んだが、テツがいなかった。おれを撃った犯人はテツを狙っているにちがいないと思って、この部屋にきてみると、このざまだ」

学英の説明を聞いた立木刑事と岩沼刑事は半信半疑だった。

「路上で死んでる男が犯人だと言うのか」

立木刑事は学英とタマゴに疑惑の眼差しを向けた。

「そうだ。あいつは部屋にきたおれとタマゴに発砲したんだ。危うく殺られるところだった。あいつはベランダの雨樋から逃げようとしたところを撃たれたんだ」

「誰に撃たれたんだ」

立木刑事は学英を追及した。

「そんなこと、知るわけねえだろう。一つだけ言っておく。あいつは三人を銃撃したんだ。風林会館の喫茶店で二人の極道を射殺したのも、あいつにちがいねえ。あいつはプロの殺し屋だ。おれたちを調べるのはやめろ。おれたちは取調べには応じない。この事件には、おまえたち二人も一枚嚙んでるんだ。そうだろう。おまえたち二人で処理するんだ。さもないと、おまえたち二人も疑われる。ちがうか」

学英は開き直った。

「おれたちを脅すつもりか」

岩沼刑事が学英の胸倉を摑まえて言った。

「勘ちがいしないでちょうだい。仲良くやろうと言ってるのよ。あいつが三人を撃ったのは間違いないし、風林会館で二人の極道を射殺したのも間違いないわ。これで一件落着じゃない。あいつが誰に殺されようと、たいした問題じゃないわ。殺し屋の口封じのために、マフィアが別の殺し屋を使うのは、よくある話だわ。そうでしょ」

顔色一つ変えずに説明するタマゴの言葉は妙に説得力を持っていた。

学英の胸倉を摑んでいた岩沼が手を離した。

「行け」

立木刑事は学英とタマゴを手で追い払うようにした。

解放された二人は足早に現場を離れ、三人が救急車で搬送されたJ病院へ急いだ。

J病院では数人の警官が出入りする者をチェックしていた。

「救急車で運ばれてきたのは、わたしの夫です」

タマゴの言葉に警官は通してくれた。

病院内は騒然としていた。医師と看護師が廊下を小走りに動いていた。

タマゴは一人の看護師をつかまえて、

「運ばれてきた患者はどうなってます?」

と訊いた。

「わかりません。いま検査しているところです」

看護師は混乱していた。

待つしかなかった。学英とタマゴは廊下の長椅子に座って結果が出るのを待った。

間もなくシーツでおおわれた遺体がストレッチャーで運ばれてきた。

タマゴは長椅子から立ち上がり、ストレッチャーに駆け寄った。そして医師と看護師の制止を振り切り、シーツをめくって顔を見た。金正信だった。硬直した金正信の顔色は蠟《ろう》のようだった。

「正信! こんな姿になって……」

タマゴは涙声になって顔をそむけた。

学英もこみあげてくる感情を抑えて唇を震わせていた。

「あとの二人はどうなってるんですか?」

かたわらの医師にタマゴは執拗に喰いさがった。

「男の方は生きてますが、いま手術中です。女の方は死亡しましたが、お腹の赤ちゃんは奇跡的に助かりました。いま帝王切開をしているところです」

医師が事務的な口調で述べると、二人の看護師は遺体を載せたストレッチャーを移動させた。

「テツは助かるのかしら。赤ちゃんが生きてるなんて、奇跡だわ」

タマゴは長椅子に座って祈るように手を合わせた。

池沢国夫がきた。

「正信は死んだ。テツは手術中だ」

学英が状況を伝えると、

「そうですか」

と池沢国夫は金正信の死にがっくり肩を落とした。

三時間が過ぎても手術は終らなかった。待たされている者にとって三時間は三十時間にも思えた。

「針のむしろに座ってるみたいだわ」

タマゴの顔に疲労の色がにじんでいた。

肩を落として考え込んでいた池沢国夫が顔をあげて、

「ガクさん、マフィアは報復してこないですかね」

と言った。

池沢国夫は怯えていた。

「報復？　あるかもしれない」

学英も怯えていた。

「冗談じゃないわ。二人が犠牲になったのよ。報復したいのは、こっちの方だわ。もし報復してきたら、皆殺しにしてやる！」

タマゴは目を吊りあげ、憎しみを剝き出しにした。

　そのとき、どこからともなく赤ちゃんの泣き声が聞えた。タマゴは立ちあがり、耳をそばだてて泣き声のする方に歩きだした。そして三つある手術室の一つの前まできたとき、ドアが開き、バスタオルに包《くる》まれた赤ちゃんを抱いている看護師が現れ、

「どなたか身内の方はいませんか―」

　と言った。

「わたしです。この子の母親です」

　タマゴはわれを忘れて看護師に抱かれている赤ちゃんをのぞき込んだ。

「母親ですって？　母親は亡くなられましたけど……」

　看護師は、いかにも怪しげなタマゴの容姿に警戒した。

「この子の父親は、いま手術中です。わたしはこの子の父親の女、いや妻です。だから、この子はわたしの子供なんです」

　ややこしい関係に看護師は戸惑っていたが、

「男なの、女なの……」

　とタマゴに訊かれて、

「女の子です」

　と答えた。

「わたしの子供の生れ変りだわ。神様はわたしに子供をさずけて下さったのよ」

　亡くなった紀香をよそに、タマゴは有頂天になって喜んだ。だが、未熟児だったので、当分保育器

で育てられることになった。鉄治は五時間の手術の末、背中から三発の弾を摘出され、一命をとりとめた。

入院中、鉄治は一回だけ、立木刑事と岩沼刑事の事情聴取を受けたが、学英とタマゴは事情聴取を受けなかった。二人の刑事は約束通り、事件をうやむやにして不問に付したのだった。

タマゴは毎日病院に通い、鉄治を見舞い、保育器の赤ちゃんの成長を観察した。

「わたしの可愛い赤ちゃん」

タマゴは赤ちゃんを溺愛《できあい》し、銀座の老舗《しにせ》の子供服専門店でベビー服を何着も特注した。赤いシルクの生地に金糸で刺繡した服や、青、緑、黄色、金、銀を張り合わせた服や、黒いドレスなどを病院に持ってきて看護師たちに見せた。

ときどき見舞いにくる学英にも必ず赤ちゃんを見せ、

「テッとわたしにそっくりでしょう」

と自慢するのだった。

二ケ月後、鉄治は退院した。背中に三発の銃弾を撃ち込まれたのに、後遺症はまったくなかった。

「肥満だったからおれは助かったんだ」

そう言って鉄治はレストランで大きなビーフステーキを食べながら大ジョッキのビールをがぶ飲みした。

「それにしても、おまえは運のいい奴だ。これで二度目だぜ。一度目は刃物でどてっ腹を刺され、今度は背中を三発撃たれた。つぎは三度目の正直で、あの世行きだ」

学英は、鯨飲馬食さながらに大きなビーフステーキをたいらげ、さらにスパゲティとカニコロッケを注文して大ジョッキのビールを四杯飲み干している鉄治に言った。

「おれは不死身だ。おれは殺されたって、死にはしねえ」

鉄治は豪語してふんぞり返った。

「タマゴは毎晩、『女王蜂』に赤ちゃんを連れてきて、ホステスや客にまで見せびらかしている。店に赤ちゃんを連れてくるなと言ってるんだが、聞かないんだ。おまえから注意してくれ」

鉄治と同時に退院した赤ちゃんにきらびやかな服を着せて、タマゴは翌日から「女王蜂」に連れてきたのである。

「おれが言ったって聞くわけねえだろう。タマゴは本当に自分が産んだ赤ちゃんだと思ってんだ。おれがやろうとすると、出産後の半年はセックスは駄目とかぬかすんだ。毎日、赤ちゃんを連れて神様をお参りしてる。教会、モスク、百玄宮、お寺、韓国の巫女さんのところへ行って、赤ちゃんの将来を占ってもらってる。部屋は神様だらけだよ。あなたは神様に守られてるのよ。わたしが毎日、神様にお祈りしていたから、銃弾を三発撃ち込まれても助かったのよ、と言うんだ」

鉄治はますますタマゴに手を焼いているようだった。

「そうかもしれない。タマゴが毎日、神様にお祈りしていたから、おまえは助かったのかもしれない」

と学英が言った。

「冗談じゃねえ！　この世に神様がいたら、戦争なんか起こるわけねえだろう。この世には悪魔しかいねえんだ。神様なんか糞くらえだ！」

　五杯目の大ジョッキのビールをあおって鉄治は吼えた。


　その日の夜、ホステスたちはタマゴに命じられてもっとも派手な衣装を着ていた。店の中にはイルミネーションと小さな万国旗が飾られ、何かのパーティのようだった。やがて照明が消されてステージにスポットライトが照らされた。そこに赤ちゃんを抱いたタマゴが立っていた。銀と真紅の絹を織り込んだドレスを着て、頭に金色の帽子をかぶっている。唇に真っ赤な口紅を塗り、長い睫毛をつけ、アイラインで縁どった目がらんらんと輝いている。抱いている赤ちゃんもタマゴと同じ恰好をしていた。まるで古代部族の女王のようだった。ホステスも客も唖然としていた。

　店内を睥睨していたタマゴが、抱いていた赤ちゃんを高々とかかげ、

「神様が授けてくれた赤ちゃんなの。わたしが産んだの！」

と誇らしげに宣言すると、ホステスや客の間から歓声が湧きあがった。いまや誰ひとり、タマゴの出産を疑う者はいなかった。鉄治と学英も、いつしかタマゴが赤ちゃんを産んだと思い込むようになっていた。みんなはタマゴの出産を、新宿・大久保に降臨した神々による奇跡と呼んだ。

この作品は「ポンツーン」二〇〇三年一月号から二〇〇四年八月号、二〇〇四年十一月号から二〇〇五年三月号に連載され、単行本化にあたり大幅に加筆・修正を加えたものです。

※本書はフィクションであり、登場する人物および団体名は、実在するものといっさい関係ありません。（著者）

〈著者紹介〉
梁石日　1936年大阪府生まれ。主な著書に『夜を賭けて』『Z』『断層海流』『族譜の果て』『子宮の中の子守歌』『闇の子供たち』（全て幻冬舎文庫）など多数。「血と骨」（小社刊）で第11回山本周五郎賞を受賞。近著に『海に沈む太陽』（筑摩書房刊）がある。

カオス
2005年9月10日　第1刷発行

著　者　梁石日《ヤン・ソギル》
発行者　見城 徹

発行所　株式会社 幻冬舎
〒151-0051 東京都渋谷区千駄ヶ谷4-9-7

電話:03(5411)6211(編集)
03(5411)6222(営業)
振替:00120-8-767643
印刷・製本所:図書印刷株式会社

検印廃止

Printed in Japan
ISBN 4-344-01036-1　C0093
幻冬舎ホームページアドレス　http://www.gentosha.co.jp/

この本に関するご意見・ご感想をメールでお寄せいただく場合は、
comment@gentosha.co.jpまで。